平成の自衛官を終えて

―任務、未だ完了せず―

飯塚泰樹

幻冬舎 MC

平成の自衛官を終えて

―任務、未だ完了せず―

令和の自衛官に託す！

〝拉致被害者の奪還〟をはじめ国防任務への想い、

そして国民の皆様へのメッセージ

ある空挺隊員の30年にわたる国内外任務の記憶

目次

プロローグ

平成元（1989）年8月、私は陸上自衛隊に入隊し、約30年後の平成末（2019）年4月に定年退官した。

退官してから2年近くが経過した今日までの間、自分の自衛隊勤務に関して思い出されることは、四度の海外派遣でもなく、三度の先任上級曹長上番でもなく、二度の米軍留学でもなく、空挺レンジャー課程でもスクーバ課程でも語学課程でもなく、一緒に勤務を頑張って頂いた、或いは頑張る姿を見せて頂いた仲間たち、とりわけ凛として美しい女性自衛官の面影ばかりである。それが正直なところだ。

しかし、現役自衛官である間は、日本という国家と自衛隊という組織が持つ様々な矛盾や自分自身の力不足に苛立ち、現役自衛官であるが故に尚更感じる物事の本音と建て前の格差にもがき苦しむばかりであった。

退官して民間人となった今、世間の人々の間で自衛隊が、それまで私が思っていた程には理解されていない、いや、全くと言ってよい程理解されていないことを知った。

それは、「自衛隊って、必要だと思いますか？」とか、「自衛隊に使うお金があったら福祉や教育に全部回せばよいのに……」という意見を、複数の方々からダイレクトにぶつけられることが幾度かあったことによる。

自衛隊で長年勤務し定年退官した者として、理解を得たいと率直に思った。そのために伝えるべきことが「自分の中にある！」とも思った。

自分自身限定の拙い体験談であり、偏りがあるかもしれないし、時が経っているので記憶違いの部分もきっとある。だが事実というか、自らの記憶に基づき実体験をまとめて本書を綴った。

私の伝えたい何かが、本書を通じて読者の皆様に少しでも届き、結果として自衛隊に対するご理解が得られるとともに、わずかばかりでも今後の自衛隊と現役自衛官の皆様に対する後方支援となれば幸いである。

第1章

転職先は陸上自衛隊

入隊前

高校卒業後も数回の大学受験に失敗し続けた私は、24歳の時点で、当時で言うフリーターだった。そして、自動販売機管理会社の契約社員として都内の大手ホテル内にて勤務をしていた。

時代は昭和の終わりから平成のはじめにかけての時期。日本はまだバブルの最中にあって浮かれていたが、お隣の中国では天安門事件が起きていた、まさにその頃である。

中国の若者たちが民主化を求めて中国軍戦車の前に立ちはだかり、独裁政権と真っ向から対決する姿がテレビで放映されていた。

「中国軍は自国民をも武力で圧殺する軍隊らしいが、日本の自衛隊は違うぞ。自衛隊は徹底して国民を守る組織だ！」

私の直属の上司であるA先輩が、不意にそう切り出した。

ホテル側の従業員にも、そして私が勤務する自販機管理会社側の社員にも自衛隊の出身者が数名おり、A先輩も陸上自衛隊で2任期満了（4年間勤務）された方で〝レンジャー教育修了者〟でもあるとのこと。

色々な意味で「結構いい加減」ではあるが、面倒見がよくて話も面白い先輩だった。特に自衛官時代の逸話が大変興味深く、日々の業務が一段落した昼休み等には、当時の武勇伝をしばしば伺ったものである。

「俺には〝自衛隊始まって以来初！〟という経歴が三つある。一つ目は、入隊以来1年間、全く外出しなかったことだ。修行僧のように自分を追い込み、ひたすら体力練成に励んでいるとだなぁ、最初は感心していた上官も心配し始めて、『頼むからそろそろ外出してくれ、そうでないと俺も困るんだよ……』と頭を下げてきた程だ。それで仕方なく外出してやったぞ！」

「二つ目は、2士でレンジャー教育を修了したことだ。それで上官や先輩たちからも一目置かれる存在になったぞ！」（※2士とは自衛官の中で最下級の階級であり、一般的な軍隊の2等兵に相当）

「三つ目は、陸士長で米軍に留学したことだ。一緒に行進訓練なんかやると、みんな背が高くてこんなだったよ（手で背丈の違いを表現）！」という内容のお話であった（※陸士長は上等兵に相当）。

またA先輩は、自衛隊入隊前に渡米してヘリコプターの操縦免許を取得していたらしく、それにちなんだ逸話も伺った覚えがある。

「ある時、離島で急病患者が発生した。小さな女の子だったな……。間が悪いことに、〝駐屯地にヘリコプターはあるがパイロットがいない〟という状況だった。そこで上官に自分（A先輩）が呼び出され、『確か、お前はヘリコプター操縦の免許を持っていたよな。お前の操縦で急患を空輸して病院に搬送してくれ！』との命令を受け、急患の少女を空輸したんだ。免許取得後にヘリコプターを操縦したのは、後にも先にもその時限りだったよ！」という逸話だ。

A先輩のそれらの武勇伝は、私が自衛隊に入隊してみて殆ど（全て？）事実ではなかったであろうことが判明したが、もっともらしく、そして面白おかしく話してくれたA先輩には感謝あるのみだ。A先輩との出会いと、A先輩から伺った武勇伝に大きな影響を受け、私は自衛官としての道を歩むこととなったのだから……。

A先輩からは、「お前みたいなヤツは自衛隊に入って一から鍛え直さないとダメだ！」と毎日のように言われていた。しかしいざ、私が自衛隊に入隊することを打ち明けると、「お前じゃあ絶対に無理だから止めとけ！」そう反対された。

特に、「自衛隊にも空挺部隊があるのですか？　もしあるなら空挺部隊に所属したい！」と言う私に対して、「空挺隊員は超人的なヤツばかりだ。お前なんかじゃ務まらないに決まってるだろう、馬鹿な考えは止めろ！」と、一蹴されたものである。

（だが、その1年後、私は実際に空挺隊員になっていた。私は超人的では決してなかったが……。

そしてA先輩にそのことを電話で報告すると、

「お前が行くようじゃ、空挺も終わりだな！」という反応が返ってきた。

ちなみに空挺部隊とは、〝パラシュートで降下する部隊〟のことであり、習志野駐屯地所在の第1空挺団が自衛隊で唯一の空挺部隊である）

私が自衛隊に入隊するに至ったのは、実はA先輩の影響によるものばかりではなかった。

昭和60（1985）年8月、群馬県の御巣鷹山に乗客500名超を乗せた日航ジャンボ機が墜落する事故が発生した。生存者はわずかに4名……。

その生存者を、上空でホバリングするヘリコプターからロープで舞い降りた自衛隊員が救助する様子がテレビで何度も映し出されていた。

その時、2年目の浪人生だった私は、心身ともに不安定で病院通いを続けており、その映像も病室で点滴を打たれながら見ていたのだった。

「今の俺は心身ともに弱い。だが、いつかは俺もあの自衛隊員のように、凄惨な状況下でさえも人を助けることのできる強い存在になりたい！」という、確固たる思いを持った覚えがある。

その〝思い〟にいつしか誘導され、それが具現化した結果として、私は自衛官になったのかもしれない。

（後で知ったが、日航機事故で生存者を救助した〝あの自衛隊員〟も空挺隊員だった）

自衛隊入隊を本気で決意した私は、近所の町内掲示板にある自衛官募集のポスターを確認し、備え付けてあった申し込みハガキに必要事項を記入して送付した。確か、電話ではなくハガキで応募したたと思う。

のちに私が2年連続で米軍への留学要員に指定された時、「町内の掲示板を見て自分で入隊を申し込み、まさに裸一貫からここまで来たのだから大したものだ！」と、今は亡き祖母から褒められた思い出深い記憶でもある。

後日、自衛隊の新隊員募集担当の方が早速自宅に来て下さり、「筆記試験は明後日、身体検査はその翌日で受けられますか?」等と、考えられない程近い期日に重要そうなイベントを続けて設定され、私は慌てた。

「身体検査はともかく、筆記試験が明後日ですか? それでは試験勉強ができません」そう訴えると、「心配しなくて大丈夫ですよ!」との回答である。

長らく大学受験生の立場にいた私には、〝準備もせずに試験を受ける〟というのはカルチャーショック以外の何物でもなかった。しかし、実際に自衛隊の入隊試験(私の場合は、最下級の2士からの入隊)を受験してみて、「心配しなくて大丈夫ですよ!」の意味が分かった。

自衛隊地方連絡部新宿事務所の一室が試験会場となっていたが、場所が新宿歌舞伎町の繁華街に隣接し、真横に「レンタルルーム」とかいう、連れ込みホテルならぬ連れ込み部屋があるシチュエーションに先ず驚かされる……。

受験者は私一人だけ。試験監督は30代後半くらいの腹の出た男性で、

「これでも飲みながら頑張ってよ!」と、ギンギンに冷えた〝赤マムシ〟飲料を差し入れてくれた。そして、「隣の部屋にいるから終わったら声かけてネ!」と言われるだけで、時間の指定や制限については何も示されない。

渡された問題用紙も解答用紙も「真っ新」ではなく、誰かが名前や若干の解答を書いて消した形跡がある。それも、思いっ切りヘタクソな字で……。

問題の内容は、日本人としての常識を普通に持ち合わせていれば難なく答えられるものばかりで、それまで私が全く適応できなかった大学入試とは一線を画す試験だった。

「不自然で無駄に難しい……」と感じる要素がなく、「普段の日常生活や社会生活を送る上で何が必要か？」を問われている内容の試験であると感じた。

午前中か昼過ぎ頃かの時間帯であったため、隣のレンタルルーム利用客もいなかったようで、悩ましい声が聞こえてくることもなく試験に集中できた。もっとも、集中しなくとも解ける内容だったと思う。

全ての解答が終わったことを隣の部屋にいる試験官に告げに行くと、ナント、試験官は机に両足を投げ出し、扇風機の風を浴びながら高いびきで居眠りをしているではないか……。

場所といい、試験問題の内容といい、使い回しの問題・解答用紙といい、差し入れの冷えた赤マムシ飲料といい、テキトーな試験官といい……。

過去数年にわたって撃破され続けた大学入試とは全くかけ離れたタイプの試験であり、自分の中で何かの観念が大きく変わった。

「これ程いい加減な試験も世の中にはあるのか。でも、どこかがまともな感じだし、自分には合っているかもしれない……」

そんな筆記試験に比して、身辺調査の類は念入りにされている気配があった。私の人物確認で近所の方々への聞き込みも行われた他、大して記す程のこともない私の経歴も事細かに書かされ、聞き取りもされ、確認もされた。

筆記試験と身体検査に合格し、身辺調査も問題なかったらしく、約1ヶ月後の入隊が決定する。（令和の時代となった今、自衛隊の入隊試験はもっと厳正、且つスマートに行われていることと思う。

私が入隊した頃も、高校の新卒者たちが多数受験する3、4月時期の入隊試験は厳正に、そして規律正しく実施されていたらしい。一方、それ以外の時期の新入隊員は「季節隊員」という表現で呼ばれ、私のように8月という中途半端な時期の入隊者は各個バラバラに、散発的に受験していたため、「これ程いい加減な試験も世の中にはあるのか……」と、受験者が呆れてしまうケースもあったのだ）

それから入隊までの間は、護衛艦に乗艦しての、東京湾内での体験航海に参加したり、所属を希望する第1空挺団見学のため、習志野駐屯地を訪問する等して自衛隊の雰囲気を知ることができた。

習志野駐屯地の案内をして下さった空挺隊員の方は、顔つきが凶悪そうで眼光もやけに鋭く、「A先輩の言うこともまんざらではない」と思えたが、駐屯地の売店で売られている迷彩柄のバンダナを私にプレゼントして下さり、「是非、空挺団に来て下さい！」と、激励までして頂いたこともよく覚えている。

自販機の会社を辞めて時間に余裕ができた私は、「入隊前に海外旅行にでも！」と思い立ってオーストラリアを2週間程旅した。

不思議な巡り合わせで、旅の先々で防衛大学校の4年生とばかり知り合いになるのだ。単独で行動する者もいればグループで行動する者たちもいて、そのうちの何人かとはとても親しくなった。

年齢は私より2歳程下だが、「いずれ上官になるかもしれない……」そう思うと複雑な心持ちがする。ただ、日本よりは治安が悪いであろう外国での一人旅で防大生と行動を共にするのは心強く、「自分も自衛官になれば、そのような安心感を日本国民に与えられるのだろうか？」そんなことを思っていた。

新隊員前期教育

旅行から戻って数日後の平成元（1989）年8月30日付けで、私は陸上自衛隊（略して陸自）に入隊した。階級は勿論、最下級の2士（※陸士長、1士、2士の3階級を陸自では陸士と呼ぶ。なお、1士は1等兵に相当）。

市ヶ谷駐屯地に集合してから数台のバスに乗り込み、新隊員教育隊のある横須賀の武山駐屯地へ送られた。自衛隊に入隊して来るだけのことはあり、目つきが鋭く眉毛を剃ったガラの悪いヤツが多い。

車内は満席になる程の大人数であったが、知り合い同士ではないためか、バスの中では誰もが終始、ほぼ無言のままであった。

〝第1教育団第117教育大隊第326中隊第2区隊8班の班員〟これが自衛隊での、私の最初の役職である。

班員は私を含めて8名いて、当時24歳の私が最年長だった。年齢をごまかして入隊し、後日それがばれて除隊させられた仲間が一人いたが、彼を除けば100名を超える中隊全体の中でも私が最年長であったらしい。

ちなみにその彼は、昭和61（1986）年にフィリピンで起きた革命に傭兵として参加し、市街地での銃撃戦に加わった経歴があるとのこと。話の真偽は不明だが、「人の頭部に銃弾が命中するとスイカの実が割れるように砕け散る」という生々しい話をしていた。年齢をごまかしてまで自衛隊に入ろうとしたのだから、軍事に関する仕事が余程好きな人なのだろう。

入隊の数日後、我々新隊員全員が〝服務の宣誓〟をした。その要旨は、

「私は、わが国の平和と独立を守る自衛隊の使命を自覚し、（中略）……事に臨んでは危険を顧みず、身をもって責務の完遂に務め、もって国民の負託にこたえることを誓います」という内容だ。

そして、自衛隊の使命とは以下である。

「自衛隊の使命は、我が国の平和と独立を守り国の安全を保つことにある。自衛隊は、我が国に対する直接及び間接の侵略を未然に防止し、万一侵略が行われるときは、これを排除することを主たる任務とする。自衛隊はつねに国民とともに存在する」

服務の宣誓については事前に十分な説明があり、強制はされなかった。宣誓するかしないかは、飽く迄も各人の意思による。そして、宣誓をすることで入隊が正式に決定付けられるようでもあった。

服務の宣誓をした後、我々新隊員の指導役である班長たちから、「これでお前たちはもう逃げられないぞ！　何かあれば、祖国日本のために命を懸けて戦わなくてはいけないんだぞ！」そう言われた。

私もそうだが、きっと、この時の新隊員全員が深く考えることなく宣誓していたと思う。

「自分が自衛官である間に、日本が戦争状態に陥ることなどあろうはずがない……」そう信じていたため、深く考えることもなく宣誓できたのだ。

——だが日本は、この時既に戦争状態に陥っていた。北朝鮮の軍部工作員による日本国民の拉致が常態的に繰り返されていたからだ。相手はチンピラやコソ泥ではなく、他国の軍隊なのだ。そして、他国軍による自国民拉致は、犯罪とか人権侵害とかいう枠を遥かに超えた、紛れもない侵略である。

かねてより疑いはあったが、昭和62（1987）年11月に大韓航空機を爆破した北朝鮮の女性工作員、金賢姫の証言により、「多くの日本人が拉致され、北朝鮮で工作員に対する日本語の指導員等にされている」という事実が明らかになってもいたのだ（※横田めぐみさんら17名の「政府認定拉致被害者」の他に、北朝鮮による拉致の可能性を排除できない「特定失踪者」の人数は800名超とされている）。

入隊当時の私が、全く気にも留めていなかった〝北朝鮮の軍部工作員による多くの日本国民の拉致……〟服務の宣誓をした自衛官である以上、それが断じて避けては通れない厳しい現実であることを、やがて私は思い知らされる——

入隊して数週間が経つと、区隊ごとの団結や対抗意識が芽生え始めたのか、他区隊の連中が2区隊の我々に喧嘩を売りに来たこともある。だがそれも一時的なことで、やがて中隊全体としてのまとまりができ、皆が親しくなっていった。

同期の中には、〝家出中に自衛隊の募集員に声をかけられて入隊して来た者〟や、〝借金を取り立てるヤクザから逃げるために入隊して来た者〟もいることが徐々に分かり始めた。中卒や高校中退者が殆どで、大学中退者は何名かいたが、大卒者はいなかったと思う。

私と同じ8班に○2士という、大学を惜しくも中退して再挑戦を期している同期隊員がいた。彼が持っていた、「社会人のための大学入試ガイド」という本を私も時々読ませてもらい、「まだ自分にも大学進学の可能性がありそうだ！」という希望を抱くに至る。

新隊員前期教育では、「気を付け」の姿勢や「敬礼」の仕方から始まる基本教練、匍匐《ほふく》前進や銃剣突撃等の戦闘訓練、64式小銃の分解結合や射撃の訓練、戦闘服のアイロンの掛け方・半長靴の磨き方・ベッドの取り方・部屋の出入要領等の営内服務、そして「愛国心」をはじめとする精神教育等々の、陸上自衛官としての基礎中の基礎を主に学んだ。

また、その合間に知能検査や適性検査、そして体力検定と健康診断が組み込まれている充実の内容であった。

中でも特に印象的だったのが「給与の受領要領」であり、前期教育期間中の3ヶ月間は〝洗面器で現金を受領〟し、班長立ち会いの下に金額確認をした。「お金のやり取りは確実に行う」という躾の意味もあったのかもしれない（ちなみに給与が銀行振込になったのは、新隊員後期教育からである）。

隊員食堂の食事は、「ボリュームは満点だが味はまあまあ……」と言ったところか。

「自衛隊の飯を食えば体が自然にでき上がる！」班長が常々そう仰っていたことを思い出す。

（私が入隊した頃の自衛隊の食事は「結構雑だった……」との印象がある。カレーが入った大鍋をエンピと呼ばれる小型スコップ、それも柄の折れたヤツで掻き混ぜる光景が当たり前だった。だが

最近は、〝過保護〟と思える程に管理され、味も格段においしくなっている）

街の銭湯以上に巨大な浴場への行き帰りも、当初は班長か副班長に同行して頂いた。

我が8班の班長は、私より2歳程年上で階級が3曹（伍長に相当）の穏やかな方であり、いかにも〝ベテラン自衛官〟という雰囲気を醸し出されていた。

入隊後、初めて外出許可が下りた時には、横浜の中華街や横須賀の米軍基地を案内して頂いた思い出もある。

体力検定日が近づくと、「煙草をプカプカ吸ってジュースばかり飲んでいる営内班が〝体力優秀班〟になどなれるはずがないぞ！　日々の生活態度にも、しっかり気を配れよ！」とハッパをかける一方で、コーラやお菓子を我々にしばしば差し入れしてもくれた。

言行不一致なところもあったが、入隊直後の我々が緊張を解きほぐせたのも、班長のそのようなご配慮のお陰である。

何度目かの外出の時、私は帰隊の門限を数分超えてしまい、班長を怒らせたことがある。「時間の観念がどれ程大切か、それを俺が教えてやる！」そう言われて洗濯場に連れ出されると、パンツ一丁で正座させられ、頭からホースで水をかけられたのだ。だが、そこには温かみが感じられた。

また班長は、駐屯地内で空挺レンジャー隊員を見かけると我々をその人と引き合わせ、「これが空挺レンジャーのバッジだ、よく見ておけ！〝露助〟が攻めて来たら、自衛隊はこういう人たちを集めて戦うんだ！」そう仰っていた。

（私の退官直後、班長は50代半ばという若さで亡くなられ、楽しみにしていた久々の再会は果たせなかった。心よりご冥福をお祈りするとともに、つい最近のことのように思い出される武山での新隊員教育と、その後の様々なご恩に対し、改めて感謝申し上げたい）

我が8班の副班長は、私より4歳も年下の20歳の若者であったが、外見も人柄も大人びてしっかりしていた。階級は班長と同じく3曹。

自衛官としても極めて成績がよく、〝全国規模でもトップクラスの優秀隊員〟という評判だった。私も4歳年下の、この副班長を班長同様に尊敬し、「自衛官としてのお手本の一人である！」と、目していた（8年後に再会した時、彼はヘリコプターのパイロットに、そして階級は幹部となっていた。令和となった今なお、現役の自衛官としてご活躍中のことと思う）。

武山の教育隊では、区隊長以上は幹部職となる（※幹部とは将校の意）。我が2区隊の区隊長は、UH－1ヘリコプターのパイロットで階級は2尉（中尉に相当）の方だった。

引き締まった細身の体に端正な顔立ちでユーモアのセンスもある。運動神経も抜群で、我々新隊員のソフトボールの試合に飛び入り参加された時などは、唯一の打席で見事にホームランをかっ飛ばし、ベースランニングも速かったので恐れ入ったものだ。全てにおいてスマートな上官、そして教官であったと思う。

入隊して約2週間が経った頃、区隊長が我々全員を見渡して、「わずか2週間で、もう既に人相の変わったヤツがいるぞ！」そう仰った。

自分の方を見て言われたような気がして、「俺の顔つきは既に自衛官らしくなったのだ。もしや俺は、生まれながらの自衛官なのではないか……」そんな暗示に巧みにかけられた気もする。

区隊長が担当された、最初の野外訓練時のことである。「どんな厳しい訓練をさせられるのか……」そう思ってビビッていたところ、駐屯地の海側にある防波堤裏に案内され、「全員、銃と背嚢を置いてその場に座れ！」と命じられた。

我々は命令通り、防波堤裏の壁を背もたれにして、区隊全員がほぼ横一列になって座った。すると区隊長から、「全員座ったら、そのまま目を閉じろ！」との指示である。皆、目を閉じた。

秋の始まりの爽やかに晴れた日で、波も穏やかだ。その波が防波堤に打ち寄せる音だけが心地よく響き、ウトウトし始める者もいる。「そのうちに急転直下、何かが突然始まるのかもしれない……」という警戒心もあったが、ついに何事も起こらず、2時間近くそのままであった。

訓練時間が終わりに近づいた頃、「全員、その場に立って銃と背嚢をとれ！」という号令がかかる。態勢が整い次第出発して隊舎まで徒歩行進し、武器庫に銃を格納すると、その日の訓練は終わった。

入隊直後の新隊員ながらに「自衛隊には、これ程温和でスマートな指揮官がいるものなのか!?」と驚かされ、強く印象に残った出来事である。

一方で区隊長はとても熱い男であり、「男はハッタリとやせ我慢！　男だったらハッタリの一つや二つ、かませなくてどうする！」が口癖だった。

区隊長には、〝自衛官としての理想像〟そのものを見せて頂き、私も含めて「あの人のようになりたい！」そう本気で思った隊員は多い。外見がイケているだけでなく、内側から滲み出るような知性と品格があり、話す言葉もすんなりと心に響き、〝その気〟にさせてくれる方だった。

（のちに参加した四度の海外派遣任務中、いつも私は「今日一日、可能な限りあの区隊長のように振る舞おう。そうすれば間違いはない！」という心掛けを持っていた。しかし実際には、派遣任務の様々なストレスに負け、なかなか区隊長のようにスマートに格好よく振る舞うことはできなかった。周囲との人間関係でも、自分がもっと冷静に、大人にならなければいけない状況で、それができないことの方が多かった。それは海外派遣に限らず、国内での平素の勤務でも同じであったかもしれないが……。ただ、多くの失敗や挫折から立ち直ることができたのは、「あの区隊長のように振る舞おう！」という意識を持ち続けていたからなのかもしれない）

入隊時に8名いた私の8班は、「最もしっかりしている」と思えたM2士が最初の1週間程で依願退職し、帰隊遅延（外出した際、定められた時刻までに戻らない門限破り）を繰り返したF2士が教育の半ばで除隊したが、他の6名は無事に卒業して新隊員後期教育へと進んだ。

後期教育の行き先は人それぞれで、東部方面管内（関東地方、甲信越地方、静岡県、小笠原諸島）

の各駐屯地、各部隊……。

新隊員前期の教育期間中に各人の希望と適性、そして各部隊や各職種の募集人員枠の都合も踏まえて職種や任地が決められる（※ここで言う任地とは、新隊員後期教育以後の配属部隊の意）。

私の場合、職種は普通科（一般の軍隊の歩兵科）、任地は習志野、そして部隊は第1空挺団を希望した。だが我々の期は、空挺団への人員枠がなかったため希望が叶わず、任地と部隊の再考に迫られてしまう。任地は習志野以外であるならば、都心に近い市ヶ谷か練馬か朝霞に行きたいと思った。「あわよくば、社会人入試を受験して大学の2部（夜学）に通学したい！」という願望を持っていたからである。

自販機管理会社でお世話になった自衛隊出身のA先輩が「陸自の中で空挺団の次に強い部隊は朝霞の31普連だ！」と言っていた言葉を思い出し、第1希望には朝霞駐屯地の第31普通科連隊を、そして第2、第3希望には市ヶ谷駐屯地と練馬駐屯地に所在する普通科部隊を記入したと思う。

結果として私の任地は朝霞の第31普通科連隊に決まり、そこで新隊員後期教育を受けることとなった。

ともあれ、前期教育の3ヶ月間、武山駐屯地で同じ釜の飯を食った仲間たちが各地に散り散りバラバラとなる。来る後期教育を考えれば感傷に浸ってはいられないものの、やはり別れは辛かった。

修了式の時、10代の仲間たちの多くは涙を流していた。当時24歳の私ですら、涙をこらえるのに必死だったのだから当然であろう。

修了式での、教育大隊長の訓示を今でも覚えている。

「君たちは若い。若いが故に理想と現実の格差に悩み、苦しむことも多いだろう。しかし、それに負けることなく前向きに頑張ってくれ。後期教育だけでなく、将来にわたる諸官の健闘を祈る！」

という訓示であった。

大学受験に失敗し続けた挙句、いい年をして10代のゴロツキ連中に混ざり、2士から自衛隊に入隊した私の胸には強く響いた言葉である。

（前期教育の3ヶ月で私の体重は約5キロ増え、増量分のほぼ全てが筋肉であると思えた。また、私は皮膚が敏感で神経質な性質だったが、官用品のゴワゴワした毛糸の防寒セーターを直接地肌に着ても全く気にならなくなっていた。成人男性の個体として、私は心身ともに格段に強靱になり、よい意味で鈍感にもなっていた）

新隊員後期教育

武山駐屯地から東京都練馬区の朝霞駐屯地までバスで送られたが、入隊時とは違い、武山で同じ釜の飯を食った仲間同士なので車内の会話は弾んだ。武山から朝霞に移動する人数は20数名で、そのうち私と同じく31普連配属となったのは5、6名程である。

他職種である施設科部隊や通信科部隊、輸送科部隊その他へ進む者もそれぞれ数名ずつはいて、「職種や部隊の違いはあれど、新隊員前期の同期として互いに頑張ろう！」と、健闘を誓い合った。

朝霞は武山よりも広くて大きく、様々な部隊が所在する駐屯地だ。また、婦人自衛官（現在は女性自衛官との名称）教育隊もあり、〝若い女性隊員が大勢いる〟という華やかな特性もある。

のちに空挺団へ異動した時、「なぜ、女の多い朝霞から男ばかりの習志野なんかへ来たのか？」と聞かれることも度々あった。

武山の同期だけでなく、他の駐屯地で前期教育を修了してきた者たちとも合流し、31普連での後期教育同期は、当初12名だったと思う。

このうち、やはり外出したまま帰隊せずに1名が除隊した。その数ヶ月後、「行方知れずのままだった彼が池袋のパチンコ屋で働いているのを同期の誰かが見た」という話を聞き、とりあえず無事であることが分かって安心したことを覚えている。

教育隊が主体を成す武山は、所在する隊員の多くが新隊員等の若者たちであり、「駐屯地自体が教育機関」との雰囲気があった。

それに対し、朝霞には婦人自衛官教育隊の他、体育学校や輸送学校等の教育隊も所在するが、それぞれ任務を持つ各職種部隊も多く所在し、「業務が行われる職場」という雰囲気である。階級も年齢も高い人から低い人までバラエティーに富み、賑やかな感じさえあった。

ただ、後期教育間の上下関係は区隊長や班長との間にあるのみで、同期との横のつながりさえしっかり保たれていれば、毎日がそれなりに楽しく過ぎ去って行った。

後期教育は、それが終わればいよいよ部隊勤務となる。また前期とは違い、職種ごとの教育であるため内容が専門的となっており、区隊長や班長も前期の方々に比べて厳しさがやや増していた気がする。

下手なことをすれば、「お前は前期で何を学んできたのか!」と叱られ、お世話になった前期の区隊長や班長に申し訳が立たない気もするので気持ちを引き締めていた。

後期教育で主に学んだことは、「81ミリ迫撃砲」に関する知識と取り扱いについてである。やや古くはあるが破壊力の強い火砲であり、〝人を殺す訓練〟を受けていることを、嫌でも実感させられた。

しかし、ふと目を駐屯地の外側に向ければ、そこには普通に人々や車が往来する平和な日常の風景が見える。そんなギャップを感じつつ、日々、駐屯地内のグラウンドで班長に叩かれながら、81ミリ迫撃砲の操作訓練に汗を流した。

前期教育にはなかったと思うが、後期教育では格闘の課目がカリキュラムにしっかり組み込まれていた。しかも、教官は区隊長でも班長でもなく、部隊から派遣されてきた〝生粋の格闘教官〟だ。階級は2曹(軍曹に相当)くらいで、見るからに強そうで身なりもきちんとしている。話す言葉は明瞭で歯切れよく、目は澄んでいるが眼光鋭く、格闘着も清潔でパリッとしていた。歯もしっかり磨いて来られたようで吐息はミントの香りが漂い、全く隙を感じさせない。自衛隊で格闘教官を任される人のレベルの高さを感じた。

新隊員教育なので「受け身」や「型」など基本のみであったが、「将来、君たちが戦う相手は外国人等、大柄であることが予想される。従って、狙う急所の位置もやや高くなることを想定して突きや蹴りの練習をしなさい！」というアドバイスを受けた。

「自衛官となったからには、素手で外敵と渡り合うことも当然あり得る！」そう自覚した最初の訓練だった。

後期教育の間、就寝中に何度か〝金縛り〟や〝足引っ張り〟に見舞われたことがある。自分が寝ぼけていただけなのか、日々の訓練や生活にストレスを感じたことが原因の軽い精神的障害だったのか、或いは大変古い隊舎だったので本当に心霊現象があったのか？　それは定かでないものの、私の自衛隊生活の中でこんな体験をしたのはこの時期だけである。

現在の朝霞駐屯地は、かつて「キャンプ　アサカ」とか「キャンプ　ドレイク」という名称で使用された米軍基地の跡地にあり、朝鮮戦争時やベトナム戦争時には米軍将兵の遺体安置所としても使用されていたと聞く。なので心霊現象だと思ったのも、あながち間違いではなかったかもしれない。

後期の教育期間中、私にとっては個人的によい出来事があった。社会人入試で大学を受験し、合格したのである。

前期で同じ営内班だった02士との出会いと、彼に見せてもらった本がきっかけとなった。受験に際し、職場の上司による推薦文が必要だったが、それは前期教育時のN中隊長が書いて下さった。100名以上もいる前期新隊員の一人に過ぎず、わずか3ヶ月間のみの教え子に他ならない私のために、本当にご丁寧で身に余る推薦文をN中隊長には書いて頂いた。そしてそのことを、尊敬する前期の区隊長と班長が後押しして下さっていたのである。

区隊長も自衛隊で勤務しつつ、通信教育で大学を卒業された方であり、私の受験を気にかけて下さっていたらしい。

また、後期の区隊長と班長、そして班付き（班長補佐役の陸士の助教）も、私の受験に協力して下さった。

試験日は後期教育開始直後で、まだ厳しい外出制限がある時期だったが、班付きが同行して下さることで外出の許可が下り、無事に受験できたのだった。

そのような皆様のご協力のお陰で、私は積年の望みだった大学進学を自衛官になってから果たせた訳である。

（その翌年春から課業後は通学し、それなりに勉強をさせて頂いた。「私の素養が元々低い上に自衛隊勤務の傍ら……」ということもあり、8年間を要したものの無事に卒業できた。その間に私が所属した第31普通科連隊第1中隊と第1空挺団本部中隊の上官や先輩、同僚、そして後輩の皆様には、私が通学しやすいように様々に配慮して頂き本当にお世話になった。この場をお借りして、改めてお礼を申し上げたい)

第31普通科連隊第1中隊

以上のような時間を過ごし、新隊員後期教育も何とか修了できた私は、第31普通科連隊第1中隊に配属された。平成2(1990)年2月下旬のことである。

新隊員の前期・後期教育とは異なり、中隊では厳しい上下関係があった。年齢は24歳だが、班内の序列が最下位であるため、5歳程年下の先輩に対してもコーヒーを用意し、ベッドメイクや靴磨き等の世話を焼いてやらねばならない。

当時の営内班は2段ベッドが幾つも並ぶ大人数部屋だったため、1日で何人分もの先輩の靴磨きやベッドメイクをさせられる毎日であった(個人的には馬鹿馬鹿しい慣わしだと思い、私自身は先輩になっても後輩にそれらをさせたことはないと思う。ともあれ、最近の営内班は少人数化していることもあり、そのような風習は大分薄れてきている)。

ただ、当時の自衛隊は毎月のように新隊員が入隊していたので、2、3ヶ月もすると私の立場も多少楽になった。そして元々年上ということもあり、親しくなるにつれて先輩たちから何かと気にかけて頂き、営内生活が徐々に楽しくなっていく……。

消灯後に皆でこっそり飲酒するのが常で、第2の家族のような団結や親しみも感じていた。

そんなこんなで、4月から始まった課業後の通学も大分優遇して頂き、「申し訳ない！」と思った程だ。

中隊には数名の通学者がいて、その者同士の連携や協力にも助けられたと思う。

通っていた大学には、私以外にも自衛隊関係者が何名か通学していた。空自（航空自衛隊の略）入間基地勤務の女性隊員、市ヶ谷の海自（海上自衛隊の略）幕僚監部勤務の女性隊員、そして自衛隊中央病院勤務の看護士数名等々……。（※幕僚監部は参謀本部に相当か？）

さらには、のちに私が所属する第1空挺団から通学している先輩もいて、「空挺団に所属しても通学できるのかもしれない！」という希望的観測を持つに至った訳である。

このうち、海自幕僚監部勤務の女性隊員は大学卒業後に幹部となり、江田島の幹部候補生課程を修了後、当時最新鋭の練習艦「かしま」に乗艦して世界一周の遠洋航海にも参加した凄い人である。女性としての同航海参加はこの時が最初で、記念すべき第1号の一人でもあった。

自衛隊勤務と大学の学業を両立させる秘訣であるが……。部隊に帰る際、手土産として買っていく〝ビールと焼き鳥〟これに尽きる。

営内班の仲間たちが通学から戻る私を、消灯後でも起きて待っていることが多かった。つまり私の帰隊後、暗闇に包まれた営内班でささやかな宴が催されていた訳である。

通学のため不在する私の分まで、残留していた仲間たちが営内や便所の清掃をしてくれていたのだから、そのお礼として当然だった（だが、飲酒に関する規律が厳しくなった近年の自衛隊では、そんなことはできないであろう。最近の通学隊員事情がどうであるかについては情報がなく、今後調べてみたいと思う）。

部隊の話に戻すが、中隊配属となってからは様々な訓練に参加し、様々な勤務に就いた。

朝霞駐屯地に隣接する朝霞訓練場での「完全武装による行進訓練」をはじめ、富士演習場まで車両で移動し、「迫撃砲の実射を伴う野営訓練」にも参加する等、私も徐々に普通科（歩兵）隊員として鍛えられていった。

野営はどれ程厳しいものかとビビッていたが、夜は廠舎（演習場内にあるプレハブ等の簡易宿泊施設）での酒盛りもあり、意外に楽しかった覚えがある。

訓練の合間を縫い、「警衛勤務」という駐屯地の警備任務にも就いた。２名１組で駐屯地の外柵を徒歩でパトロールする「動哨」は難しくなかったが、人や車の出入りをチェックする「表門歩哨」は責任重大、且つ正確な判断が必要で、新米隊員の我々にはやや荷が重い役職であったろうか。

当時の朝霞駐屯地には、〝お化け屋敷〟との別名で呼ばれていた「旧映画館」という建物があった。

米軍基地として使われていた時に建てられたもので、これこそが朝鮮戦争時かベトナム戦争時の遺体安置所であったらしく、幽霊の目撃情報や心霊写真情報が絶えない〝いわく付きのスポット〟だった。

外柵沿いを動哨として警戒中の深夜、「あの建物には近づかない方がよい。不用意に中に入り、朝まで気を失っていた警衛隊員も過去に数名いるから……」との忠告をしてくれる先輩隊員もいた程だ。

興味津々に近づこうとした私であったが、その建物のあまりの不気味さに内心は怯え、結局は先輩隊員の忠告に従ったものである。

「警備の必要性云々……」ではなく、「お化けが怖いから避けて通る!?」というのも、当時の自衛隊ならではの長閑さだったかもしれない。

春以降の草木が生い茂る時期には、駐屯地や訓練場の草刈りも定期的に行われ、訓練だけでなく、草刈り等の雑用においても現場でリーダーシップを発揮し集団を統制する陸曹の先輩方の姿が、私には殊更偉大に見え始めていた（※陸曹とは、階級が陸曹長、1曹、2曹、3曹の隊員の総称で、下士官の意）。

「自分もあんな陸曹になれるだろうか?」そんなことを考えるようになってもいた。

当時の普通科部隊には時間の余裕が結構あり、午後の数時間を「体育時間」と称してグラウンドでソフトボールやサッカーに興じることも多く、「自衛隊って、結構のんびりしているんだな……」そう思えた時代である。

一方、射撃訓練は戦闘職種部隊らしかった。新隊員教育期間中の射撃訓練では、区隊長や班長が全てをお膳立てしてくれたため、「自分たちは射手として撃つだけ」で済んでいた。

だが、中隊の射撃訓練は全員総出の一大イベントであり、射撃前の準備、射撃後の整備がより一層念入りであるのは勿論、自分が射手として撃つ時以外は射場での諸々の勤務も割り振られる。

また、「姿勢や照準、そして呼吸をいかに整えるか……」等々、よい結果を求めての各人の工夫やこだわりも様々に趣向が凝らされていて、多くの刺激を受けると同時に、射撃に対するプロ意識を磨かれもした。

中隊のそんな雰囲気の中で自ずと向上心が芽生え、常日頃こき使われている先輩方に対する対抗心も手伝い、射撃の技量が見る見る向上した時期である。

陸上自衛隊の普通科隊員である以上、「射撃の優劣は隊員としての優劣」と言っても過言ではない程に重要な技能の一つであったと思う。

「射撃前の、弾倉に弾を込める動作」でも、他の者より素早く行うよう努めていたが、そんな心掛けにも気づいてくれる上官が一人や二人は必ずいて張り合いがあった。

ここでの愛用は64式小銃。入隊以来使用してきた型式の銃であり、愛着が湧き、体にも馴染み始めた頃であったろうか（その後、私が空挺団に転属して間もなく、当時新型の89式小銃が装備されたが、それまでは64式小銃が〝分身〟であった）。

64式小銃に馴染んだ以上に31普連1中隊の一員として馴染み、部隊に愛着も湧いてきていたが、当初からの希望である〝空挺部隊所属〟の思いは変わらない。

中隊長面接や班長面接で明確に希望を伝え続け、空挺適性検査を受検させて頂くとともに、基本降下課程（空挺隊員としての資格を得る教育）への入校を強く希望した。

当初の適性検査は項目が少なく、レントゲンで背骨や腰に異常がないことや、色盲がないこと等を確認されて第一関門は突破できた。

だが、「基本降下課程入校時に習志野駐屯地で受ける適性検査は非常に綿密で手厳しく、全く油断ができない内容である」と聞き、大いに不安を覚えたものである。

ともあれ、空挺隊員を目指す私は空挺教育隊の門を叩き、基本降下課程に挑戦をした。この年6月のことである

第2章　空挺隊員として

基本降下課程

習志野駐屯地は朝霞よりサイズが小さいが、営門を入った時の雰囲気や景観に強烈な威厳と圧迫感が感じられ、教育に対する不安も相まって早速逃げ出したい衝動に駆られた。

女性隊員の多い朝霞とは違い、そこには男しかいない。しかも厳つくて体格のよい強面ばかりである。基本降下課程入校のため全国から志願して集まって来た同期たちを見ても、威勢のよい個性派揃いで先行きが思いやられた。

そして、〝出だしの適性検査から炸裂する強烈なプレッシャー〟は、聞きしに勝るレベルだった。「体を回転させる装置に縛り付けられてグルグル回され、上下が逆になった〝ほんの一瞬〟だけ見せられる、８ケタ程の数字を正確に読み上げる検査」で口火が切られ、最終的に航空機から５回のパラシュート降下を終えて空挺徽章を授与されるまでの、約５週間にわたる苦難の道程が始まった。

身体的な負荷も心的ストレスも、そして教官・助教からのプレッシャーも新隊員教育の比ではなく、私にとっては入隊以来、最初の山場と言えた。

逃げたい気持ちが常にあったが、毎朝の洗面時、鏡の中の自分を見て「俺にはできる！　俺にはできる！……」と、自分に暗示をかけ続けたことを覚えている。

同期のうち、幹部は学生長お一人のみ。３曹が数名いて、学生の大半が私を含めた陸士隊員であった。その他に空自のレスキュー隊員が数名（2曹と3曹）という同期の顔ぶれだ。

別格の学生長はさておき、陸曹隊員と空自レスキュー隊員の心身の強さが際立っていた。曹士の階級の違いが自衛官としての実力の違いそのものだった。

そして、ただ1名の幹部である学生長が全員を懸命にまとめ、ムードも盛り上げてくれていた。やや落ちこぼれ気味の学生ではあったが、私も辛うじて5回の実降下を終え、日本国防衛庁陸上自衛隊の空挺特技資格と空挺徽章を獲得することに成功する！　入隊後、初めて獲得した徽章（バッジ）でもあった。

「先ずは空挺徽章をものにした。今後の自衛隊生活で、俺は果たして幾つの徽章をゲットできるだろうか？」そんなことを思った。

空からのパラシュート初降下は、高所から飛び降りる恐怖もさることながら、「教官・助教たちの激烈な指導の方が遥かに恐ろしく、暴力的でもあった」との印象がある。

基本降下課程修了直後の異動で、私は第1空挺団本部中隊偵察小隊に転属した。この年8月のことである。

第1空挺団本部中隊偵察小隊

私は普通科隊員としての基本基礎を31普連1中隊で教わったが、空挺団には空挺団の、団本中には団本中の、そして偵察小隊には偵察小隊の文化や伝統があった。

「締めるところは締めても小うるさいことは言わず、最後は酒を飲んでワイワイ騒いで終わり……」という大らかなノリが、空挺隊員全体の気質として存在していたと思う。

年を食った25歳の1士、しかも大学通学者である私は招かれざる新入りであったはずだが、腐れ縁があったのか、その後10年以上の歳月を空挺団本部中隊で過ごすこととなる（※入隊後約1年が経過し、私も2士から1士に昇任していた）。

その間に2曹にまで昇任させて頂き、大学も卒業させて頂き、さらには二度の米軍留学をはじめ様々な教育を受けさせても頂いた。当時の上官、同僚、後輩の皆様には本当に感謝している。

空挺団偵察小隊に所属して1年も経たぬうち、私は大型自動車免許を取得する「装輪操縦課程」及び偵察隊員の基本基礎を習得する「初級偵察教育」を修了した。

別名〝陸士レンジャー！〟と呼ばれる初級偵察は、陸士を対象とする教育であるものの、「コンパス・地図の取り扱い」や「爆破」等々、幹部・陸曹を対象とする〝空挺レンジャー課程〟と同じ内容の課目も多く、それが別名の由来である。

「空挺団の偵察隊員がどれ程きつい思いをするのか⁉」ということを、私はこの教育で身をもって知った。特にきついのは夜間に山中を行動することであり、〝野生動物のような脚力と夜行性の能力が必要不可欠！〟と、認識するに至る。

だが空挺団の訓練は、厳しくも刺激に満ちていた。北海道の矢臼別演習場を舞台とした「北方機動演習」に参加した時には、埼玉県入間基地からC－130輸送機に搭乗して飛び立ち、約2時間の空中機動を経て「巨大なうねりを見せる釧路の湿原地帯を眼下に見つつ……！」の空挺降下を経験した。私の記念すべき北海道初上陸は、ナント、パラシュートによる空からの潜入となったのだ。

さらにエキサイティングなことに、ヒグマが出現したためその演習は初日の夜で中止になり、空いた時間でジンギスカンBBQや渓流釣りを楽しむことができたのである。

普段、人が殆ど立ち入らないためか、北海道奥地の渓流魚は本州のそれに比べればスレていなくて〝うぶ〟であり、「警戒心が弱くて入れ食いで釣れる！」と、釣り好きの仲間たちが喜んでいた。

驚くことに、天然記念物のイトウを釣ってしまった隊員もいる。

偵察小隊での陸士時代、同じ営内班にH士長というスーパー軍事マニアがいた。いや、マニアという表現で収まるレベルではなく〝モノホン〟なのだ。

多くの有名な元軍人や軍事専門家、そしてサバイバル技術保有者の方々との交流を彼は持っていたが、自らの興味を満たすだけでなく、その人脈の力を空挺団のためにも、さらには陸上自衛隊のためにも大いに発揮した人である。

そんな仲間が身近にいたことで、空挺隊員としての私の視野は大いに広がり感性も磨かれたと思う。

H士長は陸曹に昇任した時期が私に近く、空挺レンジャー課程に同期で入校するというご縁もあった。偵察小隊での訓練や勤務、そして人間関係にも慣れ、所定の教育を修了した私は「アルバイト自衛官」と言われる陸士から「プロの自衛官」と言われる陸曹の道に進むことを決意する（※陸士が任期制であるのに対し、幹部・陸曹は定年制である）。

自信は全くなかったが、階級が陸曹以上でなければ受けられない教育、取れない特技・資格が数多あり、それらを目指すならば避けては通れぬ関門だ。

「陸曹の先輩方が胸に付けているレンジャー徽章、自由降下徽章、スクーバ徽章を自分も取りたい！」というモチベーションが不安を大きく上回っていた（※レンジャー課程、自由降下課程、スクーバ課程修了者は、それぞれの徽章を授与される。ちなみに自由降下課程とは、高高度から隠密に降下する技術を習得するための、言わば「スカイダイビング」の教育であり、高度だけでなく使用する落下傘も、そして用いる技術も基本降下課程で習得する降下とは大きく異なる。残念ながら私は、自由降下課程には入校する機会がなかった。なお、スクーバ課程については後述する）。

一般部隊のレンジャー教育は陸士でも入校できるが、空挺レンジャー課程は陸士を受け入れず、幹部・陸曹でなければ入校を許されない。と言うより、空挺団の幹部・陸曹にとってレンジャーは、「保有が義務付けられている必須の資格」である。

つまり空挺レンジャー課程とは、空挺団で陸曹になるからには必ず入校し、そして修了もしなければいけない〝マスト〟の教育であった。

陸曹候補生課程

空挺隊員となって約3年が経過した平成5（1993）年4月、私は陸曹候補生として板妻駐屯地（静岡県御殿場市）の第3陸曹教育隊（略して3曹教）に入校した。

28歳という年齢は遅咲きの部類であったが、それまで雲の上の存在に見えた「陸曹」という立場を目指し、同期の仲間たちと切磋琢磨した。所属部隊や職種がまちまちでも、同じ目的と覚悟を持つ者同士の団結は強く、それだけ楽しくもあった。

全員が各部隊で選抜された陸曹候補生である上、「履修前教育」と呼ばれる入校前の予備研修も終え、素養も高く準備万端の者ばかりであったと言える。

それまでに自衛隊で受けてきた教育と異なる点は、区隊長、班長、そして副班長から、ある程度の大人扱いをして頂いたことであろうか。

やはりこの教育でも、区隊長、班長をはじめ教官・助教の皆々様が、自衛官としても教育者としてもレベルが高く尊敬できる方々ばかりであり、「優れた陸曹隊員を育成する！」という目的のために選りすぐられたスタッフであることがすぐに分かった。

まさか自分が、のちにこの3曹教で〝部隊の要〟となる先任上級曹長を担うことになろうとは、この時は想像もしていない。

教育の内容は「陸曹として陸士隊員を引っ張って行くために必要な体力・気力の練成」や「屋外射場での実弾射撃」そして「演習場での戦闘訓練」が主体であり、「小銃を装備する小グループのリーダーとして、部下数名をいかに適切に引率し、組織としての戦闘行動をいかに有効に行うか」というテーマの訓練を、東富士演習場内で何度となく実施した。

また、「陸士隊員をいかに指導するか」という指導法課目の比重も多く、例えば、「射撃予習訓練における技術指導法」「数名の分隊員を整然と行進させる分隊教練」等を板妻駐屯地内のグラウンドで実施し、実員指揮能力の向上に努めていた（※射撃予習とは、実弾を用いず、主として射撃の姿勢や動作、そして照準要領を確認・改善するための予行的な射撃訓練の意）。

そんな教育の日々が半ばに差し掛かった頃のある日、陸曹候補生課程中で最も印象に残る出来事が、体力検定の持続走後に起きたのである。

人数が多いため2組に分かれて出走したのだが、1組目で走り終わった私と何人かの仲間は、自分たちの出番が終わって安堵していた。そして、こともあろうに自動販売機でジュースを買って飲み始め、そこを区隊長に見つかってしまったのだった。

「自分さえ終われば人はどうでもよいのか、なぜ仲間全員が走り終わるまで応援し、見届けないのか！」という、雷が落ちたかと思う程の叱責を受けた。当然である。そして「腕立て伏せの姿勢を取る反省」を、脂汗がしたたり落ちるまで続けさせられたのだった。

私の自己中心的な振る舞いは、その後の人生でも変わらず続いているが、この時の区隊長の教えは頭の片隅に今なお残り、私を戒めてくれている。

区隊長からは、「勝ちにこだわる意志」「勝負における闘争心の大切さ」についても具体的に教えて頂いた。

「勝つというのは〝勝ち逃げをする〟ということだ。勝つためには何でもしろ！　フライングもするしドーピングもするんだ！」という熱いアドバイスをして頂いたこともある。それも体力検定本番の直前に……。

その話を真に受けた私は、体力検定前に〝興奮剤が入っているかのような！〟栄養ドリンクを飲み、短距離走では実際にフライングをしてタイムを縮めた。

闘争心については、「あるテニスのトッププレーヤーは対戦相手のことを『あいつは俺の家族を激しく傷つけ、俺の妻を犯した憎い野郎だ！　だから俺はあいつをコート上でぶっ殺す！』自分にそう言い聞かせてコートに入るそうだ。勝負事に関しては、お前たちもそのくらい激しい執念と闘争心を燃やせ！」という、実在の人物のエピソードで説明をして下さった。

区隊長をはじめ、陸曹候補生課程の教官・助教の皆様から受けた熱い教えは、のちに陸曹となった私を支えてくれた土台である。

普通科中級偵察課程

約2ヶ月半の陸曹候補生課程を修了した私は、そのまま引き続いて富士学校（静岡県駿東郡）での普通科中級偵察課程に入校した。

この課程は、自分の主特技である偵察の技能を陸曹レベルに引き上げるための教育であり、陸士を対象とする初級偵察教育の一段上に位置するものである。

「富士学校」とは、富士駐屯地の別名でもあり、幹部教育も多く行われ、普通科をはじめ、陸上自衛隊の戦闘職種教育の〝総本山〟と言える教育機関である。

そこでは、東部方面管内だけでなく全国から学生が集まる課程教育が多く、我々の偵察課程も同じであった。

新隊員教育に前期と後期があるように、陸曹になるための教育にも前期と後期があり、「板妻で受けた候補生課程が前期」そして「富士学校での中級偵察課程が偵察隊員である私にとっての後期教育」という位置付けである。

前期では、職種の別なく陸曹として必要な共通課目が多いのに対し、後期では完全に職種ごとに分かれ、その道のスペシャリストになるための専門課目を学ぶシステムとなっている（※陸曹候補生課程は、同期全員が陸曹昇任前の候補生であるが、中級偵察課程は年に1回のみの教育であるため、入校枠と入校時期の事情から陸曹昇任後に入校する学生も多い）。

この時の私の階級は、陸曹候補生とは言いつつも、3曹昇任を半年後に控えた陸士長のままであった。しかし同期の面々を見ると、既に3曹になって1年以上経過している者が殆どである。それだけに彼らは〝生真面目でうぶ〟な陸曹候補生課程の同期たちと比べれば相当スレていた。

スレているだけでなく〝猛者〟が多かったことも、この教育の同期の特徴である。レンジャー教育修了者も何名かいたし、部隊でそれなりに陸士を指揮・指導してきた経験や、各種訓練・戦技競技会等での優秀な実績を持つ者ばかりなだけに、教官たちを小バカにするようなところすらもあった。

教官から付与された課題などそっちのけで営内での酒盛りを繰り返し、翌日、教官に対して皆で口裏を合わせ、「課題は出ていなかった⁉」ことにしてしまった〝ウルトラC〟もある。

後で聞いた話によると、同課程の歴史の中で、そこまで規律が乱れたのは〝我々の期だけ⁉〟であったらしい。

どの課程教育でも、成績優秀者が修了式で表彰されるのが普通なのだが、思い返すにこの時ばかりは〝該当者無し⁉〟だったような気もする。しかも我々の規律の乱れの反動により、次の期からは締め付けが相当厳しくなったとのこと。

でも今にして思えば、矛盾に満ち満ちた平成の自衛隊を渡り歩くためには、その程度のふてぶてしさやしたたかさがあって丁度よかったのかもしれない。

そして皆、〝ここぞ！〟という場面での体力気力は非常に強く、プライドも高かった。「青木ヶ原樹海での、コンパス使用による方位維持訓練」や「演習場で夜通し雨に打たれながらの監視訓練」も平然とこなした。

青木ヶ原樹海では〝白骨化したご遺体や、まだ白骨化していないご遺体〟にも同期の皆は気付いたらしいが、私はコンパス・前進目標との〝にらめっこ〟に夢中で全く気付かなかった。きっと皆に比べて余裕がなく、視野も狭くなっていたのであろう。

（青木ヶ原樹海での訓練は、私が翌年入校した空挺レンジャー課程でも行われた。その時に樹海内をさまよっている男性を発見し、応急的に作った担架でその方を搬送したグループもあった。ちなみにその男性はとても太っていて、「レンジャー訓練の中でも特にきつい体験だった」と話していた仲間もいる。青木ヶ原樹海は言わずと知れた〝自殺の名所〟であり、助けはしたが、「この男性も自殺目的で樹海に入ったのでは……」と推測されていた。そのような場所での訓練であるだけに、訓練が終わって我々が樹海から出て来た時、教官たちが〝清めの塩〟を振りかけてくれたことも思

い出す）

ともあれ、「普通科偵察職種の陸曹になるために必要な強さとしたたかさ」を学べたことが、富士学校中級偵察課程での、何よりの収穫だったと思う。

曲がりなりにも同課程を修了し、空挺団偵察小隊に復帰した私は、平成6（1994）年1月1日付で、晴れて3曹に昇任した。

陸曹デビュー

陸曹としての私のデビュー戦は、「初級偵察教育の助教兼分隊長」という役職だった。

〝陸士レンジャー〟と呼ばれる程に内容も濃く、身体的にも精神的にも大きな負荷がかかる教育を主役として担当するのだから半端ではない。

分隊長という、10名弱のグループを率いるリーダーの立場で先頭に立ち、房総の山中や広大な東・北富士演習場を舞台に、若くて血気盛んな空挺団の陸士たちを引っ張って行くことの難しさと厳しさを存分に味わった。

20歳前後と若い分隊員たち以上の体力と気力、そして指導能力が、もうすぐ29歳になろうかという私に強く求められたのだが……。結果として、私はその役割を果たすことができなかった。特に教育の集大成である総合訓練中、私は大きな挫折を味わうこととなる。

3月初旬、雪が膝上まで積もったままの北富士演習場で総合訓練が実施された。当初はアドレナリンが出ていたのか疲労など全く感じなかったが、途中、私のミスリードにより分隊を雪の山中で長時間迷わせる失態を演じてしまう……。

それ以後、体力気力が急低下し、長時間の彷徨の末にどうにか目的地へたどり着きはしたものの、分隊員たちの前で〝ヘロヘロ〟になってしまったのだ。

ギブアップもダウンも辛うじてしなかったことが精一杯で、私がそれまでに見てきた先輩陸曹たちの勇姿と、自分がさらしている醜態との落差は激しかった。

偵察隊員としての自分、空挺隊員としての自分、さらには自衛官としての自分の資質を疑い始めたのはこの時であるが、時は待ってはくれず、空挺団で陸曹となったからには避けては通れぬ〝空挺レンジャー課程〟への入校が予想外に早く、私に巡って来たのだった。

次にレンジャー入校予定だった中隊の先輩が、けがの影響でキャンセルとなり、図らずも繰り上げで私にお鉢が回って来たためである。

空挺レンジャー課程

同年4月、私は心の準備もないまま、他人事のようにとらえていた空挺レンジャー課程に入校した。「初級偵察の分隊長すら満足に務まらなかった自分が、果たしてこの難関を突破できるのだろうか？」という疑念が常に頭をよぎる。

空挺レンジャー課程とは、習志野駐屯地内での基地訓練が約1ヶ月、房総半島山中での想定訓練等が約1ヶ月、合わせて約2ヶ月間の教育である。

基地訓練の主な内容は、体力練成とロープ訓練、そして障害走である。爆破等に関する若干の座学や実習もあったが、ほぼ全てが〝首から下〟を鍛えるメニューだった。

また毎夜、「そこまでやる必要があるのか？」と思える程にミリミリ行われる武器手入れとその点検があり、何が合格基準なのか分からないままに何度もやり直しをさせられていた。延長時間は深夜に及び、〝睡眠時間が削られて翌日の訓練が尚更きつくなる〟というカンジでもあった。

後半の想定訓練だが、舞台となる房総半島には著明な高い山がなく、標高300m程度の山がボコボコと無数に連なっている。似たような低い山ばかりなので位置の標定が難しく、それだけ地図判読とコンパス使用によるナビゲーション訓練には適地と言える。習志野から距離が近いことだけではなく、それも房総半島で想定訓練が行われる理由であった。

例年、空挺レンジャー課程は2回実施される。4月から6月までの〝春レンジャー〟と、9月から11月までの〝秋レンジャー〟であり、春レンジャーに入校した先輩は「春の方が厳しい！」と言い、秋レンジャーに入校した先輩は「秋の方が厳しい！」と言う。

私は期せずして春レンジャーに入校した訳だが、基地訓練の最後に実施される障害走検定で不合格となり、山での想定訓練に進むことなく原隊復帰（教育をドロップアウトして原隊、つまり自分の所属部隊に帰ること）した。

春レンジャーでは、基地訓練が終盤に差し掛かる頃に5月のGWがあり、空挺レンジャー課程でも3日程の休日がある（その期はあった）。この3日間を利用（悪用か？）し、私は房総半島の想定訓練地域数ヶ所にソーセージや栄養補助食品等の食料と飲料水（ペットボトル）を埋めに行ったのだ。

初級偵察教育でも房総の山中で訓練していたため、レンジャーの想定訓練経路はおおよそ見当がついていた。

山での想定訓練中は、食料も水もわずかな分量に制限されるため空腹と渇きに喘ぐ。それを少しでも補うための姑息な小細工であり、紛れもなく不正行為である。

だが、食料も水も自分の分だけではなく同期たちの分も用意していたので罪悪感は薄く、むしろ得意気にその〝チョンボ〟をやらかしていた。

そしてその帰路、バイクで転倒して右手親指を骨折し、左足を打撲するけがを負ってしまったのだ。本当に〝大バカヤロー〟である。

隠すに隠せず、教官や助教に全てを正直に話さざるを得なかった。意外にも怒られることはなく、「障害走検定に挑むだけ挑んでみろ！」と、むしろ激励して頂いた。

数日後に実施された検定に挑むだけ挑み、結果は数十秒のタイムオーバーで不合格。

「少しでもロープ等を上りやすいように……」と、衛生科の助教が私の右手の包帯をテーピング状態に固定して下さったことが功を奏し、「行ける！」と思ったが徐々に握力が低下し、最後の一周では右手に全く力が入らなくなっていた（毎期、空挺レンジャー課程の入校時には、教官から学生全員に注意事項等の説明が行われる。その場では今もなお、「過去にある馬鹿がGWの休み中に……」という注意喚起がなされていると聞く）。

私の他にもう1名、同期のE3曹が障害走で不合格となり、原隊復帰が決まっていた。

E3曹は、「自分は自衛隊を辞めてフランス外人部隊に行くことを考えています」と私に語った。実はこの時、私も全く同じことを考えていた。

基地訓練の1ヶ月間だけでも滅茶苦茶きつかった。もう一度挑戦し、同じ苦労をまた初めからやり直す気にはとてもなれない。「どうせ苦労するなら、さらに箔が付きそうなフランス外人部隊を志したい……」そう思ったのだ。

また、前半の基地訓練を受けたのみではあるが、憧れていた空挺レンジャー課程に幻滅する点が少なからずあったことも、再挑戦を躊躇した理由である。

武器手入れ後の点検の際、点検官の助教が泥酔状態でやって来て、意味不明な卑猥語とともに点検結果の良し悪しを我々に伝えたことがある。明らかに悪ノリが過ぎていた。

「空挺団の多くの先輩方が通って来た道なのだから、おとなしく従っている他はない。こういうものなんだろう……」とも思ったが、一方で強い違和感を覚えたのも確かである。

明らかに〝人災〟と言える訓練事故も目の当たりにした。高所に架けたロープ橋を渡る訓練中に腕力が尽きて渡り切れず、同期の一人が中途で宙吊りになった時のことである。

その学生が救助を懇願したにも拘らず、担当教官は彼が失神して痙攣を起こすまで放置し続け、ついには病院に救急搬送されるに至った。人命に関わる重大事故であったが、その教官は教官として、その後も存在し続けていた。

私自身も基地訓練の間に納得できない指導を受け、それに対して反発したことがある。

それは「ハイポート」という、小銃を両手で保持しつつの駆け足でしごかれている最中のことであり、「銃の床尾（下端部）を腰の弾帯に引っ掛けて負荷を軽くするチョンボをしている！」との理由で、一人の助教からいきなり突き飛ばされたのだ。

私はそのようなチョンボはしていなかったので、「そんなことやっていません！」と反抗した。すると、後でその助教から呼び出され、「お前、俺に逆らっていいのか？　山に行ってからどうなってもよいのか？」と脅迫された。しかし、「やっていないものはやっていない」としか答えようがなかった。

自分の期以外でも、レンジャー課程中の悪い逸話は色々と耳にしたことがある。

ある幹部のレンジャー入校中の話だが、「生存自活訓練（蛇や鶏をさばいて食べるサバイバル技術課目）の時、生きている大きな鯉を『頭から丸ごと食え！』と教官から命じられたので仕方なく目をつむって噛り付いたところ、鯉が暴れるわ、でかい浮き袋が口の中で膨らむわで思わず吐き出してしまった。すると、『なんで吐き出すんだ、しっかり食え！』とボコボコに殴られる始末……。それ以来、俺は刺身や寿司を食えなくなったんだ……」という経験談を、ご本人から直接伺ったことがある。実際にその方は、宴会でも食事の席でも刺身や寿司には全く箸を付けなかった。

〝陸上自衛隊随一の精鋭部隊〟である空挺団。そこでのレンジャー課程は、紛れもない最高レベルの教育であり、その教官・助教は能力・実績ともに陸上自衛官としては最高、且つ最強であった。自分など足元にも及ばない、優れた空挺隊員の方々でもある。

大変お世話になり、個々の教官・助教には感謝の念しかない。だが、陸曹に成り立ての自分でも感じてしまう「無意味な厳しさ」そして「危険な厳しさ」が、当時の空挺レンジャー課程には色濃く存在していたと思う。

ともあれ、自分の失態でけがをし途中で戦線離脱することを、教官・助教と同期の皆に詫びて私は中隊に帰った。

早速、中隊長に原隊復帰の申告をしたところ、「ドジ！　次の秋のレンジャーで頑張れ！」その一言だけを言われた。

斯くして私は、春と秋両方のレンジャーに入校する珍しい一人になってしまった訳だが、部下の失態を「ドジ！」の一言であっさり片付け、有無を言わさず次に向かわせる空挺団本部中隊長の、男気の素晴らしさが身に沁みた。

一度終えかけた基地訓練を再度行う苦しみもあったが、同じことの反復なので体が要領を得ているというアドバンテージもある。そして何より、「大切なレンジャー同期が2倍に増える！」という恩恵があった。

前回不合格となった障害走検定は、同期中でのトップタイムでリベンジを果たせた。二度目というアドバンテージが私にかなり有利に働いたとは言え、強者揃いの空挺レンジャー学生の中で、しかも空自のレスキュー隊員も数名いる中で競ってトップという結果は誇れることである。こんな自分の中にも空挺隊員としての長所があることを知り、素直に嬉しかった。

ただ、房総の山に移動してからの想定訓練は、私にとっても未知の世界であり、「基地訓練では難なくできた同じことが、なぜか山の中ではできない……」ということも往々にして起きたのだ。体の疲労のせいなのか、精神的なものなのか、自分でも理由が分からない。

治療が不完全だった水虫の症状が山での生活中に悪化したことは明確に自覚できるマイナス要因であり、その悪影響も意外に大きかったとは思う。

何かの戦争映画の中で、「戦場では、先ず足の手入れをしっかりやっておけ、それが原因で死んでいくヤツが大勢いる！」というシーンがあり、レンジャーの想定訓練中にその意味が分かった気がした。

視力の衰えも想定訓練で山に入ってから急速に感じ、特に夜間は〝鳥目状態〟に陥ってしまった。日常生活では勿論、それまでは夜間の訓練中でも不便を感じることはなかったのだが……。

年齢的に視力が衰え始める時期と、レンジャー訓練による体力と精神の疲労が重なった結果なのかもしれないが、タイミングとしては最悪だった。普段愛用していないため眼鏡も持参しておらず、物でカバーし矯正することもできない。

鳥目であることを教官・助教からたしなめられたものの、その種の資質について咎められたところで現地では修正する術がなく、単に自信を喪失するだけだった。

想定が進むにつれて訓練の負荷は増し、携行食料と睡眠時間の量が減るのに反して訓練日数は長くなり、背嚢と装備の重量は増していく……。

私は山での耐性が強くなかったのか、行動中にしばしば幻聴を聞き、幻覚を見た。

深夜の山中行動時、沢を流れる「ザーッ」という水の音が、有名な演歌の「ああ、川の流れが云々……」というさびの部分に聞こえ始め、そのメロディーが頭の中で延々とリフレインし続けるのだ。

またある時には、進行方向の山の稜線上にファミリーレストランが見え、中でウエイトレスが食べ物の用意をしている姿が見えた。腕時計を見ると夜中の2時過ぎである。「今、俺がいる場所は房総の山中のはず……？」

結局、ファミレスの場所に着いてみると「木の枝が揺れているだけだった……」等のような体験を何度かしたものである。

最終想定の時、差し入れで頂いた栄養ドリンクを水筒に入れた。疲労回復の助けにしようと思ったのだが、行動開始前の点検でそれを助教に見つかり指摘を受けてしまう。

このような場合、空挺レンジャー課程ではペナルティーを課せられる。この時の私は、水筒の水を全部抜かれた上に10キログラム程の土嚢を追加で持たされた。

そのペナルティーは翌日になっても解除されず（土嚢はどこかの段階で外されたと思うが水筒は丸1日以上空のままで、自力補給が可能な機会はなかった）、やがて私は仲間の隊列について行けなくなった。

皆を待たせ、「想定任務の遂行に支障を来す……」と思ったので、「もう諦めます。原隊復帰します」と教官に申告をした。

すると、それを聞いた同期の仲間たちが私の元に駆け寄り、背嚢にしろ、銃にしろ、「あっ」と言う間に私の持ち物全てを身ぐるみはがすように無言で取り上げ、分担して持ってくれたのだ。

「最終想定まで頑張って来て、原隊復帰なんかするんじゃねーよ！」という同期の救いの手であり、有難さと申し訳なさで両目から涙が溢れ出たことを覚えている。

しかし、完全に手ブラになると拍子抜けする程に身軽で、あまりに情けなくもあり、「少しぐらい何か持たせてくれよ……」と皆に頼んだが、しばらくは何も持たせてもらえなかった。

（今、この文章を書きながら当時を思い出し、空挺レンジャー同期の皆には本当にお世話になったことと、ご迷惑をかけてしまったことを改めて申し訳なく思う。特に、なけなしの水筒の水を分けて飲ませてくれた空自レスキューの隊員には、お礼の言葉もない。障害走での最大のライバルに、山では随分と助けられた）

次の役職交代時に、ようやく自分の武器と装具が戻ってきたものの、心が一度へし折れ体も完全にバテてしまった後だったので皆と同じようには行動できず、やはり私は落伍しがちであった（※想定訓練中は役職を交代する時が一つの結節であり、若干のインターバルがある。ちなみに役職には、戦闘隊長、コンパスマン、通信手、84ミリ無反動砲手、機関銃手等々があり、それぞれにきつかった）。

そんな私に対し、堪忍袋の緒を切らした一人の助教から暴力的な制裁を加えられてしまう。それも股間を蹴られる等、敢えて急所を攻められた。そこは理解もできないし許容もできない。

さすがに腹が立ち、「相手が助教ではあるが、ぶん殴ってやろう！」そう思い拳を握りしめたものの、蹴られた股間が痛くて反撃もできない程だった。この時も同期の皆が助教と私の間に割って入り、私を助けてくれた。

結局、私も最終想定終了まで残った。とは言え、これ程に無様であったため満足感も達成感もなく、当然嬉しくもない。「駐屯地に帰ったら退職しよう……」それだけを考えていた。

最終想定終了後、房総の保田という町に構えたレンジャー基地に戻って一息ついた時、私に暴力的制裁を加えた助教がやって来て私の隣に座った。神妙な顔つきだったので、山でのことを多少は気にしていたのかもしれない。

「お前は自分で自分を限定しているんだ。なぜ、基地訓練中にできたことが山に来てできないのか？もっとできたはずだ！」確か、そのような言葉をかけられたと思う。

ビールを1本もらい、その後一緒に飲みながら他愛ない世間話をした気もするが、その助教は程なくして私のいる天幕から出て行った。

私は、今回の結果が自分の実力通りであることも、これが自分の限界であることもよく分かっていた。決して、自分で自分にマイナスの暗示をかけて金縛りにあっていた訳ではない。

視力が急激に衰え始めたことばかりではなく、空挺レンジャー隊員としての資質が自分に欠けていることがハッキリしたのだ。でも、これが全てではない。辞めればよいのだ。他の道を模索すればよいだけである。

「レンジャー徽章を獲得したら、一体どれ程の自信を得られるのだろうか……」そう思っていた。

だが私の場合、空挺レンジャー課程は「自分がいかに弱く情けない存在であるか……」ということを再認識させられるだけの機会となって終わった。

房総から習志野にレンジャー学生が帰還する時、駐屯地の全員が営門に並んで出迎え、団長から労いのお言葉がかけられる。出迎えられた時、同期の皆の表情には達成感が窺えたのに対し、それは私には、全くなかったに違いない。

障害走で空自のレスキュー隊員たちにも勝った自信すら、微塵も残ってはおらず、落胆だけがあった。本気で退職を考えていたが、フランス外人部隊という選択肢も、もうない。

団長の訓示が始まり、以下の話をされた。

「諸君、ご苦労さん。大変だったろう。しかし、空挺レンジャー課程も教育の一つに過ぎず、スタートラインでしかない。今後諸君は、自由降下課程や海自のスクーバ課程等を希望し、外国語も積極的に習得し、世界のいかなる場所のいかなる任務にも対応できる隊員になってくれ！」

この訓示を聞き、私の気持ちは性懲りもなしに呆気なく変わった。

「そう言えば、俺は泳ぎもそこそこできるし、英語も勉強だけは続けている。レンジャーが全てではない。自衛官としての自分の可能性を、別の角度から見出してみようか……」

団長だけではなく、中隊の先輩からも陸曹としての価値やリーダーシップについて次のような説明でご教示頂き、考えさせられたことがある。

「体力や各種技能に秀で、訓練や作業をテキパキ指揮・指導できることばかりが陸曹のリーダーシップではない。『あの先輩は優しい人だから少しは言うことを聞いてやろうか……』とか、『あの先輩には、この前メシをおごってもらったから指示通りに動いてやろうか……』そう思われるのも立派なリーダーシップなんだぞ！」

陸曹の先輩方を見ると、確かに人それぞれでタイプが異なっている。「自分しかいないタイプの陸曹を目指して、もう一踏ん張りしてみようかな……」そう思った。

約半年後、本当に懲りない私はスクーバ課程入校のため、広島県江田島にある海上自衛隊第1術科学校の門を30歳という年齢で叩いていた。

ただ、空挺レンジャー課程修了から海自スクーバ課程入校までの約半年の間に、自分の自衛隊生活の中でも、いや、日本国としても極めて重大な出来事が二つも続いて起こっていたのである。

阪神・淡路大震災とオウム地下鉄サリン事件

一つ目の出来事は、平成7（1995）年1月17日に発生した阪神・淡路大震災である。

「大規模な火災も発生して甚大な被害が出ているが、道路が寸断されて車両の通行が制限されている」

と報道されていて、「空中機動部隊である我々空挺団の出番がすぐにやってくる！」そう推測した。指示はなくとも、災害派遣で必要となりそうな物品を背嚢に詰め込み、習志野駐屯地から遠出をせず、近場での待機を自主的に続けていた。

2日経ち、3日経っても災害派遣のお呼びはかからず、代わりに受けたのは「習志野演習場の草刈りをやれ！」という指示だった。仕方なく草刈りをやったものの、気持ちが収まるはずもない。

その翌々日くらいから代休を申請し、中学時代の1年半を過ごした兵庫県西宮市上甲東園に一人のボランティアとして向かった。

「神戸市長田区周辺の被害が大きい」と聞いていたが、電車も止まり、立ち入り制限もあるようだったので長田区ではなく、かつて住んでいた町を目指した訳である。

だがそこも、最後の2駅区間は電車が動かず徒歩で移動した。途中、何軒もの倒壊した家屋が視界に飛び込んでくる……。

中学時代の友人の家々を直接訪問し、散乱した室内の片付けを手伝う程度で大した支援はできなかったが、それでも「よく来てくれた！」と歓迎して頂き、被災地なのにウナギ弁当をご馳走になる等、むしろお世話になりご迷惑をかけてしまった。

登山用の大型リュックに詰めて持って行ったカップラーメン等を避難所に差し入れたものの、既に食料は大量に運び込まれた後で、結局それも〝有難迷惑〟にしかならなかったと思う。

かつて通っていた中学校が避難所になっており、私はそこで一泊させて頂いた。程なく、同級生だった女性がご家族と避難していることに私は気付く。彼女の方は、私には全く気付いていない。中学時代、合唱コンクールの時にピアノ演奏をしていた綺麗な人だったので、私は一目で彼女と分かったが名乗り出ることを控えた。

自分が自衛官であることを被災者の方に、しかも中学時代の同級生だった女性に知られたくはなかったからだ。自衛官として、任務として被災地に赴いていないことが恥ずかしく、後ろめたかった。後日、空挺団のごく一部が給水支援任務のため、陸路での車両移動で被災地入りをしている。ちなみに私は、派遣メンバーには入っていない。

そのひがみではないが、「陸路の移動による給水支援ならば、必ずしも習志野から空挺団が行かなくてもよいのに……」そう思った。

「常日頃訓練している空中機動能力を、このような非常時に使わずして、一体いつ使うのだろうか？」という不満と疑問を強く感じた。それを身近な上官にぶつけたが、納得できる答えはどこからも返ってはこない。

自衛官として、国家の重大事に役立てなかったことで失意し、ここでも私は退職を考えた。この時点ではスクーバ課程の入校がまだ決定しておらず、退職を思い止まる要素も特になかった。

親元に電話し、「馬鹿馬鹿しいから今度こそ自衛隊を辞める！」そう伝えたところ、母親からは「それは辞めて当然だ！」と言われた。しかし父親は、「どさくさに紛れた侵略にも備えなければいけない。待機部隊も必要だ。その役割の故なのではないか？」そう言った。

父親は一介の銀行員だったが、国防に関し、むしろ現役空挺隊員の私よりも冷静で現実的な判断をしているように思え、私は退職を考え直した経緯がある。

阪神・淡路大震災に際し、自衛隊の初動が遅れた原因は「府県知事からの派遣要請がなかったため、自衛隊としては身動きが取れなかった」こととされている。そして「現在の自衛隊として、できるのはこの程度が限界……」と言いつつ、当時の中部方面総監が涙を流す映像がテレビでも放映されていた。

だがそんな中にあって、命令がないまま独断で被災地に出動し、人命救助を行った部隊もあると聞いた。ちなみにその指揮官は〝命令違反〟ということで、何らかの処分を後日受けたらしい。

この時、現場の部隊指揮官だけではなく、将官クラスの方々に同様の覚悟と行動力があったなら、犠牲者数は大幅に減少していたのかもしれない。

二つ目の出来事は、同年3月20日に発生したオウム真理教による地下鉄サリン事件である。

この時の空挺団の反応は速かった。非常勤務態勢への移行命令が出た時、私の中隊はあいにく宴会の真っ最中であったが、直ちにお開きとなり、すぐさま全員が部隊へ戻った。

それから当分の間、駐屯地内に缶詰状態となり、寝る時も迷彩服を着用したまま、空挺靴も履いたままだった記憶がある。

そして、事件は予想以上に深刻であるだけでなく、身近でもあった。「空挺隊員の中にもオウム真理教に洗脳され、教団による犯罪に手を貸した者が複数いる」という事実が間もなく判明したのである。しかも、その多くが各教育で私と同期だった面々であり、中にはレンジャーの同期まで含まれていた。

レンジャー課程直後の1、2ヶ月間は、誰しもダメージで体が思うように動かないのが普通であり、私もそうだった。そんな状態であるにも拘らず、教団の指示に従い犯罪行為に加担していたのだ。〝カルト教団による洗脳の呪縛〟が、いかに強く恐ろしいものであるかを如実に物語っている。

それにしても、複数の同期たちが教団の勧誘を受けていた中で、私には何の声がけもなかった。教団によるヘッドハントのリストに自分が挙がらなかった理由が「全く気にならなかった」と言えば嘘になる。

その事件に関し、空挺団内外でしばらく諸々の動きが続いたものの、私自身は結局、駐屯地内の待機だけで終わった。

レンジャー課程修了後、この二つの重大な出来事を経た同年5月中旬、私はいよいよ海自のスクーバ課程に入校する。

開式スクーバ課程

教育の正式名称は「海曹士専修科開式スクーバ課程」であり、本来は海上自衛隊の曹士クラスを対象とした教育であるが、陸自の隊員も恒常的に少数名が受け入れられている。なお、幹部に対するスクーバの教育は別個に存在する。

開式スクーバと言うからには閉式もある訳だが、この時はそこまで深く考えることもなく、〝海自でも特に厳しい！〟とされる目の前の教育を無事にやり遂げることしか頭にはなかった。

数年後、まさか自分が米軍に留学して「閉式潜水器」を学ぶ境遇に置かれようとは、この時は夢にも思っていない。

開式スクーバ課程同期のうち、陸自隊員は私を含めた3曹の数名で、過半数が空挺隊員だった。

レンジャー帰還時の団長訓示で言われた通り、「空挺隊員には、陸、海、空での潜入技術や作戦行動能力が求められる」ため、毎年数名の空挺隊員がスクーバ課程に入校していた背景がある。

一方、海自側の入校学生は3曹が若干名で、多くは士長と1士という階級構成になっており、その中に若干の女性隊員も含まれていたが、男女の別を問わず海自隊員の泳力と水に対する耐性の強さはさすがであった。

事前の素養試験に合格した上での入校とは言え、小学生時代の一時期にスイミングスクール通いをしていた程度の水泳歴だった私は、この教育でも大いに苦渋を味わうこととなる。

全般的にきつい教育である中、特に苦労したのが水中での「息こらえ」を鍛える種々の訓練である。こらえきれず、出してはいけない頭を呼吸のため水面に出そうものなら教官がすかさずやって来て、その頭を思いっ切り押さえつけられ沈められるのだ。

レンジャーで味わった疲労、空腹、渇き、眠気、重さ、寒さ、暑さ、慌ただしさ等の苦しさとは、また一味も二味も違う〝呼吸ができない〟という責苦であった。

潜水中に網を被せられたり、マスクやフィン等の装具を外されたり、呼吸器まで口から外されるハラスメントのオンパレードを凌いでリカバリーする「水中でのトラブル対処訓練」も強烈だった。だが、特にこの訓練が、数年後の米軍留学を乗り切るための基礎になったと私は思っている。

江田島から、瀬戸内海にある別の離れ小島まで泳ぐ「遠泳の訓練」も厳しく、若くて泳力のある海自隊員たちのハイペースに合わせて長距離を泳ぐことは至難であった。救いだったのは、たどり着いた島で「カニや魚を捕まえＢＢＱで昼食の足しにする」という面白味のある訓練だったことだろうか。

スクーバ課程は学科も充実していた。潜水事故や潜水病から身を守るための知識として不可欠な、人体の生理学や潜水衛生についてもかなり詳しく学んだ。テストが多く、合格基準も高かったと思う。

このように体も頭もフル稼働の教育内容でありながら、意外に心と体のリフレッシュ、リセットができていた。それは多分、課業中と課業外のメリハリがあったからであろう。定時に行う清掃や、長い歴史と伝統を持つ「赤レンガ」教場での自習の統制はあるものの、陸曹候補生課程や空挺レンジャー課程に比して課業外の生活には結構余裕があり、〝まったり〟していたとも言える。

平日でも外出して居酒屋へ行ったり、教官宅にお邪魔して焼肉をご馳走になることもあった。そして週末の外出では、宮島や尾道、さらには高速船で四国にも足を延ばして松山の道後温泉等を訪れた思い出もある。

このように見所満載のスクーバ課程であったが、その中でも特筆すべきは、やはり教官の〝資質〟についてだと思う。

これまで受けてきた全ての教育と同じく、海自潜水教官の凄さも半端ではなかった。〝エラ呼吸〟なのかと思える程に水中を長く、そして速く泳げる教官。「水泳でオリンピック代表の一歩手前までいった!」と言われている教官。湾岸戦争後のペルシャ湾に掃海艇で派遣され、実際に機雷処理を実施した教官……。実力、経歴ともに錚々たるメンバーが揃っていた。

そして人情味もあった。主任教官だった方は、教育開始時の団結会(要は宴会のこと)の席で日本酒一升瓶をラッパ飲みし、その場でぶっ倒れていた。学生である我々を盛り上げ、勇気づけるためにして下さった行為に他ならず、決して大酒を飲みたかった訳ではない、恐らくは……。

またこの入校は、陸上自衛隊と海上自衛隊との文化や風習の違いを肌で感じる機会にもなり、視野も大いに広げられた。

ベッドメイクは陸自より厳格で、シーツのしわを消すために霧吹きまで使った程である。用語も「海軍流」であり、普通の清掃をなぜか「甲板清掃」と呼称し、普通の外出を「上陸」と呼称するのだ。

実は、この「海自と陸自の文化や風習の違い」は興味深いだけでは済まず、そのために危うく我々、陸自の空挺隊員が原隊復帰になりかけた局面もあった。

当時は習志野駐屯地に限らず、陸上自衛隊のどこの駐屯地であれ、外出した隊員が酒を買って駐屯地に持ち帰るのは普通のことであった。

空挺団から入校した我々は、江田島でもその感覚のまま、外出して買った酒を第1術科学校内に持ち帰って来たが、勿論悪気など全くない。

ところが、そこではその行為は〝完全に御法度〟だったのである。さらにまずいことに、酔っ払った我々は、学校敷地内の外れにある植木に小便までかけてしまっていた。

習志野駐屯地では、隊員クラブ（駐屯地内の酒場）から各隊舎へつながる経路上に「〇〇中隊の木」「△△小隊の木」等と勝手に名付けられた木があり、クラブで飲んだ帰りに自分が所属する部隊の木とやらに小便をかけて帰る風習があった。少なくとも、私が所属した団本中偵察小隊には間違いなくあった。

「いつも小便をかけているからウチの小隊の木が一番よく育っている！」などと、営内班の先輩が誇らしげに語っていたものである。

だが、陸上自衛隊習志野駐屯地での常識は、江田島の海上自衛隊第1術科学校では絶対的な非常識であった。空挺団から入校していた我々と、その巻き添えになった海自の士長、1士数名が2週間程の外出禁止となったが、その程度の罰則で済んで本当によかったと今にして思う。

ともあれ、かつて日本海軍兵学校が所在した伝統の地で修業する機会に恵まれたこと、そして曲がりなりにも卒業させて頂いたことが大変有難く、憧れのスクーバ徽章を獲得できたことが何より嬉しかった。

その一方で、ここでも悔しさを大いに感じていた。自分より階級も年齢も随分若い女性隊員に負けていた部分もあったし、空挺団から共に入校した数名の中では、私が大きく見劣りしてもいたからだ。

レンジャーのリベンジをスクーバで果たすことは叶わず、むしろ負債が膨らんでしまった感がある。それでもレンジャー修了時とは違い、激しい落胆はなかった。

江田島から習志野への帰路、フェリー上で瀬戸内海にしばしの別れを告げつつも、「次の何かで、この借りを必ず返す！」との思いをたぎらせ、リベンジの手段を模索し始めていた。そして広島空港から羽田へ向かう機内で「次の何か」が明確になる。「やはり、次は外国語だ！」
切り替えの早さで能力の低さを補うのが私の持ち味であったかもしれない。

陸曹上級英語課程

江田島から習志野に戻り、課外時間の多くを英語学習に費やすようになった。陸曹候補生になって以来、2年続けて休学していた大学の通学を再開したのもこの頃である。

自衛隊の英語課程への入校も強く希望して素養試験を受けさせて頂き、その結果、翌平成8（1996）年4月から小平駐屯地で実施される「陸曹上級英語課程」への、約5ヶ月間の入校が決まった。

これだけ立て続けに教育入校ばかりさせて頂けたのは、実は、原隊での私の働きが左程よくなかったからである。

部隊にとって本当に欠かせない優秀隊員であれば、そうそう何度も長期にわたり部隊を離れることはできないし、させてももらえない。

幸か不幸か、部隊の中で中途半端な存在であったことが、私が様々な入校の機会に恵まれた要因の一つである。

陸曹上級英語課程には、北海道から九州までの全国各部隊から様々な職種の隊員が同期として集まって来た。

陸曹の課程と言っても階級・年齢ともに幅があり、30代後半の陸曹長（陸曹の中で最も高い階級）もいれば、20代前半の3曹もいた。また、女性の事務官や自衛隊病院の女性看護士も含まれていた。当時は勿論、同期全員が陸曹（事務官は陸曹と同レベルの級）だったが、その後幹部に昇任した者も多い。学力も向上心も高い者ばかりであったことを考えれば当然の流れであったろう。私のように定年間際まで陸曹だった者は、この同期の中ではごく少数派である。

陸曹上級英語課程では、入校時の試験の結果でAクラスとBクラスに分けられ、その後も定期に実施される試験の結果に基づきクラス替えが行われた。残念ながら、私は入校から卒業まで終始Bクラスを定位置としただけでなく、最終的な成績に大きく影響する中間試験では〝最下位〟という惨憺たる結果であった。

同じ英語課程学生でも、その実力には天と地ほどの差がある。ただ、英語課程に入校して来る隊員には好奇心旺盛で多才な者が多く、途中から英語そっちのけでパソコンにのめり込み始めてしまう者もいれば、「自衛官に大切なのは、やはり体力である！」との思いにとらわれ、ひたすら体力練成に励み始める者もいた。

英語に打ち込む時は打ち込むが、一旦潮が引くと成績の急降下など全く意に介さない彼らの存在のお陰もあり、その後の私の成績は、相対的には上向きとなっていった。

勿論、５ヶ月もの間、睡眠時間を削って英語の勉強に集中してはいたので、「他人との比較ではない自分自身の実力」もかなり上がったと思う。しかし、課程修了後にアメリカ映画を字幕なしで観たところ、やはりチンプンカンプンだったのでガッカリしたものである（これに関しては、二度の米軍留学後に試した時も同じ結果であった）。

語学課程なので課目の内容は「会話」「リスニング」「リーディング」「文法」「作文」等々であるが、その頭に〝軍事〟の文字が付く課目名が多く、使用教材は〝米軍の教材が主体〟という特性もあった。移民の国の軍隊である米軍には、母語（使用言語）が英語でない入隊者も多く、そのような隊員たちに対する英語教育システムがある。そこで使用されている教材を自衛隊は導入し、英語課程のテキストとして採用していたのだ。従って、英語と軍事知識をとても効率よく同時に学べた。

また、米軍人やそのご家族（主にご夫人、時にはご令嬢）とも定期的に交流し、対面で会話を学ぶ機会が設けられていたため、外人さんにも、そしてネイティブの英語にも大分慣れ親しむことができたと思う。

英語課程中、特に印象に残ったことに〝同期たちの夜中の寝言〟がある。20名を超える大部屋にいたため、夜ごとに誰かしらの寝言で起こされることが多かった。

教育開始当初は日本語の寝言だったところ、２ヶ月も経たないうちに英語の寝言ばかりが聞こえてくるようになったのだ。

「ゾンビでもいるのか⁉」

と思って最初は不気味に感じたが、やがて私もその仲間入りをしていたらしい。

教育が半ばに差し掛かる頃、学生各自が原隊の紹介をプレゼンテーションする課目があり、〝聞き役〟として座間基地から米軍の軍曹1名が派遣されて来た。彼は、発音の悪い英語と興味のないプレゼンばかり聞かされて限界に達したらしく、今にも眠りこけそうになっていた。

それでも米軍を代表して来ている責任感から必死に眠気をこらえ、全員のプレゼンを辛抱強く聞いてくれていた。気の毒に思いつつ、微笑ましかったその姿も、英語課程での記憶として印象に残っている。

この課程も教官陣はやはり凄かった。英検1級面接試験官の資格を有する教官。陸上幕僚長（陸自の制服組トップ）の通訳を担った経歴のある教官。英語以外にフランス語も堪能な教官……。語学のエキスパート揃いであるだけでなく、女性事務官の教官が多いという特色もあった。しかも美人ばかり……。

そんな中で特に敬意を感じたのは、発音こそ日本人英語っぽいのだが、常に英語を学び続ける姿勢を我々に示して下さった、年配の男性事務官の教官である。

その教官は、教官室から教場へ移動するわずかの間も耳にイヤホンをつけ、常にラジオ英語ニュース等のリスニングをされていた。その教官を尊敬しない学生は一人としておらず、米軍関係者からも大変慕われていた方である。

地道に語学の勉強を継続することの大切さと、それ以上に人間性を磨くことの大切さを行動で教えて頂いた御恩は、今なお忘れられない。

事務官の教官だけでなく、自衛官の教官・助教にも大分鍛えて頂いた。成績の良し悪しよりも、授業や自習での集中が足りない学生に対する叱咤激励が厳しく、「ここで習う英語は、民間の英会話教室で習う英語とは違う。人を殺すための英語なんだぞ！　お前らには、その重みが分かっているのか⁉」というご指導を受けた。

同期一同、その重みは分かっていたものの、〝喝〟を入れられて気持ちが一層引き締まったと思う。

私は英語課程でも成績不振だったが、何をやっても、どんな分野でも自分より優れた人物などいくらでもいる。それをいちいち気にしていたらキリがない。自分が自分として進化すればよいのだ。

そして、「陸曹上級英語課程修了」という私自身の進化と経歴は、その後の私を何度も海外任務へと送り出す大きな原動力となった。

私に限らず、英語課程同期の多くがその後の海外派遣任務に赴き、英語課程卒業時以来となる再会を派遣先で果たした者も少なくない。その再会と英語課程同期の絆に、海外派遣任務中の私は大いに助けられたのだった。

第1空挺団本部第2科

英語課程を終えて空挺団に帰隊した私を待っていたのは、年度の集大成となる秋の大演習、「戦闘団検閲」であった。

その少し前にもウォーミングアップ（と言うには随分きつい訓練であったが……）として、普通科群検閲という演習に組み込まれて参加した記憶がある。

約5ヶ月もの間、小平の教場で英語の勉強ばかりしていたため、空挺隊員としては心身ともにナマってしまい、演習場での久々の訓練が非常に辛く感じられたものである。

特に戦闘団検閲では、先遣の偵察要員として主力の行動開始2、3日前から想定上の作戦地域（富士演習場とその周辺）に潜入し、1週間程の合計で距離約140キロメートルの山地機動（行軍）をこなすというハードスケジュールだった。

背嚢や無線機等の装備の重みもあって足のマメが二度つぶれ、「やはり足のケアーは重要！」と、再認識した訓練でもある。

年が明けた平成9（1997）年1月には、例の陸士レンジャー「初級偵察教育」に助教として参加した。最初の年はボロボロになった初級偵察の助教も、年数と回数を重ねるにつれ、私でも少しはまともにこなせるようになっていた気がする（この初級偵察教育では、教育終了後の打ち上げで「好きな助教、嫌いな助教」について、その理由も含め各学生に発言させる〝余興〟があった。助教・分隊長として学生を引っ張った私などより、学生たちが夜中にようやくたどり着いた大休止地点で待機し、温かい〝豚汁〟を作って食べさせてくれたベテラン陸曹に学生たちの人気と関心が集中したため、この教育担当は、やはり私にとって寂しくホロ苦い思い出である)。

初級偵察教育が終わった同年3月以降、英語を学んだ特性を生かすためもあり、偵察小隊から離れて空挺団本部第2科勤務となった(※第2科とは、情報・保全等を担当する科である。ちなみに、第1科は総務・人事等、第3科は作戦・訓練等、第4科は兵站(補給・輸送等)をそれぞれ担当する科である)。

2科での私の恒常業務は大まかに言えば二つ。

一つは新聞業務。毎朝、5種類の新聞に目を通し、「空挺団内での周知が必要」と思われる記事を選別後、切り貼りして〝重要トピック〟としてまとめ、必要数を印刷・配布すること。

そしてもう一つは地図の管理であった。

それ以外にも、米軍相手の渉外係を時折担当した。これこそが、英語課程修了者が2科に配置された所以である。

先ず、新聞業務についてであるが、その当時は今のようにインターネットは普及しておらず、「必要な情報の9割は新聞から取得できる！」という都市伝説(?)のようなセオリーが存在していたこと等、それが業務の一環になり得ていた背景がある。

今思うに、そのセオリーは事実とは言えない気もするが、当時はその言葉を鵜呑みにしていた情報関係者が自衛隊内外に少なからず存在していた。

もっとも、日本は他の先進国とは異なり、軍事衛星も皆無、アメリカのＣＩＡや英国のＭＩ６、イスラエルのモサド、かつてのソ連のＫＧＢのような独自の諜報機関も所有せず、スパイという持ち駒もない。

当然、それらによる情報支援を得られない日本国の自衛隊としては、「オープンソース」と呼ばれるテレビや新聞・雑誌等の、誰もが目にすることができる公開情報にすがる他はなく、例えそれが迷信であっても「必要な情報の９割は新聞から取得できる！」というセオリーを拠り所にせざるを得なかったと思う。

そんな実情が、自衛隊各隊の２科要員による新聞業務につながっていた訳でもある。そして残念ながら、その状況は令和となった今現在も、ほぼ変わっていないのかもしれない。

だが実際に、極めて重要な情報を日々の新聞業務から得られたこともある。

私が2科での業務見習いを始めた同年2月のある日、産経新聞のトップ記事が目に留まった。

それは、「約20年も前に新潟県で行方不明になっていた当時中学1年生の横田めぐみさんが、実は北朝鮮に拉致されていて、今も生存している可能性が極めて大！」という内容の記事である。

そして、「日本に不法侵入した北朝鮮の軍部工作員に拉致され、こともあろうに軍事学校でスパイの日本語教師をさせられていた」ということも、やがて明らかになっていく……。

〝日本国と日本国民に対する紛れもない侵略行為〟であることが、自衛官の端くれでしかない私にも直感として理解できた。

「我々自衛官は、特に空挺隊員は、いずれこの事案対処に赴くはずであり、そうでなければいけない！」との思いが強く湧き上がったのは当然である。

この記事を目にした時から〝拉致被害者の救出〟が、果たすべき任務として自分の中で明確に位置付けられ、その意識は時間が経つ程に益々鮮明になり強まっていった。

それ以後は現在に至るまで、公私にわたり〝拉致被害者救出のための情報〟を念頭にオープンソースを見続けてきたが、例えば拉致被害者の居場所を特定するような情報には、一度もたどり着いたことがない。

「必要な情報の9割は新聞から取得できる！」というセオリーは、やはり疑わしく思える。

ともあれ当時の空挺団では、私のような若輩者の選別による日々の新聞の切り貼りが「2科発信の情報」として印刷され、駐屯地中に配布されていたのだった。

もう一つの主業務である地図管理についてだが、空挺団は他の部隊に比して保有する地図の種類も枚数も桁外れに多く、一人で管理するのが困難な程であった。

これは空挺団が「空中機動で全国展開できる陸上自衛隊で唯一の部隊」であることの宿命と言える。訓練も北海道から沖縄までの全国規模で実施されるため、地形図のみならず、国内全ての演習場図も様々な縮尺のものを多数保有しているのだ。

実際に、大規模な演習の前後は地図の出し入れに忙殺されるのが常であった。

それでも地図の管理業務には〝面白味とやりがい〟が感じられた。それは地図が、戦争であれ災害であれ、非常時には何より先に必要となる重要装備品だからでもある。

私は「空挺団の地図係」として足かけ4年間も勤務したため、国内の地理にはそこそこ詳しくもなり、地図というものの特性を肌で知ることもできた。

例えば、「経年変化が激しい都市部ならば地図情報が短い周期で更新されるが、経年変化が極めて少ない〝ド田舎〟の地図であれば、過去30年以上も内容が全く更新されていないことも珍しくはない……」というように、情報更新の地域差が極めて激しいものであること等々だ。

また日本では、大きな書店ならば全国の地形図（縮尺1／5万及び縮尺1／2・5万）が普通に市販されているのに対し、日本以外の殆ど全ての国では、「詳しい地図情報の流出が国防に悪影響を及ぼす」という判断から、それらの地形図の市販が通常は行われていないということも知った。

このような分野でも〝危険感知センサー〟をしっかり作動させている諸外国に比べ、日本国の〝平和ボケ〟ぶりが情けないだけでなく、危険に思えた。

私が2科に配置された丁度その頃から、空挺団と在沖縄の米陸軍特殊部隊との交流が始まり、そのため私も二度、沖縄にある彼らの基地を訪問した。

逆に彼らが習志野駐屯地に来る際には〝通訳もどき〟の役回りで同行させて頂いた。2科での私の〝第3の任務〟がこれである。

私はこの頃に3曹から2曹へと昇任し、「中級下士官」として脂が乗り始め、期待と夢を大いに持っていた時期でもあった。それも手伝い、軍隊として自衛隊の遥か先を行く米軍の方々、それも「グリーンベレー」と呼ばれる最高レベルの特殊部隊員たちと直に接する機会に刺激を受け、それを有意義で楽しいと感じていたのである。

「そこを切り口にすれば、拉致被害者救出の道も開かれるのではないか……」そんな期待も持った。「自分も架け橋となり、米軍を通じて空挺団の実力を高める一役を担え、同時に自衛官としての自分自身の見識も高められている」との実感が、この頃にはあった。

実践の場があるため日頃の英語の勉強にも身が入り、それが二度の米軍留学にもつながったと思う（グリーンベレーの隊員たちとは、その後も少なからぬご縁が続き、私が知り合ったいずれの方々にも好印象を持っている。それから時が経った令和元年12月、日本からレバノンに密出国した被告人〈N自動車元社長の外人〉の逃亡劇に「元グリーンベレー隊員が手を貸した」との報道があった。退役後の人生は人それぞれであろうが、そのような〝不届き者〟は、ごく少数であるはずだ）。

第3章

最初の米軍留学

留学候補者指定

2科で勤務して2年半が経過した平成11（1999）年の秋、私は米陸軍歩兵学校中級下士官課程への留学候補者に指定された。

候補者は全国に4名いて、面接と英語試験の結果により2名が選出されるという。ちなみに留学先が歩兵学校なので職種が普通科の隊員に、そして中級下士官を対象とする教育なので階級は2曹に限定されていた。

私を含め、全国から集まった留学候補者4名が初顔合わせをしたのは都内の自衛隊中央病院だったが、それは留学への第一関門が身体検査・健康診断だからである。

互いに挨拶と簡単な自己紹介をした時点で、「この4名の中で自分が選ばれる可能性は低いな……」そう悟った。

同じ2曹でも、他の3名の方が普通科隊員として醸し出す雰囲気が十分にそれらしく、英語の実力も私より数段上であるらしいからだ。

私がまだ取得していない英検準1級を、他の3名は大分以前に取得済みであることを聞き、「とても敵わないな……」と思った。空挺隊員は私だけだが、レンジャー徽章は全員が胸につけている。

ともあれ、病院でのチェックを無事に終え、2週間後にアメリカ大使館で受ける留学試験での合格を目指し、小平駐屯地での英語研修を皆で受けた。

研修の途中、陸上幕僚監部（略して陸幕）の人事担当者による面接を受け、「自分のセールスポイントは何か？」「自分が選ばれると思うか？」「米軍に留学したら何を学んで来たいか？」等の質問を受けた。

それに対して私は、「陸路、水路、そして空中機動の特技を一応持っていて芸域が広いことがセールスポイントでしょうか……。ですが、英語の実力も普通科隊員としての実績も、そして2曹としての完成度も他の3名には及ばないので私が選ばれることはないと思います。仮に留学できたなら、自衛隊の様々な教育や訓練を受けてきた現時点の私が、米軍歩兵の中に入ってどの程度通用するのか、身をもって試してみたいです」という回答をした記憶がある。

小平での2週間の研修は自習主体だったが、その時々に担当授業のない英語教官によるマンツーマンの英語面接が適宜に組み込まれる等、多くの便宜を図って頂いた。

お陰で4名全員がアメリカ大使館での試験に合格したものの、私が70点台で他の3名は90点台という点差もあり、やはり私が選ばれることはなかった。

しかし、私は翌年も米留候補に指定され、二度目の挑戦で晴れて留学させて頂くこととなる。

フォート・ベニング基地

平成13（2001）年の春初旬、私は米陸軍歩兵学校のＢＮＣＯＣ（Basic Noncommissioned Officer Course の略で、日本語で表すと中級下士官課程）という課程教育に留学させて頂いた。その名の通り、中級下士官に必要な技能と知識、そして意識を身に付けるための教育である。

期間は2月下旬から4月下旬の2ヶ月間、場所はジョージア州コロンバスに所在するフォート・ベニング陸軍基地。そこは米陸軍のエアボーン・スクール（空挺教育隊）や第75レンジャー連隊が所在する基地でもある。

日本からの参加はやはり2名で、東北方面隊の普通科連隊に所属するＡ２曹が私の留学同期となった。Ａ２曹は英語の能力が私より格段に上であるだけでなく、人間性も大変しっかりしていたため、何歳か年上の私も様々な面で彼を頼り、そのお陰もあって無事にＢＮＣＯＣを修了することができた。この留学を思い返す時、先ずは彼への感謝の念が湧く。

Ａ２曹と私のアメリカへの旅路は、成田を発ってからアメリカ本土到着までは極めて快適で、機内の窓からアラスカ方向にオーロラが見えたりもした。だがその後、我々は思わぬハプニングに見舞われたのである。

経由地の空港（記憶ではデトロイト？）では、自衛隊の制服が目立つのか、すれ違う現役の米軍人や退役軍人の方々から幾度となく笑顔で声をかけられた。
乗り換えをチェックする空港スタッフにも元米陸軍歩兵下士官がいて、気さくに話しかけてきた。

相手：「日本の軍人かい？　何の任務？」
我々：「米陸軍歩兵学校のＢＮＣＯＣに留学するんだよ！」
相手：「そうか。俺も元米陸軍軍人で、ＢＮＣＯＣの修了者なんだよ！」
我々：「ＢＮＣＯＣは厳しいコースかな？」
相手：「いや、それ程ではない。悪くはないぞ！」
そこで我々のチケットを確認し、
相手：「あれっ、ＢＮＣＯＣならフォート・ベニングじゃないのか？」
我々：「フォート・ベニングだよ！」

彼は一瞬、怪訝そうな表情をして、「フォート・ベニングはジョージア州のコロンバスだぞ！」そう言った。後から思えば確かにそう言われたのだが、まさか陸幕で旅行業者から渡されていたチケットの行き先が間違っているなどとは思いもせず、我々はその言葉を聞き流してしまった。折角の忠告を気にもしていない様子の我々に対して、彼はまた笑顔に戻り「Good luck！」と言ってくれた。

果たして、我々が到着したのはオハイオ州のコロンバス空港である。
空港に到着したならば、フォート・ベニング基地のBNCOC留学生担当者に電話連絡し、空港まで車で迎えに来て頂く手筈になっていた。その手筈通りに電話をしたが、迎えの車は1時間以上待っても来なかった。
再度電話した時のやりとりが次の会話である。
相手：「迎えに行ったが誰もいなかったぞ！　本当にコロンバス空港に着いたのか？」
我々：「コロンバス空港のロビーにいます！」
相手：「分かった、また迎えに行くから待っていてくれ！　20分程で行くから……」
しかし、やはり迎えは来なかった。路頭に迷う我々に、一人の太った優しそうな黒人のおばちゃんが話しかけてきた。
おばちゃん：「日本の軍人さん？　どちらにご用かしら？」
我々：「米陸軍フォート・ベニング基地からの、迎えの車を待っています」
おばちゃん：「えっ⁉　フォート・ベニングはジョージア州のコロンバスよ。ここはオハイオ州のコロンバスだから車では迎えに来られないはず、きっと間違えているわ！」

そう指摘され、ようやく気付いた。ナント、同じコロンバスという空港名でも州が違っていたのだ。我々も迂闊であったが、目的地を間違えてチケットを渡した旅行業者と、そのミスに気付かない陸幕の担当者も相当迂闊である。

我々は慌ててＢＮＣＯＣの担当者に再度電話し、到着空港を間違えていることを伝えて平謝りに謝った。相手の方は、驚いていたが怒った様子はなく、

「オハイオじゃあ遠いな。今日はもう間に合わないだろうから、また明日、ジョージアのコロンバス空港に着いたら電話をくれ！」そう言ってくれた。

国際電話で日本にも連絡し、陸幕の担当者と我々２名の原隊にも事の顛末を報告した。しかし、目の前の状況は自力で打開する他はない。

翌朝一番でジョージア州コロンバスに向かう便を予約するとともに、その晩宿泊するホテルを空港近くに確保した。

街を散策する時間もないまま慌ただしくホテルに宿泊したに過ぎないが、我々はハプニングを楽しみ、思い出深いオハイオ滞在になったと思う。

翌日、今度こそジョージア州のコロンバス空港に到着し、迎えの軍用車両に運ばれてフォート・

ベニング基地にたどり着く。

自衛隊の駐屯地とは比較にならない程広大な敷地にパラシュート降下訓練用のタワーが3本も立っている。習志野駐屯地にある同様の降下塔は1本だけだ。一目で日米のスケールの違いを感じた。

先ず留学生事務所に立ち寄ると、担当の将校が受け付けて下さり、「間違ったチケットを渡されて君たちも大変だったな、ご苦労さん！」みたいなことをニヤニヤした顔で言われてバツの悪い思いはしたが、そこに嫌味はなかった気がする。

そして、「部屋に案内するから荷物を置いてゆっくりしなさい。教育が始まるまで約1週間あるので、先ずは環境に慣れるように。分からないことがあれば何でも聞いてくれ！」そう言って下さった。

部屋で一息ついてからパソコンのインターネット接続方法をあれこれ試し、ようやく開通させるまでに1時間近くは要しただろうか……。平成13年のこの時代、インターネット接続の設定は令和の今に比べて結構複雑だったのだ。

その後、A2曹と連れ立って基地内を散策し、最初にPX（売店）をチェックした。でかいのは基地だけでなく、PXも大型ショッピングセンターさながらの規模で品揃いも充実している。

若干の買い物の後、隊員用の食堂を見つけたので早速入り、味見してみた。フォート・ベニング基地での最初の食事は「まあまあ」という感想で、日本のコシヒカリ等とは比ぶべくもないが「ライス」もあり、空腹であれば「おいしい」と感じるレベルだった。

（米軍基地の隊員食堂は、ある程度決まった定番メニューの繰り返しではあるものの、1食3ドル程の価格で欲しいものをチョイスできる「プチバイキング」形式で、コスパは結構よかったと思う。メニューは、朝はオムレツ、ソーセージ、パンケーキ、フレンチトースト等々。昼と夜は骨付きチキンやミートローフ等の肉料理が多い。野菜サラダや果物は朝昼晩とも揃えてあり、チョイス次第で栄養バランスはしっかり整えられた）

2日目は留学生担当者によるオリエンテーションがあり、基地内の概要説明に続いて教育開始までの予定と準備事項、そしてPXにて購入すべき物品（Tシャツとスウェット上下、短パン等の訓練着や、野営時に使用する仮眠覆い等々）についての説明を受けた。

3日目は米軍式体力検定の要領を教わる程度で終わり、時差ボケの解消にしろ、生活環境への適応にしろ、十分に余裕を持てていたと思う。

BNCOC同期には、日本以外の国からの留学生はいないらしく、この時の説明対象はA2曹と私の2名だけであった（実際に教育が始まってみると、やはり留学生は我々2名のみであり、そこは残念だった）。

フォート・ベニングに到着してから教育開始までのこの間、留学生を担当する米軍スタッフによるオリエンテーションの一環で、アトランタとコロンバスの市内見学をさせて頂いた1日がある。

我々2名だけでなく、入校を目前に控える各課程への留学生数名が参加し、コーラのボトル発祥の家や大手マスコミ本社等〝ジョージア州ゆかりの地〟を案内して頂いた。

この時期、将校を対象にした課程には他国（欧州と中東の国が多かった）からの留学生が数名いて、その日は国籍も階級もなく同じ留学生仲間として楽しく過ごさせて頂いた。

各国からの留学生を様々な課程教育に迎え入れるだけでなく、斯様な研修でアメリカ文化を学ばせるとともに留学生同士を交流させ、緊張を緩和する機会も設定する米軍の思慮の深さ、懐の広さを感じたものである。

そしてそれ以上に、これ程素晴らしい教育に隊員を、それも自分なんぞを送り出してくれた祖国日本と自衛隊に対する感謝の念が心の奥底から湧き上がって来た。「有難い！」の一語に尽きる。

その数日後、いよいよＢＮＣＯＣが始まり、まったりしていた生活が一変したことは言うまでもない。

ＢＮＣＯＣ教育開始

全米から集まって来た学生たちが広場一面に整列した様子をどう表現すればよいのか……。全員が現役の〝米陸軍歩兵〟であり、顔つきは怖そうだし体もバカでかいヤツばかりだ（この時はそう感じたが、不思議なことに皆と親しくなるにつれ、顔は可愛く見え始め、体格差も感じなくなっていった）。

何かの序列が1番なのか、体躯も立派で利発な印象の黒人隊員が当初のまとめ役（学生長か？）に任命されていて、集まって来たばかりの皆を早速上手に、自信満々に仕切ってくれている。

彼を頼って私が色々質問すると、「自分も君と同じ学生なので細部は分からないんだ。そのうちに色々なことが徐々に分かってくると思う」との反応だ。

言葉もあまり通じず、雰囲気にものまれていたその時の私には、同じ学生なのに落ち着き払っている彼がとてつもなく凄い隊員に見えたものである。

やがてクラス編成が発表され、A2曹と私は別々のクラスになった。そして、「バラック（居住隊舎）での部屋割りは学生自らが決めるように！」との指示があり、私は右往左往していた。

A2曹は、穏やかで賢そうな長身の隊員とすぐに同部屋に決まっていたが、私はまごつき同部屋の相手をなかなか見つけることができない……。

そんな私にA2曹は、「飯塚2曹にとって、話す英語が分かりやすい相手がよいのでは？」という助言をしてくれた。さすがである。

「そう言えば、言葉を交わした何名かの中に、俺にも分かりやすい英語を話すヤツがいたな。やや小柄でおとなしそうな白人の隊員だったかな……」そう思い起こして周囲を見回すと、どうもそれらしい隊員が近くにいる。

「君の英語が自分には分かりやすいから同部屋になってもらいたい！」

思い切って直接そう頼んだら、彼は快く了解してくれた。その後、ＢＮＣＯＣでの2ヶ月間を同じ部屋で過ごし、私の面倒をよく見てくれたボーク軍曹（仮名。以後、文中に登場する米軍人名は全て仮名）である。

ボークはハワイの歩兵部隊所属で、まだ幼い息子を持つ既婚者だった。獣医を目指す途中で軍務についたため、「また獣医の道に戻るかもしれない」とも言っていた。彼の年齢は忘れたが、私よりも5歳以上は年下だったと思う。

頭のよいヤツで、「戦史」に関する自由研究レポートの課題が出た時など、私の英文をしっかりチェックしてくれたものである。

ちなみに私は、小説やテレビドラマで有名な『坂の上の雲』にも登場する「日露戦争における秋山騎兵旅団の戦闘」をレポートのテーマとした。

日露戦争当時、〝騎兵としては世界最強〟と謳われていたロシア軍のコサック騎兵を画期的な戦術で打ち破った日本の騎兵部隊があったことを、私は是非とも米軍人たちに紹介したかった。

また、「その戦術は現代の歩兵にも有用で、ＢＮＣＯＣ同期の皆の参考にもなるはず！」そう思ったのである。

最終的にクラス全員の前で発表（スピーチ）したものの、私の英語の発音がダメなせいかクラスメートたちにはしっかり伝わっていない様子で、教官が懸命に「SFC IIZUKA SAID……（飯塚2

曹はこう言っている……）」のようなフォローの解説を加えてくれていた。多分、教官も推測で解説してくれたに違いないが……。

ボークは最初の印象通りにおとなしい男で、部屋で静かに読書していることが多かった。彼に限らずＢＮＣＯＣでは、課業後に部屋で静かに読書をする隊員が多かったとの印象がある。自衛隊の教育とは異なり、課業後に自習や武器手入れを日々の統制として行うことはなく、課業時間外はほぼ自由である。統制がなくとも米陸軍中級歩兵下士官たちはとても勤勉で、生活態度には慎みがあった。

ある週末、ボークが私のリクエストに応じて航空ショーに案内してくれたこともあり、「よいルームメイトに恵まれて幸運だ！」と思っていたのだが、教育が後半に差し掛かると雲行きは変わり始める。

彼は突如ゲームにはまりだし、あまり真面目ではなくなってしまったのだ。肉類ばかりで野菜を殆ど食べない偏った食生活のためなのか、実は元来そういう性質だったのか、はたまた私と同じ部屋で過ごすストレスのせいなのか、非常に勝気で粗暴な態度を見せ始め、仲間内で「アングリー・ボーク（短気で怒りん坊のボーク）」というあだ名を付けられもしていた。誰の目から見ても怒りん坊に見えたのであろう。

相手が大男でも平気で張り合っていたし、私とも部屋で時々取っ組み合いになった。もっとも、互いに手加減しつつで危険な行為は全くなかったが……。

取っ組み合いが終わると気分がスッキリして、我々はまた色々なことを話し合った。「結婚し、子供が生まれてから人生が根本的に変わった」彼はそう言っていた。また、「原爆投下をアメリカ人として申し訳なく思っている。直接的な被爆者の方だけでなく、その子孫の方々にも癌や白血病等の被害が及んでいるというのは本当か？」と質問されたので、「被爆2世、3世、それ以後の世代にまで被害が及んでいる」私がそう答えると、「それは本当に申し訳ない。日本人はパールハーバー攻撃を申し訳ないと思っているのか？」と、重ねて質問された。「勿論だ、日本人として申し訳なく思っている」と、私は答えた。

BNCOCでの2ヶ月間を同部屋で過ごした者として、私はボークに今でも申し訳なく思っていることがある。それはズバリ、〝私の足の臭い〟である。レンジャーの時に手痛い思いをした水虫を、私はこの頃もまだ完治できずにいたのだ。

自衛隊の官給品の水虫液を1本持参して渡米したが、それは早々に使い果たしていた。基地内PXで水虫の薬を探したところ、効能に「Athlete's foot」と書かれた薬がそれらしく、買って試すも効き目が薄い。足用のパウダーを購入して使っても、やはり臭いは消せなかった。

ボークはその不満を口に出すことはなかったが、時々表情で訴えていた。私は足の臭いで日本の自衛官の評判を落とし、日米同盟にも若干の傷をつけていたのかもしれない。

（ちなみに、私は数年後のイラク派遣時にも、足の臭いで同部屋の戦友たちに迷惑をかけることとなる）

教育の概要

私の水虫話はさておき、この辺りでＢＮＣＯＣの教育内容について説明したい。多くを学んだが、主要な課目は次の通りである。

＊座学（実習含む）
・リーダーシップ　・各種武器の取り扱い　・地図判読法　・戦史（自由研究）
・各国兵器の識別（写真や映像を使用）・各国兵器の性能と諸元
・パソコンを使用した戦闘シミュレーションシステムの操作法
・服務指導法（兵士に対する指導要領等）　・その他

＊野外訓練
・チームによる各種障害の克服　・市街地戦闘訓練　・爆破　・野営訓練
・昼間及び夜間のLAND NAVIGATION（コンパスと地図使用による森林内でのナビゲーション）
・プールでの着装泳（軍服・軍靴を身に着けた状態での水泳）・格闘
・救急法　・基本教練（号令をかけて分隊を動かす要領）　・その他

＊体育訓練

・毎朝のPT（フィジカルトレーニング）　・PT（フィジカルテスト）

・持続走のタイムトライアル　・その他

この中で特に印象に残った課目は、座学のリーダーシップと野外訓練のLAND NAVIGATION（昼間及び夜間）である。

米軍の「リーダーシップ」という教範の冒頭には、以下のくだりがあった。

「リーダーシップとは、肌の色、目の色、髪の色のように変えることのできない先天的な資質ではなく、日々の心掛けや生活態度等の後天的な努力により、大きく向上させることのできる資質である」

私の未熟な英語力でも、そこだけはよく理解できたし、とても感銘を受けた。教範のこの一節は、BNCOC留学期間中のみならず、その後の自衛隊生活を通じて終始弱気になりがちであった私を随分奮い立たせてくれた。

課目の内容もさることながら、米軍がリーダーシップをいかに重視しているか、そして米軍の教範の質がいかに高いかを知った。

LAND NAVIGATION 訓練は、「広大な訓練場の森林内で昼間と夜間、地図（縮尺1／5万）とコンパスを使用し、歩測で距離を測り、定められた時間内に座標で示された所定のポイント数ヶ所に到達できれば合格」という内容である。

訓練開始前に隊容検査（持ち物検査）があり、「忘れ物がないか？」の点検と同時に「不正がないか？」についても点検を受けた。

携行を禁じられているGPSを隠し持つ者が数名いて、それがばれたらしく、GPSを没収された上にペナルティーで腕立て伏せを数十回はやらされていた。空挺レンジャー課程時の私のような不届き者が、米軍の中にもいるようである。

不合格の場合、補備教育として再挑戦を余儀なくされ、学生全体の4割程度が補備を受けたと思う。残念ながら、私も昼間の訓練では、最後のポイント到達前に時間切れとなり補備組に入ってしまった。少し慣れれば日本で訓練してきたことと全く同じなのだが、最初は「勝手が違う!?」と感じて凡ミスをした結果である。

夜間の部では、留学生の基準（3個ポイント中1個ポイント以上をクリアー）では合格していたものの、米軍隊員と同じ基準（3個ポイント中2個ポイント以上をクリアー）での合格でなければ気が済まず、夜間も再挑戦をさせて頂いた。

例え補備でも、付与された全てのポイントをクリアーする結果を是が非でも残したかった。日本の空挺偵察隊員としてのメンツと、「俺は青木ヶ原樹海でも方位を維持する訓練を積んできた！」というプライドのためである。果たして、再挑戦では全てのポイントをクリアーし、タイムもよかった。

この補備は課外時間（夜間）を利用して実施されるため、クラスメートたちからは、「留学生の基準なら夜間は合格しているのだから補備なんて受ける必要ないだろ、そんなに気を張るな、もっと楽しめ。またステーキでも食べに行こう！」と言われていた。

だがそんな彼らも、補備の翌日、「SFC IIZUKA , 3 of 3, Go!（飯塚2曹は3個全目標クリアーで合格！）」という教官の発表を聞き、私をたたえてくれた。

この補備の日の夜は、将校の課程でも同じ訓練が実施されていたためポイント周辺で人の気配を感じることが度々あり、それも全ポイントクリアーに有利に働いた。

先にポイントを見つけた将校課程の米軍人が、同じポイントを探して近辺をうろついている私に気付き、わざとらしい咳払いで「君が探しているポイントはここだぞ！」と、〝暗黙の了解〟で私に教えてくれたのである。

そのポイントに向かう私と、そのポイントから次へ向かう彼が林内ですれ違った時、暗闇の中で彼が「ニヤッ」と笑って軽くウインクしてきた。私もアメリカ風に「ニヤッ」と笑って軽くウインクして返した。似合わなかったに違いないが……。

中級偵察や空挺レンジャー入校中、富士や習志野の演習場内で同様のコンパス訓練を実施した時のことを私は思い出していた。教官には知られたくない密かな協同連携を、やはり同期の学生同士でやっていたのである。

「自衛隊も米軍も同じなんだなぁ……」つくづくそう思った。

MOUT（Military Operation on Urban Terrain）という名称の訓練も強く印象に残っている。これは市街地戦闘訓練のことであり、当時の自衛隊にはまだ馴染みがなく、確たる訓練施設もなかった。

BNCOCでのMOUT訓練は、「市街地の建物内に人質をとって立て籠もる敵と、人質救出のために夜間の襲撃を仕掛ける味方とに分かれて戦闘するシナリオ」に基づき、マイル（自衛隊で言うバトラー）という交戦訓練用の装置を装着して行われた。

この装置は、「各自が携行する小銃や機関銃の引き金を引くと光線が照射され、それが相手に命中すれば装着している受信装置が反応して〝戦死〟または〝戦傷〟の扱いとなる」という仕組みのものである。

サバイバルゲームのようであるが、勝敗や生死の判定が容易で結果がハッキリ分かり、戦闘の教訓を得やすい訓練であった。

米軍隊員たちの戦闘能力は高く、敵味方の識別にしろ、敵の存在を認識してからの射撃にしろ、反応も動作も素早く正確だった。

私は当初の銃撃戦で負傷者扱いとなり、同期のセイバー軍曹に救急搬送された経緯がある。

「セイバーは本当に真剣に私を運んでくれた……」と言うより、私は引き摺られた。それが正しいやり方だとは重々承知していたものの、迷彩服は破れるし結構痛くもあったので、「少しは加減してくれよ！」と小声で彼に伝えると、怪訝な顔をしながらも、彼はすぐに加減をしてくれた。私より彼の方が〝訓練の本気度〟が上であったかもしれない。

訓練の区切りごとにＡＡＲ（After Action Review：行動後の反省会）が学生主体で行われ、そこで洗い出された教訓や反省事項が、それ以後の訓練で反映されていく……。

実は、その時の私は、ただ無我夢中になるばかりでＭＯＵＴ訓練の全容や意味合いをあまりよく理解できていなかった。それが理解できたのは、日本に帰り、しばらく経ってからのことである。

爆破訓練では「ノンネルチューブ」というワンタッチ式の起爆装置を用いる起爆要領を学んだ。私は、日本ではそれを見たことも使ったこともなく、「核や衛星やミサイルといった大きなものだけでなく、細かいところでも米軍の軍事は大分先を行っているな……」と感じた。

身に着ける装備品に関しても、米軍のものには実戦の場で有用となる処置が様々に施されていた。例えば水筒の蓋には、「防護マスク装面時でもチューブに接続してストローのように吸水できる仕様のコネクター」がセッティングされている。有毒ガスの発生時等には必要不可欠な要素だ。

自衛隊の水筒にも同じ仕様のものがあるにはあったが、私はそれを実際に使用したことはなかった。つまり普及していなかったのだ。だが米軍では、その仕様のものが平素から当たり前に使われていた。

自衛隊でも防護マスクの装面訓練があり、「状況ガス！」と言われてから数秒以内での装面完了を到達基準として練成するものの、そこまでで終わる。装面したまま水筒の水を飲む訓練は、ほぼ行われていない。

救急法や救急品の内容も、自衛隊はいつも先進諸国の軍隊に比して一歩二歩遅れがちであり、物的にも訓練面でも各隊員への普及で先を越されていた。

「実戦経験があるかないか……」と言うより、「実戦を意識しているかいないか……」において、その差は歴然であったと思う。

兵器識別の課目では、各国の主力戦車等の写真を見て名称を記入する試験があった。旧ソ連製の戦車は勿論、英仏の戦車の他、イスラエルのメルカバ戦車やドイツのレオパルド戦車等は登場したが、自衛隊の戦車は学習の対象外となっていて大変寂しい思いをしたものである。

第二次世界大戦中、米軍をはじめ連合軍のパイロットたちは、「雷と零戦に遭ったら逃げろ！」を合言葉にしていた時期があったと聞く。

日本固有の兵器もそれ程に強くて恐れられ、世界中の軍人に広く知れ渡っていた史実もあるのだが、平成の自衛隊の装備は同盟国の米軍内でさえ知名度が低く、あまり関心を持たれていない様子であった。

ＰＴ（Physical Training：体力練成）は、毎朝起床直後から朝食前までの時間帯に行われ、朝食の前後にシャワーを浴びる時間が十分に確保されていた。

週のトレーニングメニューは「腕立て伏せや腹筋等の自重による上半身のトレーニング」と「駆け足等の下半身のトレーニング」を一日ごとに交互に実施し、残りの一日は「ラックサックマーチ」

を実施するという流れが基本である。

ラックサックマーチとは、背嚢と装具（弾帯・サスペンダー等）を身に着けての行軍のことであり、背嚢重量は25キログラム程度で一定だったと思うが、第1週目が距離4キロメートル、第2週目が距離6キロメートル、第3週目が距離8キロメートル、第4週目が距離10キロメートル……というように、週を追うごとに徐々に行軍距離は増した。そして第5週目にはまた4キロメートルに戻る……ということの繰り返しで実施されていた（背嚢の重量も行軍の距離も、記憶が曖昧で正確ではないかもしれない）。

起床時刻はその距離に応じ、早い日は3時頃、遅い日は5時頃であったろうか。

余談だが、「自衛隊では35キログラムを優に超える重量の背嚢を背負い、100キロメートル以上の距離を徒歩で山地機動する訓練も珍しくはない！」という話をクラスの仲間に伝えた時のことである。彼は、私が履いている自衛隊の官給品の空挺靴を指さし、「その靴でか？」と尋ねてきた。私がうなずくと「クレイジー！」という答えが返って来たが、敬意よりも呆れたとのニュアンスが感じられた。

この時私は「自衛隊は、米軍歩兵も驚く程の厳しい訓練をやっているようだ！」という優越感と、「呆れられる程に非科学的で無理な訓練をやっているのかもしれない……」という劣等感を同時に感じた。

米軍は訓練内容も、教育のメニューも、装備品も、そして教範の内容も更新に更新が繰り返されているようだった。それは、予想される任務に対処できるよう、しっかり態勢づくりが為されていることの表れである。自衛隊はどうであろうか？

「35キログラムを優に超える重量の背嚢を背負い、100キロメートル以上の距離を徒歩で山地機動する訓練」が空挺団等、自衛隊の一部の部隊では恒例で行われているが、それは何を目的に、何を基準にしたものだろうか？

北朝鮮に潜入し、現地の山野を踏破して拉致被害者を救出することを想定している訳でもなさそうだ。自衛隊と空挺団の訓練目的とその基準を、私自身が理解できていなかっただけであり、私の方にこそ問題があったのかもしれないが……。

実は私は、自衛隊の訓練シナリオに気持ちが入って行かないことが多かった。「現実味が薄く、ワンパターンである」と感じてしまうのだ。

自衛隊の訓練シナリオでは定番の、「日本本土に上陸後、静岡地区まで進出した敵国の大部隊を迎え撃つ！」というシナリオは、どうやら旧日本陸軍が明治時代から使ってきたものらしく、あまり代わり映えがしないようでもある。

「訓練の場所が富士演習場だから……」という事情もあるのだろうが、静岡地区に敵国の大部隊が進出して起きた戦闘は過去に一度もないと思う。今後もその可能性が高まるかどうかは不明だ。

一方、時代が平成になってからも（もしかすると令和の今もなお？）日本海をはじめとする国内の海岸からは北朝鮮の軍部工作員が多数上陸し、多くの日本国民が〝拉致〟という直接侵略の被害に遭い続けている疑いは極めて濃厚だ。(※実際の拉致の現場は、実は街中が多いようである)

「だが、なぜかその現実からは目をそらし、来る可能性が高いとは言えない静岡地区の敵上陸部隊に対してばかり戦闘準備を整え、決まりきったシナリオで厳しい訓練を実施し、悪く言えば自己満足で終わってしまっているのではないか？」私はそんな印象を持っていた。

教範も長年内容が変わらぬままのものが多く、明らかに時代遅れになっていた。だが、その分野の改良や更新に時間と労力をつぎ込もうという動きが、自衛隊内ではあまりなかったと思う。予算だけの問題だろうか……。

話をＢＮＣＯＣに戻そう。

朝のＰＴ時間に持続走のタイムレースが行われた日もある。前年に留学した２名は、このレースで〝1、2、フィニッシュ〟だったらしいが、私とＡ２曹は残念ながらそうではなかった。

何をやり始めたのかよく分からぬうちに走り始め、とりあえず皆と同じように走り、いつしかゴールインしていた。それがタイムトライアルであることも知らず、懐中電灯を手に持ったまま、ただ皆に遅れまいと走っていたのだ。

しかしゴールイン後、途中で追い抜いた何人かからは「お前はタフだ！」と言われてゲンコツでボコボコ叩かれた。それが相手をたたえる場合の米軍流挨拶らしい。

体力検定もＰＴと表現されていたが、こちらはPhysical Testの略である。種目は陸上自衛隊とほぼ同じで、腕立て伏せ（2分間での実施回数）、腹筋（同）、そして2マイル（約3・2キロメートル）の持続走。自衛隊が米軍式を参考にしたことが「ほぼ同じ」の理由だ（自衛隊の持続走は3キロメートル丁度であり、そこだけが違う）。

体力検定の際、自衛隊では実施者を皆で応援するのが常であるのに対し、米軍では実施者以外は後ろを向いて座り、静かにしている。そこは対照的で興味深かった。

格闘訓練は、学生の中で格闘のＭＯＳＳ（特技資格）を有する者が指導員役に任命され、上手に仕切っていた。

自衛隊の職種教育では、格闘課目は「型のみ」で、実際に戦って勝敗を争うことは通常ない。一方、ＢＮＣＯＣでは一対一の勝負をした。

先ず、地面に両ひざをついた姿勢で組み合い、立姿にならずに戦う。殴る蹴るは禁止、主に絞め技で相手をギブアップさせた方が勝ちとなる。

全員が2試合ずつ戦い、私の1戦目は、自分よりもやや小柄な相手に対しての優勢勝ちだった。上から押さえつけることには成功したが、相手が顔見知りだったので首を絞めることはためらわれ、強く絞める素振りだけしていると、「アメリカのクソ野郎をやっつけるチャンスだぞ、しっかり首を絞めろ！」と、野次られてしまった。見ている皆には見透かされていたようだ。それでも〝しかめ〝っ面〟だけしてやり過ごそうとするうち、相手が呆れたように苦笑いをして「もういいよ！」と言ってくれたので試合が終わった。私は甘かっただろうか……。

そして2戦目は、自分よりも大柄で強面で、顔見知りではない相手だった。当初は優勢だったものの、やがて逆転されて首を絞められそうになる。辛うじて凌いでいるうちに時間切れの引き分けとなったが、時間無制限なら私が負けていたに違いない。

Ａ2曹も強敵と戦い接戦を演じていた。同じ日本人のよしみで「Ａ2曹、頑張れ！」と、ついつい私は日本語で声援を送ってしまった。すると米軍の連中から「Ａ2曹コール」が沸き起こった。留学生である我々を、同期の皆が気遣ってくれたのである。

自分の迂闊さを感じた私は、近くにいた何人かにＡ2曹の対戦相手の名前を慌てて尋ねた。そして「ジョン」という名の隊員であることを確認し、今度は「ジョン、ファイト！」という声援を繰り返し叫んだ。

あとでジョンが私の肩を軽く叩き、「応援有難う！」と言ってきた。

〝仲よしごっこ〟をするつもりなど毛頭なかったが、日本人の仲間の応援を一方的にしてもらうだけで終わる訳にもいかない。

それにしても米軍隊員たちの絞め技は、全般的に洗練されていて鮮やかに決まっていたと思う。

留学生が参加できない課目もあった。「通信機の取り扱い」と「秘匿性の極めて高い特殊部隊の説明会」その二つである。

私はその間、基地内のコーヒー売店でフレンチバニラのホットを買い、ベンチでのんびり飲んでいた。フォート・ベニングのフレンチバニラは大変おいしく、座学の日には休憩時間に飲むことも多かった。

総合訓練は市街地訓練の総まとめのような内容であり、一夜で終わったと記憶している。自衛隊の各教育の総合訓練に比べて大分あっさりしていたものの、やはり躾なのか、それとも気合を入れてなのか、多くの隊員がしっかり散髪をして教育最後の訓練に臨んでいた。

私も思い切ってスキンヘッドにして臨んだところ、多くの教官・助教から「Nice Hair Cut！Nice Hair Cut！（見事なヘアーカットだ！）」と盛んに言われた。その価値観は、自衛隊の普通科部隊や空挺団と全く同じである。

英語力不足に喘ぎながらも、以上のような内容の教育を無事に消化していくことができた。それは、前述した相部屋のボーク軍曹を筆頭とする仲間たちの親身な助けがあったからである。その仲間たちを是非、ここで紹介したい。

BNCOCの同期たち

ベン

レスリングの猛者、そして地元フォート・ベニングに駐屯する第75レンジャー連隊所属の狙撃兵。頭脳明晰で、いつも親切に私の面倒を見てくれた優しい男でもある。

学科試験の時、米軍の同期たちはさっさと問題を解き、制限時間の半分も経たないうちに教室から出て外で待機していたが、英語にハンディのある私は、いつも制限時間を目一杯使って皆を待たせてしまうことが多かった。

そんな私に「気を使わせまい」と、解答に時間がかかるフリをして、制限時間まで私と一緒に答案用紙に向き合ってくれたのがベンである。優秀な彼にそれ程の時間が必要なはずはなかった。

また、ベンは週末に私を家に招いてくれ、泊めてもくれた。奥さんはとても優しい綺麗な方で料理も上手く、夕食には手作りのご馳走を振る舞って頂き恐縮したものである。

その時のエピソードだが……。雰囲気も和んで会話も弾み始めた頃、奥さんがふとしたはずみに「昔のボーイフレンドの話」をつい、口に出してしまった。途端にベンが不機嫌そうな顔をしたところ、奥さんは知的にかすかに微笑んで、「Long Long Time ago……（ずっとずっと昔の話だけどね……）」と、さりげなくかわしていた。

客人である私の手前もあり、ベンもすぐに気を取り直して元通りスマートに私をもてなしてくれる。年齢は私よりも若い夫婦だが大人であり、とても格好よかった。

それにしても、奥さんの大昔のボーイフレンドに焼きもちを焼くところなど、洋の東西を問わず男心は同じである。

ベンの家はとても綺麗で新しく、内外ともに清掃が行き届いていた。私に使わせてくれた寝室もホテルの一室のようであり、私が感嘆していると、「This is American Hospitality！（これがアメリカのおもてなしだ！）」と、誇りと自信に満ちた笑顔で応えてくれた。本当に素晴らしいおもてなしだったと思う（日本での日米共同訓練の際、米軍人を自宅に招いてもてなす活動が自衛隊側でも毎回奨励される。私も率先して米軍の方々を何度か自宅に招いたが、ベンが私にしてくれたホスピタリティーと比べれば、足元にも及ばなかった）。

レンジャー連隊の狙撃兵であるベンは、「最近公開となった〝Enemy at the Gates〟（邦題『スターリングラード』）という映画が狙撃兵を描いた内容で面白そうだから一緒に観に行こう！」と私を誘ってくれた。

興味深いストーリーで映像も迫力があり、今でも印象に残る名画であったのは確かだ。しかし、「最近、狙撃の競技会で海兵隊員と競って勝ったんだ！」と自慢していた、米軍の中でも優秀な狙撃兵であるらしいベンと一緒に鑑賞したことこそが、私には何よりの記念である。

射撃が余程好きなのか、ベンはハンティングを趣味とする男でもあり、自室のガンロッカーにはライフルや拳銃など、合計10丁程が格納されていた。しかも、弾丸は様々な種類を自作するのだ。「もし、ハンティングがやりたいなら一緒に連れて行くぞ！」そう言われていながら、その機会がないまま留学期間が終わってしまったことはとても残念だった。

（自衛隊を退官後、私も狩猟の免許を取得し、捕えた野生の猪の解体にも加わっている。でも、あまりに残酷だし可哀そうなので、とても狩猟を趣味にはできない。元来が狩猟民族である彼らと農耕民族である我々の違いだろうか……）

モカ

第82空挺師団所属の熱血漢。「硫黄島の戦いで親族お二人が戦死された」という、その子孫でありながら、日本人である私に対して何のわだかまりも偏見も感じさせず、全く自然に親しくしてくれた超イイヤツ。

自車での移動が必要な野外訓練の際には、いつも私を自慢のT社製オフロード車に乗せてくれた。「T社のクルマは最高だ！」と度々自慢するので、「T社が日本の会社ということを知っているのか？」と聞くと、「知ってるさ。アメリカの車でなくてもよいものはよいし、自分は気に入っている！」

とのことである。

モカには、誰もが嫌がりそうな役回りを率先して引き受ける男らしいところが多分にあり、「チームによる各種障害の克服」という野外課目では〝最初の一人〟を買って出て、見事に水濠に落下してずぶ濡れになった姿が印象的だった。

モカだけをずぶ濡れにさせる訳にはいかず、二人目を私が志願したところ、「日本からのお客さんを落下させては米軍人の名がすたる！」と集中力を高めた皆の協力のお陰で、私は無事に水濠障害を渡り切ることができた。

私が水濠を渡る時、チームの仲間たちが「NINJYAAAA……!!（ニンジャ……!!）」と叫んで応援してくれたのが本当に愉快であった。何かのテレビ番組に出てきそうな、絵に描いたようなアメリカ人のノリであり、こんな時のアメリカ人は単純なお人よしに見えて面白い。

モカとは、翌年のコンバットダイバー・コース留学でフォート・ブラッグ基地に滞在している間、基地内のPXで偶然再会した。先に気付いたのは彼であり、「お前、なんでここにいるんだ？」と話しかけられて振り向くとモカがいる。私は答えるより先に、驚きと懐かしさで興奮してしまった。

バラックのモカの部屋に招いてもらい、アメリカのエッチなDVDを一緒に観た。日本と違い、〝ボカシ〟がないので受けるインパクトは強烈だ。つたない英語で、「MUCH BIGGER THAN MINE !!（俺のより大分でかいな!!）」と私が言ったら彼はニヤニヤしていた。

モカは男前だし男気もあるのになぜだか独身で、所属部隊でもバラック暮らしをしていたが、第82空挺師団の歩兵下士官らしく、室内は整理整頓が行き届いていた。

部屋の飾り棚には様々な記念品が置かれ、壁には記念のメダルと幾つかの帽子が綺麗に掛けてある。その中に、BNCOC卒業時に私が彼に渡した自衛隊の迷彩帽があった。

手に取ってみて、自分の字で自分の名前が書かれてあることと、それがアメリカの米軍基地内で米軍人の居室に飾られていることがとても不思議に思えた（斯く言う私も、自室にBNCOC卒業時にモカからもらった米陸軍第82空挺師団のレッドベレー帽を今なお飾っている）。

彼の部屋で休憩した後、「用事があるから付き合ってくれ！」と言われて行った先は、メダルやプレート等の記念品を作る店であった。近々退役する仲間に手渡す在隊記念品のアレンジと注文を彼が請け負っていたようである。

BNCOC入校中も献身的だったが、原隊でもやはり献身的なイイヤツであることが分かって嬉しかった。

サム

第101空挺師団所属の好青年。日米の空挺徽章を互いに交換してから一気に距離が縮まり親しくなった。

英語が分からず皆に迷惑をかけていたことに引け目を感じていた私は、便所掃除をなるべく率先して行うことを心掛けていた。

ある日の清掃の時、いつものように私が真っ先に便所掃除を始めた姿を見て、「オイッ、IIZUKAが一人で便所掃除をやっているぞ、皆で一緒にやろう！」バラック中に聞こえる程の大声でそう叫び、仲間を集めてくれたのがサムである。

途端に大勢が集まり、掃除は「あっ」という間に終わった。

〝同期の絆〟には日本もアメリカもなく、自衛隊も米軍も同じであった。

ジン

モカと同じ第82空挺師団所属だが屈強なイメージはなく、細身の長身に眼鏡をかけた知的な雰囲気の隊員である。実際に〝超〟が付くほど真面目で、バラックでは彼の部屋と私の部屋が向かい合っていたこともあり、彼からも多くを教えてもらった。

私からの一つの質問に対して、熱心な彼からは五から十の説明が返ってくることが多く、逆に混乱してしまった程である。

翌年、フォート・ブラッグでモカと再会した時、モカはすぐにジンにも連絡してくれて、三人で食事に行く約束をした。

優しいジンは私を気遣い、「寿司バーに行こう！　俺の妻は寿司が大好物なので妻も連れて行っていいか？」と提案してくれた。一方のモカは、「寿司があまり好きではない」と言っていたが、なぜだか結局寿司屋に決まったところが面白い。

当日、ジンはとても感じのよい奥さんと共に現れ、「ＢＮＣＯＣの同期で俺の日本の友人なんだ！」と、自慢そうに私を紹介してくれた。気恥ずかしく思いつつ、とても嬉しかった。

我々四人の会話が弾み始めた時、同じ店内で他の席にいた若い男たちが大声で騒ぐ等、ややマナーの悪い振る舞いを始めた。どうやら米軍の兵士であるらしい。

すると、ジンとモカは透かさず彼らを注意し指導した。ＢＮＣＯＣ修了者でもあり、〝精鋭〟の名高い第82空挺師団歩兵下士官でもある彼らの見事な服務指導現場を目にし、同期として誇らしく感じた一幕であった。

行先は分からないが、「ジンが数週間後に海外派遣任務に赴く予定」と聞き、見送りたい旨を伝えたところ首を横に振られた。作戦行動なので当然である。

当時の私がまだ経験したことのない海外での実任務に、既に彼らは普通に携わっていた。その時は、「９・１１」から約９ヶ月後、そしてイラク戦争開始の約８ヶ月前である。その後、モカともジンとも連絡を取り合っていないが、彼らは元気にしているだろうか……。

マイケル

朝のＰＴの初回、皆が被っている黒のニット帽を私は持っていなかった。それが必要なものであることも知らずに集合していたのである。

すると、誰かがニット帽を私に放り投げてくれた。予備など持っているとは思えず、本人が使うはずのニット帽を私に貸してくれたに違いない。

早朝の暗闇の中だったので誰が貸してくれたのかが分からず、「ニット帽を俺に貸してくれたのは誰だろうか？　とても助かった、お礼を言いたい！」と、ＰＴ後に皆の前で私が訴えたが、誰からも返答がない（英語の発音が悪かったため、理解されなかったのかもしれない……）。

それがマイケルの好意であったことを教えてくれたのは、同部屋のボークだったと思う。

マイケルに会い、私が直接お礼を言うと、「そんなこといちいち言うなよ、水くさいなあ……」という反応が、言葉ではなく彼の表情で返って来た。そして彼は、そのニット帽をそのまま私にプレゼントしてくれたのだ（それは今でも冬の時期、私の愛用となっている）。

マイケルとはクラスは別々だったが、隊員食堂で食事を共にしたことが何度かある。

「欧米では、食事中に音を立てるのはマナーに反する！」という観念を持っていた私は、「日本の自衛官代表として恥じないように……」と、いつも行儀よく食事することを心掛けていた。そんな私の緊張を強引に解放してくれたのも彼である。

彼は私の目の前で、皿の上の料理を「これでもか！」と言わんばかりにグチャグチャにフォークで掻き混ぜ、それを手摑みで下品な音を立てて食べて見せた。ここでも彼特有の無言の親切を、面白おかしくも有難く感じたものである。

フォート・ベニングは基地内にディスコがあり、入校して間もない頃、ボークと一緒に行ったことがある。言わなくていいのに、ボークがＤＪに「日本からの留学生が来ているぜ！」などと伝えやがった。

するとＤＪが「日本から来たSFC IIZUKA、ステージの中央で踊ってくれ！」などと、ラップ調で早速リクエストしてきたのだ。

周囲から冷やかしの拍手が起こったので、仕方なく中央に進んだものの踊りなど踊れない。苦し紛れにステージ中央で匍匐前進の動作をしたら、周囲が結構喜んでくれた。

面白がった若い兵士たちが私に気さくに話しかけてくれて嬉しかったのだが、どうやら〝ダメグチ〟だったらしく、「相手は日本のサージェント・ファーストクラスだぞ、失礼な態度をとるな！」と、ボークが注意してくれた一幕も思い出される。

この時、マイケルもディスコに来ていて、派手にガッツポーズをしながら奇声を発し、私の「健闘？」をたたえてくれていた。それ以来、彼は私のことを「ディスコのヒーロー！」と呼んだ。別に嬉しくはなかったが……。

ボークと航空ショーを見に行った時、マイケルも同行してくれた……と言うか、彼の車で連れて行ってもらったのだった。

航空ショーの会場には、「神風特別攻撃隊」の数々の突入場面の写真も展示してあり、それを見つつ、「日本人も凄いな。何が彼らのモチベーションだったのだろうか？」そうつぶやいていたマイケルの表情が今も印象に残っている。

教官

ＢＮＣＯＣの教官の方々についても紹介したいし、きっと自衛隊の各課程の教官同様に凄い面々だったはずだが、不思議なことにクラスの担当教官しか記憶に残っていない。

卒業の時に強い感謝の念も湧かない一方、深い恨みのような感情を持つことも全くなかった。課目ごとに別々の教官がいて人数が多かったこともあるだろうし、要員が学生に張り付いての「安全管理」や「指導」が殆どなく、お一人お一人との接点が少なかったこともその理由であろう。

或いは、「教育は教官の個性や思いを反映させるものではなく、飽く迄も既定のカリキュラムに沿って淡々と行われるもの」という印象を、自衛隊の各教育よりも米軍の教育の方に強く感じた、私の感覚のためであったかもしれない。

クラスの担当教官に関して今思い出すのは、ディスカッションの多いＢＮＣＯＣの授業の中で、「皆の話が主題からずれていきそうな時の軌道修正」や「学生の率直な意見を引き出すための助言」が巧みだったことである。

英語力不足のため、ディスカッションには全く入り込めない私にも、教官が学生たちを上手に誘導している様子はヒシヒシと伝わってきた。

その他では、「プールでの着装泳」や「爆破」といった、事故につながる恐れのある訓練の時に安全係として目を光らせてくれていたことぐらいしか思い出せない。自分の感情や主義主張を表に出すことが、全くと言っていい程ない方だった。

自衛隊の多くの教官とはタイプが異なるが、「理想の教官像の一つ」を見せて頂いたことは確かである。また、教官がこのように振る舞える米軍の教育システムの素晴らしさを感じた。

のちに私が教官として担当した課目の中には〝自衛隊始まって以来初！〟というフレーズの付くものも幾つかあり、個人的な勉強や試行錯誤に任された部分も少なからずで、余裕など全く持てなかった。

2年連続で米軍に留学したからといって、帰国後すぐに教官として満足に務まるかといえばそうではない。少なくとも、私の能力では無理があった。

米軍教官の方々からは、そのような無理は感じられず、そこが羨ましかった。

K国人留学生R君

我々の期が後半に差し掛かる頃、ＢＮＣＯＣの次の期が始まっていた。その期には東アジアK国からの留学生がいて、目ざといＡ２曹はすぐに懇意になり、少し遅れて私も彼と親しくなった。とても気さくで穏やかな好青年だが、空挺、レンジャー、スクーバ、さらには自由降下の特技まで保有し、K国陸軍の最精鋭部隊に所属する優秀隊員であるらしい。

彼の期は、留学生が彼一人だけなので寂しいらしく、「週末どこかに遊びに行くなら自分も誘ってくれ！」と言われていたこともあり、泊まり掛けでフロリダの人気遊園地と宇宙センターに一緒に行ったことがある。

外出にあまりうるさくはない米軍の教育でも、さすがに「州をまたぐ長距離運転を伴う場合」には、事前の申請が必要だった。ただ、申請は簡素で許可はすぐにもらえたと記憶している。

自衛隊の各教育では、週末の外出前には当直等が「外出前の指導と注意」を行うが、それは米軍も同じだった。

毎週金曜日の夕方、学生の解散時間が近づくと……。服務指導係のマッチョな黒人の軍曹が、それっぽい威厳のある帽子を被って颯爽と登場し、「外出してもビールは飲むな、ミルクを飲め！」などと言い、集合している我々学生たちを笑わせてくれた。

旅先のフロリダではワニ料理が名物らしく、たまたま入った日本食レストランにもメニューにワニの唐揚げがあったので注文し、味見してみた。ワニの唐揚げがそこそこ美味だったのに対し、その後に男ばかりで行った遊園地は全く味気なく、我々の存在も場にそぐわなかったことと思う。

残念ながら、宇宙センターの方もあまり印象に残ってはいない。蜂を連想するくらいにお尻が大きな肥満の女性を多く見かけたことが、なぜだか印象に残っている。

徹夜同然の長距離運転で得た一番の成果は、生まれて初めて見た大西洋の海と、手に触れたその海水だったかもしれない（その約1年半後、同じ大西洋の海水を手に触れるどころか嫌という程飲むことになろうとは、この時は知る由もない）。

米軍人の対日意識

教育が中盤に差し掛かる頃、クラスの仲間たちが私をコロンバス市内のステーキハウスに連れ出してくれた。

今程には飲酒規律が厳しくなかった当時とは言え、米軍で飲酒運転が許されていたとは思えないのだが、間違いなく全員がビールを飲んでいたとの記憶がある。

皆の好みの銘柄は忘れたが、意外と同じものに集中し、それがブームらしかった。日本のビールもメニューにあり、話のタネに私はそれを注文したと思う。

留学間、私は資金前途官吏という、言わば「会計係」に任命されていて、A2曹と私2名分の留学費用を管理していた。そして陸幕の担当者からも会計隊の係からも、「お金は丁度使い切ることが望ましい！」そう言われていた。

それは、「下手に余らせて返金すると翌年から留学分の予算を減らされてしまい、逆に不足すると留学生が自腹を切るか、他の留学生の費用を削って充当するかになってしまうから困るんだ！」という理由のためである。

だが、モカをはじめ、いつもクラスの誰かが私を車に乗せてくれ、A2曹も同様であったためレンタカーを借りる必要がなく、渡されていた留学費用が大分余ることが目に見えていた。

ステーキ代の会計時にそのことを思い出し、「みんなにはいつも世話になっているから、今日は日本の国費でおごる。俺が会計係だから心配しないでくれ。日本の国民は、きっと納得してくれるよ！」そう言って私が留学費用から全員分のステーキとビールの代金を支払った。

その時の同期たちの喜びようをどう表現すればよいやら……。

「俺たちは日本国民からステーキとビールをご馳走になったぞ！」との話題が何日間も続き、私も（国民の一員として）おごりがいを感じたものである。

帰国後、そのレシートを正直に会計隊に提出したところ、何の〝お咎め〟も受けずに済んだ。大目に見て頂いたのだと思う。

ＢＮＣＯＣ留学は、このように楽しい記憶ばかりである。だが、日本からの留学生として、気にせずにはいられないことが一つあった。それは『THE RAPE OF NANKING（ザ レイプ オブ 南京）』という本が基地内のＰＸ書籍コーナーで多数販売されていたことである。

私はこの本を読んだことはないが、旧日本軍人による中国大陸での蛮行が描かれていて、「内容が事実であるか否か、信憑性が極めて疑わしい……」という識者の意見も多く、物議をかもし続けてきた書物である。

留学で多くを学ばせて頂いた〝名門〟フォート・ベニング基地内にて、事実であるかどうかが疑わしいままに、旧日本軍人の名誉を棄損する内容の書物が〝推薦書〟であるかのごとく、商品として陳列されていることが極めて残念であった。

「当時の日本を事実以上に『悪である』と位置付けることで、戦時下とは言え、わずか４日間で二度の無差別核攻撃を実施したことや、戦後、米軍占領下の日本での、米軍人による凶悪犯罪等を少しでも正当化し、不名誉な罪悪感から目を背けるための口実や材料にされているとすれば遺憾だ！」

これが、日本の自衛官としてＢＮＣＯＣ留学中の私が感じた率直な思いである。

祖先の名誉が不当に棄損され、それが悪用されていると思えば反感を持つのは子孫として当然だ。黙って見過ごすことはできず、将校課程に留学中のＭ１尉（大尉に相当）に相談をした。

実は、私と同時期に２名の陸自幹部（Ｍ１尉とＴ１尉）が、同じくフォート・ベニング基地での将校課程に留学中であったのだ。

するとM1尉は、「クラスのディスカッションの中で、その問題が議題に挙がった」旨を話してくれた。中国大陸における旧日本軍の行為について教官が言及し、M1尉に意見を求めたという。

M1尉は、「歴史の検証が十分には済んでいない問題の一つという見解を持っています」という返答をされたとのこと。

その時、M1尉のクラスメートの方々は、「日本からの留学生がいる場で持ち出す話題としてふさわしいのか……、教官の資質を疑う。歴史上、自分たちの祖先であるアメリカ人が北米大陸原住民のインディアンに対して、一体何をしてきたと思うのか?」という教官批判を展開したそうである。

その話を聞いて私の腹の虫は大分収まり、PXに『THE RAPE OF NANKING』という本を置くことに疑義を呈するアクションは、結局起こさなかった。

それにしても、BNCOCの私の同期たちも素晴らしい連中であったが、M1尉の将校課程同期の皆さんも素晴らしい方々である。

ストリップ

クラスメートたちは、コロンバス市内にある近場のストリップにも私を連れ出してくれた。何かの映画で見た通り、裸の女性が床から天井に伸びる垂直の棒に体を巻きつけながらクネクネ踊っている。

郊外であるためか左程大きな店ではなく、客は我々の他に数名しかいなかった。ストリッパーの女性は愛嬌と魅力に満ちているが、色気満々というふうではなく普通の女性っぽい印象だ。「チップは5ドル渡せばいいぞ！」そう皆が相場を教えてくれる中、アメリカ女性に敬意を払う意味合いで、私は敢えて10ドルを手渡した。私の意図するところを同期たちは理解せず、「必要もないのに、なぜ10ドルも渡すのか？」と、呆れたように私の顔を見ていたものである。

卒業の2日程前、今度はA2曹のクラスメートが「アトランタのストリップが一味違うから一緒に行こう！」と、A2曹経由で私も誘ってくれた。基地からアトランタまでは車で2時間近い距離であるにも拘らず、その労も厭わずに、深夜に及ぶ運転で我々を案内してくれたのだ。

コロンバス郊外のストリップもローカルな趣があってよかったが、大都市アトランタのストリップは規模も客数も、そして何よりストリッパーの雰囲気が〝別次元〟の様相を呈していた。広い客席の中央にステージのようなお立ち台があり、そこで顔も体も美しい、あたかもアンドロイドのような女性10人以上が悩殺ポーズを繰り返し、全裸で踊り続けている。あちらのヘアーも勿論金髪だ！

気に入った女性を指名して追加料金を支払えば、自分たちのテーブルに来て目の前で踊ってくれるシステムもあった。広い店内が満員になる程の賑わいであるが、ストリッパーに見入るばかりでなく、普通に談笑している客も多い。「これもアメリカ文化の一つなのだろう」と思った。

その後、アトランタのダウンタウンを少し散策し、飲み食いで2軒程ハシゴして基地に戻ったのは夜中の2時過ぎ頃だったろうか……。

部屋に戻るとボークがいない。翌朝クラスの皆に聞くと、「遠いハワイから来ているから修了式を前に原隊に戻ったんだ」とのことである。私はそのことを知らなかった。或いは、彼が私にそのことを伝えたにも拘らず、私が理解していなかったのかもしれない。

自衛隊の教育では、全員が修了式に出席後、原隊に戻るのが常なので、まさか卒業前にボークにいなくなられるとは思ってもいなかった。米軍では普通のことらしく、ボークもいちいち細かくは言わなかったのだろうが……。

連絡先の交換はしており、日本に帰国後、彼とは何度かメールのやり取りをした。しかし、「ストリップを観に行き、飲み歩いていたためにルームメイトを握手と感謝の言葉と共に見送らなかった」ことは、今でも痛恨の極みである。

部屋で時々喧嘩もしたが、私がプレゼントした「東京の夜景の絵葉書」を栞として大切そうに使い、読書に耽っていたボークの横顔がとても懐かしい。

成績通知と修了式

卒業前のある日、クラス担当教官に個別に呼ばれ、「SFC IIZUKA、君はBNCOCで非常によく頑張った。リーダーシップ、エクセレント。フィジカル、エクセレント。デディケーション、エクセレント。……エクセレント。……エクセレント。……」と、全てエクセレントにチェックをして下さった。

いくら何でもやり過ぎなので、「あまりによすぎて不自然です」とお伝えしたところ、その次の項目を一つだけ「……グッド」と、控えめにして下さったが、それ以後はまた全てエクセレントに戻っていった。

日本からのお客さんだから出血大サービスして下さった訳だが、採点の項目や基準についても詳しく学び、日本に持ち帰るべきであった。米軍の教育システムのよい点を自衛隊の中で反映させるべく働きかけることも、留学経験者の責務であったと今にして思う。

その後、日本で教官や先任として「人の評価をせざるを得ない立場」を幾度か経験し、戸惑うことも多かったので、その際にもBNCOCの評価方式を参考にできたはずである。

「教育での成績の評価」という分野でも米軍流を学ぶチャンスであったが、この時の私にそこまでの先見性も思慮の深さもなく、ただ、BNCOCを無事に卒業できる喜びと安堵に耽るばかりでストップしてしまっていた。甘かったと思う。

修了式は、直前になってその日程が2、3回変更になった。どうやらそれも、米軍ではお約束の「不測事態対処訓練」だったようである。

「スケジュールの急変にいかに対応するかは、実任務に携わる軍人として不可欠の資質」であり、それを鍛えるために意図されていることと理解しつつも、米軍人たち程には航空券の変更に融通を利かせることのできないA2曹と私は面食らい、動揺した。

その都度、陸幕に何度も国際電話で状況を伝え、在米の日本系旅行会社にも度々電話をかけてチケット変更の調整をしたが、結局話は元に戻り、修了式は当初の予定通りに実施された。米軍の連中があまり慌てていなかった様子から察するに、見えた筋書きだったらしい。

教育中、このような手法は「訓練後の武器手入れ」の時間にも採り入れられていた。学生たちが小銃（米軍なのでM16）を丁度バラバラに分解仕切ったくらいのタイミングを教官たちが見計らい、「今すぐに場所をどこどこに移動し、そこで武器手入れを継続せよ！」などという指示が何度か出されたのだ。この時は米軍の同期たちもさすがにブーブー文句を言っていた。訓練の意図をすぐには理解できず、私も皆と一緒に文句を言っていたと思う。

その訓練の意図が理解できるようになったのは、のちに自分が「教官」という立場になってからである。

自衛隊と同じく、ＢＮＣＯＣの修了式も講堂で催され、やはり成績優秀者に対する表彰があった。ベンなど、表彰されたクラスメートに「さすがだな！」と賛辞を贈ると、「こんなものに大した意味はないよ」という答えが返ってきた。

自衛隊の場合、必修課程教育時の成績が後々の昇任にまで多大な影響を及ぼすのだが、米軍の場合は昇任に関しても、もっと多角的に考慮されて決まるようである。

入校中、試験勉強も体力練成もあまりやらず、課業外は部屋で読書をしたり、我々留学生をストリップや航空ショーやステーキハウスに頻繁に連れ出してくれたり、自宅にまで招いて泊めてくれた様子を見る限り、左程成績の良し悪しを気にしている様子は感じられなかった。

自衛隊の課程教育に比べて様々に余裕があり、入校中の学生といえどもリラックスし、落ち着いていた。

自衛隊では、どの教育であれ、入校してすぐに様々な係を決める。写真係、厚生係、会計係、隊歌係、教材係等々。試験範囲を教官に伺い、その内容を事細かに同期たちに知らせる「試験対策委員」なる係も多くの課程教育で存在する。だがＢＮＣＯＣでは、そのような係は一つも存在しなかった。

必要に応じて格闘のＭＯＳＳを持つ者が指導役を担ったり、衛生職種の隊員が同期に衛生処置を施すことはあったが、「何々係」というものはなかった。それは翌年に留学したコンバットダイバー・コースも同じである。それらの係がいなくても何ら支障はなく、むしろ有意義な教育だったと思う。

自衛隊で設定している入校中の係制度は省くべきなのかもしれないし、それがなくとも支障を来さない教育に修正するべきなのかもしれない。少なくとも「試験対策委員」はなくすべきと思う。教育の目的は、試験で高得点を取らせることではなく、赤点を取らせないことでもない。実任務で役立つ能力を付与し、身に付けさせることである。どうも自衛隊の教育制度の方が、その目的をはき違えているように思える。

米軍の教育では卒業アルバムも作成せず、思い出写真の作成・分配もなく、試験範囲や出題傾向を教官室に伺いに行くこともなかった。

卒業前のパーティーはあっても、宴会での出し物を皆であれこれ企画することはなかった。それをすれば楽しいし宴会は盛り上がるが、軍人としての能力には、あまり関係がない。

また、外出する際、自衛隊では外出証の交付を当直から受けなければならず、外出から戻ったらそれを当直に返納しなければならないのに対し、（私が経験した限りではあるが）米軍ではそれもなかった。門限があったかどうかも記憶にないくらいだ。それでも私の二度の米留中、行方不明になった隊員は誰一人としていなかった。

「自衛隊の教育では、これらのことに時間と労力をかけ過ぎているのかもしれない……」という問題意識を持ったが、それも一時のことで、短い米留期間が終わって日本に戻り月日が経てば、また私も〝自衛隊流が当たり前〟の一隊員に戻っていった。

ただ、のちに私が教官として何らかの課目を担当した時、「試験対策委員」の存在を必要とする試験を課したことはない。

多分、米軍では隊員が大人扱いされていて、自衛隊では隊員が過保護に管理され過ぎているのだと思う。そこには明らかな違いを感じる。

修了式が終わって制服から私服に着替えている時、モカが愛用のレッドベレー帽を私にくれた。お返しに私も愛用の迷彩帽を彼に手渡した。

留学生事務所に顔を出し、卒業の報告とお世話になったお礼をして離隊する旨をお伝えした。コロンバス空港到着時に何度も迎えに来て頂いたことや、日本で地震等の災害が発生した時に、我々に即座に知らせて下さったことが思い出される。

〝日本で災害発生！〟との情報が入る都度、「すぐに日本に連絡をして、ご家族の安否を確認しなさい！」そう促して頂いたのである。

基地からコロンバス空港までは、将校課程に留学しているM1尉とT1尉がレンタカーでA2曹と私を送ってくれた。将校課程はBNCOCより期間が長く、お二人の帰国はまだ数ヶ月先なのだ。

途中、〝レンジャー隊員御用達〟のハンバーガー店に立ち寄り、四人で送別（？）会食をした。

「フォート・ベニングに来たら、そのバーガーを一度は食え！」という言い伝えがあり、必ず食べたい一品だったが、その巨大さは噂以上である。自衛隊を代表して米留中の我々でさえ、完食するのに一苦労では済まなかった。

米軍のレンジャー訓練修了者が空腹を満たすため、真っ先に訪れることが多い店であり、それがバーガーの巨大さの理由らしい。

昼食後に車で空港へ向かう途中、運転しているM1尉から、「隣を走っている車がこちらを見てニヤニヤしているよ。友達なんじゃないか?」そう言われて見てみたらベンだった。

彼は少し併走してから我々の車を追い抜き、前に出て何か合図をしてくれた後、加速して走り去って行った。

運転中に我々の車と気付く彼の注意力はさすがである。だがそれよりも、私は彼との縁を感じた。

空港に着くと、M1尉とT1尉が先に帰る我々を心の底から羨んでいる様子に見える。我々に手を振った後、お二人がガックリと肩を落としていたので気の毒に思いつつも、私は吹き出しそうになってしまった。

「電子辞書が故障して困っている……」とM1尉が言っていたので、私は自分の電子辞書を彼に渡して搭乗口に向かった。幹部と陸曹の階級差はあっても互いに助け合い、とても仲よくして頂いた間柄である。

国内の勤務でも頼りがいのある幹部は多かったが、米留中に感じる幹部自衛官の頼りがいは、また格別であった。

お二人とは日本で再会する機会が何度かあり、米留当時を互いに懐かしんだことも思い出す。

ラスベガス観光と帰国

帰路は日本に直行はせず、アメリカ滞在中に代休を取ってラスベガスを観光した。元々往復の航空券であったが、ジョージアのコロンバス空港ではなくオハイオのコロンバス空港と成田の間の往復券を渡されていたハプニングのため、その復路券はキャンセルして無効となっていたのだ。

そのお陰で代休を取って観光するチャンスが生まれ、実行に移した訳である。そんな経緯で帰路はラスベガスで二泊し、カジノやショーを楽しみ、グランドキャニオン上空での遊覧飛行も体験する等、旅を満喫した。

A2曹と私はBNCOC卒業という大仕事を終え、こうして解放感に浸って羽を伸ばせているが、米軍の連中はどうだろう。少しは休みを取れているのだろうか、それとも早速部隊に戻って任務に就いているのだろうか……。

米陸軍の歩兵下士官もなかなか多忙らしく、「海外派遣任務直後にそのままBNCOCに入校し、半年以上も妻子の顔を見ていない……」という者がいた。また、卒業後すぐに海外任務に復帰する者も少なくない様子であった。

ＢＮＣＯＣ入校中、何人かが胸に着けている米陸軍のコンバット徽章（実戦参加経験があることを示す徽章）に興味津々の私に対し、「どこの国の軍人も一緒に酒を飲めば皆いいヤツばかりだ。それが敵味方に分かれて撃ち合い、殺し合う。コンバットなんてよくないぞ！」そう言っていたヤツもいる。

皆は今頃どうしているだろうか。米軍人として現役で頑張っているヤツもいるだろうし、どこかで退役し、別の道に進んだヤツもいるだろう。そして、ＢＮＣＯＣの後に起きたイラク戦争や、その他の（アメリカにとっての）対テロ作戦に命を捧げたヤツも確実にいる。ＢＮＣＯＣでの２ヶ月間は、私の人生の中でも特別の記念である。

（私が二度の米軍留学を終えて間もない平成15〔２００３〕年3月、イラク戦争が勃発し、米軍の捕虜収容所内での、イラク軍捕虜に対する非人道的処遇が度々報道されて批判も多かった。しかし、同期として私が知り合った米軍人たちに限り、そのような行為には関与していないとの確信が私にはある）

日本に帰国した翌日、我々2名は市ヶ谷の陸幕に赴いて帰国報告をした。日米間の国際電話やメールで度々連絡を取り合っていた海外留学担当のＳ３佐（少佐に相当）のところへ行くと、「ご苦労さん。飯塚君には、また来年アメリカに留学してもらうことになる！」と、帰国早々切り出された。

ナント、次は潜水の課程で、米軍の中でもとりわけ厳しい教育であるとのこと。候補者がなかなか見つからず、海自のスクーバ課程と小平の上級英語課程を一応修了し、且つ今回ＢＮＣＯＣも修了した私に白羽の矢が立ったらしい。話の概要を聞き、「行けるように努力します」とだけ答えた覚えがある。

ＢＮＣＯＣ留学中、何かトピックがあるとメールに写真を添付して陸幕と原隊の空挺団に報告していた。その内容と行動を評価して頂いた節もあったかもしれない。

市ヶ谷では会計隊にも赴き、資金前途官吏としての報告も済ませた。結局お金は余り、〝必要な資料〟という名目で米軍の教範類を大量に買い込んで陸幕と小平の英語教官室に供与し、Ａ２曹と私の原隊にも持ち帰った。

厳密に言えば、それらは留学費用の使用対象から外れていたと思う。でも大目に見て頂けたらしく、〝お咎め〟を受けることなく済んだ。

そして、我々が持ち帰った米軍の各種教範類と資料は「その後、まあまあ有効活用された」と聞き、「余った費用をそのように使ってよかった！」と安堵したものである。

市ヶ谷での諸々を終え、留学前から共に頑張って来たＡ２曹とも別れて習志野に向かった。２ヶ月ぶりに戻った原隊は、気のせいか景色が少し違って見えた。

私の不在間、業務を代行して下さっていた空挺団本部第２科の皆様には感謝と申し訳ない気持ちが勝り、帰隊当初は留学中のことをあまり威勢よく話す気にはなれなかった。

だが、周りはそんなことには全くお構いなしに興味を持ってあれこれ聞いてくれる。それがまた嬉しくて、私も中隊の同僚や後輩たちには何をためらうこともなく、経験してきたことを大袈裟なくらい吹いていたと思う。

良くも悪くも〝米留帰り〟としての自覚を持ち、その役割を少しは果たそうとしたが、どこまで自分にできていたかは分からない。

（私が帰国して間もなく、当時の北朝鮮最高指導者、金正日の長男で、後にマレーシアの空港で暗殺された金正男が偽造パスポートで日本に不正入国し、拘束されるという事件が起きた。「人気の遊園地に行くために来た」と報道されていたが、「実際には日本国内の朝鮮総連や暴力団を相手とする武器や麻薬の密輸、売春や貸金業、さらには偽札や偽造パスポートに関する〝仕事〟のために来ていた」との説もあるようだ。

いずれにせよ、〝拉致被害者を取り返す千載一遇のチャンス！〟であることは間違いなかった。犯した罪相応の逮捕・収監は当然だが、人質にして交渉の材料にできたからである。しかし日本政府は、金正男を〝お咎めなし〟どころか〝超ＶＩＰ待遇でご丁重にお送りし、なぜだか中国経由でお帰り頂いた〟顛末であったらしい。

「２階席を貸し切り状態にした日本の民航機が用いられた」との噂も聞いた。それが事実なら、ロ

本国民の一人として絶対に許せない）

第4章　二度目の米軍留学

留学準備

地図の管理等、空挺団での恒常業務に戻って落ち着き始めた頃、米留で不在していた2ヶ月間の新聞記事トピックに目を通した。その中に「北朝鮮の工作員が上陸浸透に使ったものと見られる〝水中スクーター〟が富山県黒部川河口で発見された！」という記事が含まれていたことを覚えている。調査によると、その器材が使用されたのは2、3年前であるらしい。

「北朝鮮の水路潜入による工作活動は過去の話ではなく、平成の今なお続いている」という事実を示していた。そして「日本国民の拉致も、やはり今なお続いているに違いない……」そう思えた。

私が翌年のコンバットダイバー・コース（Combat Diver Qualification Course：略してＣＤＱＣ：戦闘潜水員課程）留学候補者としての指定を受けたのは丁度この頃であり、何だか因縁めいていた。

今度の留学は7ヶ月を超える長期戦ということもあり、私は団本部2科での係を下番して偵察小隊に復帰することとなる。

「2科の係が長期不在することはできない」という事情と、「わずかの期間でも小隊で訓練や体力練成に励み、空挺偵察隊員としての素養を取り戻すことが次の米留に有効」との判断があった。

小隊復帰後は「北海道での訓練に参加したり、房総の山中を久々に動き回ったり、空挺団改編に備えての、富士演習場での訓練に参加したり……」等々、多忙だが充実した時期を過ごし、〝偵察隊員としての勘〟を多少は取り戻せたと思う。

陸上自衛隊の編成が大きく変わり始める時期とも重なり、部隊の改編や新編を前にして、若手の見知らぬ幹部が私の周囲にも徐々に増え始めた。その方々とは、のちに階級を超越する程の親密さで勤務を、そして任務を一緒にさせて頂くこととなる。

「9・11」のテロが起きたのはその頃だった。その日、私は訓練の真っ最中で東富士演習場にいた。ニューヨークの超高層ビルにハイジャックされた飛行機が突入するニュース映像を、宿泊していた滝が原廠舎に誰かが持ち込んだ車載ナビのテレビで見たことと、その映像とともにテロ首謀者による犯行声明が繰り返し放送されていたことを覚えている。

その日以降、滝が原廠舎と隣り合う米軍のキャンプ富士でも外柵沿いに土嚢を積み上げて固定銃が据えられる等、警戒レベルが一気に上がっていた。日本の警察も動きが活発になり、米軍基地周辺をパトカーが走り回る様子が見える。

我々の訓練は直接の影響を受けず、中止になることもなく予定通り全日程が消化されたが、自衛隊の警備体制も幾分強化され始めていた。

この出来事を境に世界情勢が大きく変わり、数年後のイラクへの派遣など、自分の自衛隊勤務にも影響が及ぶこととなる。

それでも、翌年に予定されているCDQC留学への影響はないらしく、それが中止になる気配すら伝わってこなかった。

戦争準備を着々と進める一方で留学生も普通に受け入れるのだから、やはり米軍は凄い。

私はその年の秋から再度、小平駐屯地での留学準備研修に参加し、二度目の米留に向けて英語力の強化に取り組ませて頂いた。

小平には、米軍の他の課程への留学候補者も来ていて、皆で賑やかに勉強に励んだ思い出がある。私の1年後輩となるＢＮＣＯＣ留学候補者3名が、全国から名を連ねて来てもいた。皆、熱心に勉強したが、酒もよく飲んでいた気がする。

ＣＤＱＣ留学は、アメリカ大使館でのリスニング試験で要求される得点の基準がＢＮＣＯＣより高いだけでなく、会話の試験も課されていた。しかも、「アメリカ本土の米軍語学センターにいる教官と国際電話で直接会話をする」という、やや難易度の高い試験なのだ。

2日に分けてそれぞれの試験を受け、「リスニング試験は合格だが、会話試験は不合格」という結果だった。

どうなることかと思いきや、「渡米後の最初の2ヶ月間は米軍語学センターで英語研修を受ける予定が組まれていて、その期間中に会話の再試験に合格すればＣＤＱＣへの入校が可能！」ということらしい。

その語学センターとは、テキサス州ラックランド空軍基地内にあるＤＬＩ（Defense Language

Institute：アメリカ国防総省語学学校）のことであり、〝米軍の語学教育の総本山〟とも言える存在であった。

とりあえず渡米し、ＤＬＩに入校することは決定したものの、会話試験に合格せぬままの〝見切り発車〟での出国となるため、小平での英語研修期間が留学直前まで延長となった。

その間、英語教官室の教官・助教の皆様に大変お世話になったことを今なお感謝している。寝食を共にしてまで面倒を見て下さった陸曹の助教もいらしたし、ＣＤＱＣの概要を知る米軍人と懇談する機会を設けて下さった幹部の教官もいらしたのだ。

（二度目の米留に向け、私が斯様に悪戦苦闘していたその頃、日本の安全保障に関わる重大事件が起きていた。いわゆる〝九州南西海域工作船事件〟である。これは、平成13〔２００１〕年12月、鹿児島県奄美大島沖の東シナ海で逃走しようとする北朝鮮の工作船を日本の海上保安庁巡視船が追跡し、交戦の末、工作船が爆発、自沈した事件だ。

海上保安官３名が負傷し、工作船乗組員は十数名が死亡したとの報道であったが、「工作船内に拉致された日本人がいなかった」との確証はない。北朝鮮による工作活動の脅威に日本が曝され続けていることを改めて知った。そして、「その脅威に対抗するためにも、ＣＤＱＣ留学を必ず成功させなければいけない！」そう思った）

DLI入校

私は平成14（2002）年2月下旬に出国し、先ずはテキサス州サンアントニオに所在するラックランド空軍基地DLIでの、2ヶ月間の英語研修を受講した。

ここには陸海空の自衛隊から複数名の留学生が常時入校しているため、その取りまとめや諸々の世話をする「連絡官」という役職の空自幹部が常駐している（多分、令和の今も……）。「米軍と我々留学生との間のワンクッション」と言ったら失礼かもしれないが、間に立って下さる幹部自衛官の存在は有難かった。

DLIには日本からだけでなく、ほぼ世界中から様々な国の軍人や事務官等の、多くの軍関係者が留学生として集まって来る。女性の割合は全体の1割から2割程度で、私の滞在中、日本の女性も2名（1名は空自の英語教官、もう1名は陸自の英語助教）が在籍していた。

DLIでの英語練成そのものを目的として来ている留学生もいれば、私のようにDLIで慣らした後、本来の目的であるFOT（Follow On Training の略：DLI修了後に引き続いて受ける次の専門コース）に進む留学生もいる。

私のFOTはCDQCであったが、人によっては「狙撃のコースであったり、衛生のコースであったり、航空機の操縦や整備のコースであったり……」と、まちまちであった。

居住はバラックではなく、ちょっとしたホテル仕様の建物での一人部屋なのですこぶる快適だ。ただ、バスルーム（トイレ含む）だけは、その空間を挟んで隣り合う部屋の留学生と共用であり、「カギをかけ忘れた時に不意にドアを開けられると入浴中であったり、用を足しているところを見られてしまう……」そんな構造になっていた。

バスルームを共用する私の隣人は欧州から来た海軍将校で、体は大きくも気さくで穏やかな方であり、とても仲よくして頂いたと思う。

「本場のエスプレッソが飲みたければ、自分がいつでも淹れるから遠慮なく来てくれよ！」そう言って頂き何度かご馳走になる一方、私も日本茶と和菓子で彼を度々もてなしたものである。

英語力を向上させる環境として、「これ以上はない！」と思える2ヶ月間だった。米軍の英語教官に師事し、部屋でテレビをつけても英語、他国の留学生と話す時も英語、買い物も英語、日本人でも英語しか話してくれないヤツもいて、随分鍛えられた。

ある日の授業の合間、私は教官に質問をした。「外国語を習得する近道はあると思いますか？」と。返って来たのは「Long Hair Dictionary！（長い髪の辞書！）」という答えである。

つまり、「外国語を話す彼女がいれば習得が早いと思うよ！」ということだ。「なるほど！」とは思ったが、その境遇になるのもなかなか難しそうだ。

私の場合、「Long Hair Dictionary」はなかったが、前年ＢＮＣＯＣに留学し、「Short Hair

Dictionary（短い髪の辞書）」、つまり同期の米軍歩兵下士官たちに囲まれていた恩恵はかなり大きかったと思う。

斯様に恵まれた環境のお陰もあって会話の再試験は早い段階で合格し、ＣＤＱＣ入校（正確には、ＣＤＱＣ入校前の〝プレスクーバ〟という素養コースへの入校）が決定した。

ＤＬＩの凄いところの一つに、クラス編成にしろ、使用される教材にしろ、各留学生のＦＯＴに合わせられていたことが挙げられる。

ＣＤＱＣに進む私が配置されたのは、潜水や海軍関係のテキストを中心とし、クラスメートも海軍関係者か、陸軍軍人であっても本国で潜水任務に関わる留学生が多いクラスだった。

ＣＤＱＣ入校直前の時期に、人からも教材からも必要な情報・知識を得やすい環境が、それ程までに整えられていたのだから素晴らしい教育システムである。

クラスの人数は数名程だが、様々な国の軍服が集い、米陸軍歩兵ばかりのＢＮＣＯＣともまた一味違う刺激を味わわせて頂いた。

ＤＬＩでは、週末に観光名所を巡る参加費無料のツアーが多種多様に設定されていて、大抵は希望通りに参加できたと思う。日帰りだけでなく、中には一泊するツアーもあった。

少し気になったのは、「その費用を日本の防衛費で大分肩代わりしている」との噂が日本人留学生の間で囁かれていたことである。まんざら嘘でもなかったらしい。

数あるツアーの中で、私は「空母レキシントン見学ツアー」に参加した。旧日本海軍と太平洋上で戦い、神風特攻機の体当たりを受けた空母がコーパスクリスティという港に記念艦として停泊しており、それを見学するツアーだったからだ。

靖国神社などで特攻隊員の遺書を拝見したことは何度もあったが、特攻機の攻撃を受けた米軍側の艦艇を見るのは初めてだった。

特攻機が命中した艦橋部分には黒枠の旧日本海軍旗が貼り付けられ、突入時の実際の映像が展示モニターに繰り返し映し出されている。

米軍の被害及びこの特攻機の航跡と戦法についての説明がパネルで展示されており、或いは、この特攻隊員の氏名と経歴の説明もあったのかもしれない。

日本人としても自衛官としても様々な思いが胸中をよぎり、「今回の留学で最善を尽くそう！」という決意を新たにした。

ＤＬＩ入校中は英語の勉強だけでなく、泳力と体力の増強にも努めた。会話試験合格後は、むしろそちらに全てに近い比重を置き、授業後は基地内にあるプールとジムに通い、自分で立てたトレーニングメニューを着実にこなす毎日を過ごせていたと思う。

「途中の息継ぎなしで50メートルを泳ぐ潜水泳法ができなければＣＤＱＣを修了できない」と分かっていたので、少なくともそれだけはＤＬＩにいる間に習得しなければいけない。

無理をせず毎日1メートルずつ距離を延ばしたが、それでも距離が40メートルを超えると脳がダメージを受けるのか、激しい頭痛に悩まされたことも多い。

軍隊、軍人としての当たり前

DLIでの教育が終盤に差し掛かった頃、クラスでディスカッションの授業があった。テーマは「自分の国と他国の間で現在起きている軍事的問題について」というもの。

各々が自分の国が抱える他国とのトラブルについて発表し、その解決策にまで言及する。ここでは留学生という立場であるが、各国を代表して来ている軍人としての素晴らしい発表が続く……。

私は「北朝鮮による日本人拉致」をテーマに挙げた。そして、北朝鮮の軍部工作員が不法に日本国内に潜入・浸透し、普通に生活している女子中学生まで連れ去ってスパイ学校の教員にする等、非道の限りを尽くしていることを説明した。

「それでどうしたのか？　拉致された日本人を助けたのか？」これがクラスの皆からの反応だった。

「いや、助けていない」私がそう答えると、

「助けには行ったのか？」と、皆から尋ねられた。

「いや、行っていない」私がそう答えると、

「なぜ、助けに行かないのか?」という質問をクラスの全員から受けた。

「日本国の法的制約のために、行きたくても命令が出ないんだ……」と答えたが、呆れ果てたような反応が返ってくるばかりである。

「侵略の被害に遭っている国民も助けに行かないなんて、お前たちの存在価値はどこにあるのか?」というストレートな批判も浴びてしまい、私は日本の自衛隊代表として立つ瀬もなく、返す言葉もなかった。

苦し紛れに「日本の自衛隊はＡＲＭＹ（正規の軍隊、特に陸軍の意）ではなくて、SELF DEFENCE FORCE（専守防衛部隊）なんだ。そして国の憲法でも法律でも、その存在を正式には認められていないためなんだ!」という説明をしたが、そんな空論に耳を傾けてくれる者など誰一人としておらず、「日本の法律のことは分からないが、軍人ならば外敵の侵略行為から自国民を守るべきではないのか?」そう言い返されて終わってしまう。

自衛官は軍人ではなくて公務員という位置付けであるが、入隊時には全員が「直接及び間接の侵略から国民を守るためには危険を顧みず……」という内容の宣誓をする。それについては他国の軍人と全く同じ立場であり、同じ責任を有している。また、我々の祖先であり先輩でもある旧日本軍軍人とも同じレベルの覚悟を決めて入隊しているはずであった。

〝日本の特攻機による体当たり攻撃を受けた空母レキシントン〟を見た後であるだけに、同じ日本人の男としても、外敵から国民を守る立場にある自衛官の一人としても、尚更情けない思いに駆られた。

そのクラスにも様々な国からの軍人が集まっていたが、どの国でも「憲法で軍隊の存在が明確に認められている！」と言う。そのクラスに限った話ではなく、地球上のほぼ全ての国で軍隊の存在が憲法で認められている。それがワールドスタンダードであった。

日本という国家、自衛隊という組織が世界の常識から著しく逸脱していること、そのために普通なら成り立つ議論も成り立たないこと、そして他国の軍人から、その存在意義に疑問を呈され、軽蔑すらされる立場に我が自衛隊と我々自衛官が置かれていることを、私はこの時に思い知らされた。

もっともそれ以上に、外敵から国民を守るために身命を賭したあの特攻隊員をはじめ、旧日本軍の英霊の皆様にも顔向けできない思いがした。

一つ明確になったのは、「北朝鮮による横田めぐみさん拉致」の新聞記事を読んだ時、「拉致被害者救出は自衛官の任務である！」と感じた自分の直感と、様々な国から集まって来た軍人たちの意見が全く同じであり、〝それが軍人としての、世界共通の常識的な感覚だ！〟ということである。

「今の自分の任務はＣＤＱＣを修了することだ。だがその延長線上で、拉致被害者救出任務に是非とも携わりたい！」この思いが二度目の留学期間中のみならず、自衛隊生活を終えるまで続く私の志となった。

DLIでの日々とサンアントニオのおふくろ

DLIでの2ヶ月間を振り返り、「自分としては、できることは全てやった！」という実感があった。英語の勉強も、泳力と体力のトレーニングも、そして様々な国の軍人たちとの交流も、全てにおいて悔いるところはない。

そして、それ以外にも生活の中で数々の思い出ができた。アメリカの自動車運転免許を取得したこともその一つである。当初は日本で取得した国際免許を使っていたが、留学期間が半年以上となるため思い切って挑戦してみたところ、日本と違って1日か2日で取得でき、費用も予想外に安かった。

生活で使う車は勿論レンタカー。「かつて米海軍航空隊に所属し、グラマン戦闘機で日本の零戦などと戦った経歴のある方がオーナーをしている」という噂の店が日本人留学生の間ではお勧めで、私もその店を利用した。

オーナーは、旧日本陸海軍航空隊の武勇に熱烈な敬意をお持ちの方らしく、「JAPANESE AIR FORCE（日本空軍？）の隊員です！」と名乗れば値下げしてくれるため、陸自の留学生でも「JAPANESE AIR FORCE！」と名乗り、確かに2割か3割程サービスしてもらっていた。

中には安い中古車を購入する留学生もいたが、故障が多くて修理代と手間がかかり、レンタカーよりもむしろ高くついていたようである。

DLIのあるラックランドは空軍基地なので、第2次大戦中に使用された軍用機のモックアップが多数展示されていた。P−51、P−47、P−38等の戦闘機や、日本全土を火の海にし、広島と長崎に原子爆弾を投下したことで悪名高いB−29爆撃機等々……。もっとバカでかいのかと想像していたB−29は、意外とコンパクトな機体だったとの印象がある。

一緒に見学していた日本人留学生と、「日本人として、こいつだけは破壊してやりたい気持ちですネ！」と話し合ったことを思い出す。

多くの国々の軍人と様々な話をした中で、「給料はいくらなのか？」という質問には困った。貨幣価値は国によって異なり、解釈によって良くも悪くも思われる心配があるからだ。

金額はボカして、「住まいは古い官舎で、車は普通のサイズで、酒もビールを時々飲む程度で……。受け取る金額は高いと思われるかもしれないけど、日本は物価も高いので生活は必ずしも豊かではないんだ……」私はこのように説明していたと思う。

だが、留学生にレンタカーの費用まで持たせている国は、日本と裕福な中東の産油国くらいである。その他の多くの国々からの留学生は、近場の店に徒歩で買い物に行く程度で日々の生活を済ませ、質素だった。

経済的な部分を比較すれば、我々日本の留学生は格段に恵まれていた。

「それにも拘らず、留学費用が足りないと言って追加の送金を求める留学生が多いので本当に困る。それをすると、他の留学費用を削らなければならなくなってしまうんだ……」と、陸幕の留学担当者が嘆いていたものである。

私の場合、二度の米留どちらも留学費用が余った。BNCOCの時は教範類や資料を購入して持ち帰り、CDQCの時は帰国後に返金した。

返金すると、それはそれで細々とした金額確認の必要が生じてしまうため、きれいさっぱり丁度使い切ることが会計隊に手間も迷惑もかけず、資金前途官吏としての帰国後の処置も楽に済む。なので、余らせて返金したのは結果として失敗だった。「会計隊の担当の方には余計な仕事をさせてしまい、本当に申し訳なかった！」と、未だに後悔している。

ラックランド基地の近くにUさんというお名前の、60代くらいの日本女性が居住されていた。「戦争花嫁」と言ってよいかは分からないが、日米戦争後、日本に進駐した米軍人と結婚され、その方と暮らされていた。

長年にわたりDLIに留学する自衛官皆々に対して、本当に親身にお世話をして下さり、皆から「お母さん」と呼ばれて慕われていた方である。

私も、私と同時期に留学していた他の自衛官や医官、そして事務官もUさんとご主人には何度もお宅で手料理をご馳走になり、庭に設置した日本式のお風呂で入浴させて頂き、相談相手にもなって頂いた。

Uさんは、「私の年代の日本男性は特攻隊でみんな死んじゃったから、こんなのしかいなかったんだよ！」と、ご主人を指さして仰っていた。当のご主人は隣でニヤニヤ笑っているだけである。

そんな感じで、Uさんは口は悪いが気持ちのとても優しい方であり、ご主人もとても穏やかで親切なアメリカ人男性だった。

「日本を代表して来ているのだから、お前もお国のためにしっかり頑張れ！」と、何度励まして頂いたか分からない。

私がUさんのお宅にいる間だけでも、日本からの国際電話や「ユーガッタ　メール！」というパソコンのメール着信が頻繁にあった。それまでUさんにお世話して頂いた多くの日本の自衛官たちから届く電話やメールであることが分かった。

DLIでの2ヶ月間、私もUさんには本当にお世話になったことが、深い感謝の念と共に時々思い出される。

DLIの講堂で立派な修了式を催して頂き、クラスの仲間たちとは各々のFOTでの健闘を誓い合って別れ、テキサス州ラックランド空軍基地を後にした。次の行き先は、ノースカロライナ州フォート・ブラッグ陸軍基地である。

CDQC本コースはフロリダ州キーウエストの訓練基地で実施されるが、その前の見極め教育であるプレスクーバを受講するのがフォート・ブラッグなのだ。

実は、この時の移動については全く記憶がない。DLI修了を喜ぶ余裕などあるはずもなく、次に待ち受けていて、「米軍教育の中でもとりわけ難関」とされる〝地獄のプレスクーバ〟に、意識が完全に支配されていたのだろう。

プレスクーバ入校

フォート・ブラッグは米陸軍特殊部隊の本拠地であり、第82空挺師団も所在する強大な基地である。敷地面積は山手線の円内よりやや広く、前年にBNCOC留学で滞在したフォート・ベニングに共通する威厳が感じられた。

先ず留学生事務所に顔を出すと、ふくよかで優しそうな年配の白人女性Fさんが「私が主任です。何でも聞いてちょうだい！」そう仰り対応して下さった。それ以後、Fさんをはじめ事務所スタッフの皆様には様々にお世話して頂くこととなる。

とりあえず、生活全般に関する簡単な説明を受けてから宿泊する部屋のカギを受領した。

『AIRBORNE INN』という基地内のホテルがフォート・ブラッグ陸軍基地での宿になるとのこと。日本語にすると「空挺ホテル」だ。いかにもフォート・ブラッグの宿にふさわしいネーミングであり、何だかユニークでもある。

部屋は個室の割にベッドがバカでかく、ここではバスルームの共用がなくて気楽である反面、少し寂しい気もした。

翌日も留学生事務所に行ってレンタカーの手配、プレスクーバで必要な物の購入リスト、教育内容の確認等についての説明を受けた。

幸運なことに、プレスクーバに二度目の挑戦となるバルカン半島からの留学生と知り合い、教育内容の細部について教わることができた。名前はMさん、階級は大尉だったと思う。

プレスクーバ開始までの数日間、私はM大尉と共に基地内のプールやジムに通い、入校前の準備練成を行った。

そして教育開始の前日、主任のFさんをはじめ留学生事務所の皆さんが不安そうにしている私に対し、

「プレスクーバは厳しく、米軍人にとっても大変な難関だけど、きっとあなたは克服できるわ！」

そう何度も励まして下さったことを思い出す。

初日は午前中の前半がＰＴ（Physical Test：体力検定）。ＢＮＣＯＣで受けた時と同じく、２分間での腕立て伏せ、２分間での腹筋、そして２マイルの持続走という内容である。

受検者中、不合格者は皆無。それもそのはず、集まって来た米軍のメンバーは海兵隊員が１名、その他は全員が「グリーンベレー」と呼ばれる陸軍特殊部隊員だったからだ。しかも、ほぼ全員が

将校だった。

気後れしそうであったが、私は持続走で2着か3着でゴールインし、同じ人間であると悟った。ただ、この先戦う相手は他の誰かではなくて教育の合格基準と教官たちからのプレッシャー、そして自分自身である。

海兵隊やグリーンベレーの猛者たちはプレスクーバの同期として、むしろ共に戦う戦友のように私を助けてくれ、仲よくしてもくれたのだった。

午前中の後半には、翌日から本格的に始まるプール訓練各課題の、教官による展示説明が行われた。プレスクーバの最終日、約2週間半後に予定されている検定でそれらの課題ができなければ失格となり、フロリダ州キーウエストで実施されるCDQC本コースには進めない。

「タッカープール」という名の、長辺は25メートルだが深さが4メートル程の箇所もある屋内プールに集合し、教官が以下の各課題について展示説明をしてくれた。

・50M SUBSURFACE（25メートルプールを往復しての、50メートルの潜水泳法）

大きく息を吸ってからスタートし、水中で息こらえをしつつ、往復で50メートルを無呼吸で泳ぐ課題。スタートの際に壁を蹴ってはならず、音もたてず静かに水中に没してからスタートすることが要求される。

50メートル泳ぎ切った後も指でOKサインをしつつ、静かに水面に浮上しなくてはいけない……等々の制約があった。

・**WEIGHT LIFT**（水底からの5キログラムの重錘上げ）
深さ約3・5メートルの水底にある5キログラムの重錘を空身で潜って手に持って浮上し、その重錘を立ち泳ぎをしつつ片手で水面から高く持ち上げて、「COMBAT DIVER !」と叫ぶ。立ち泳ぎがしっかりできないと重錘の重みに負けて沈んでしまう課題である。

・**WEIGHT BELT SWIM**（ウエイトベルト・スイム）
重さ7・2キログラムのウエイトベルトを腰に巻き、フィンスイムで10分間を泳ぐ課題。慣れないうちは重さに負けて沈むが、プールサイドにしがみ付いたりウエイトベルトを外したりすると失格になる。

・**DROWN PROOFING**（ドロウン・プルーフィング：溺れ防止法か？）
終始、両手両足を縛られた状態で実施する課題である。先ず、50メートル程泳いだ後に水深約3・5メートルのプールの底と水面を立ち姿で数回下がったり上がったりする。水面に上がる時はプールの底を蹴れるが、水面から底まで沈む時は肺の空気を吐き出さなければ沈まないため、息こらえが徐々に苦しくなっていく。

「その上下運動を普通に5回程実施した後、再度沈んでプールの底で前転をしてから上昇し、次に同じく後転をしてから上昇し、最後はプールの底に置かれている水中マスクを口にくわえて水面に上昇できたら合格……」というような内容だった。

手足は終始縛られたままなので、終了後はマスクを口にくわえた状態のまま、仲間の手助けでプールサイドに引き上げられる。

文章にすると吹き出してしまいそうな内容だが、実際にやってみると大変で、この課題もクリアーするのに必死だった。

（誰が考案した訓練かと思いきや、両手両足を縛られて泳ぐ泳法の由来が日本の古式泳法であることを、私はつい最近になって知った）

・**TANK TREAD**（タンクトレッド：満充填されて重みのあるダブルボンベを背負い、フィンを履いた状態で実施する5分間の立ち泳ぎ）

ダブルボンベを背負うが、その空気を吸える訳ではなく、それは重りでしかない。両手は常に水面に出していなければ失格となるため、呼吸を確保するためにはボンベの重みに負けず、フィンキックのみで水面に顔を出さなくてはいけない。

前後左右の人員間隔が狭く設定され、周囲の他者と接触して乱される場合もあった。

・KNOT TYING（水中結索法）

プールの水底（水深約3・5メートル）に素潜りで到達し、そこで1種類ずつ結索をしてから水面に浮上する。本結び、もやい結び、ダブルもやい結び……等々、5種類程を課題として付与されるが、徐々に難度も上がり、疲れて息こらえも苦しくなっていく内容であった。なお、空身だが水中マスクは使用していた。


以上がプール訓練での各課題である。どの課題も慣れればできるようになったものの、その道程は険しく厳しかった。

そして、その日の午後はフォート・ブラッグ基地から車で約20分の位置にある「モットーレイク」という名の湖に移動し、バディー編成をとるためのフィンスイムのタイム計測を実施したと記憶している（泳力の近い者同士でバディー編成がとられた）。

おおよそタイムの順に学番が1番から付与され、私の学番は14番になった。当初は20名程いた同期の中で14番だったので、最下位のタイムではなかったのかもしれない。ただ、教育が2週目に入る頃には、脱落せずに残っているのは学番が一桁の者ばかりとなり、〝14〟という番号は異彩を放っていた。

ナンバー14

体力検定と教官による展示説明が中心の初日が終わり、翌日早朝のＰＴ（Physical Training：体力練成）からがいよいよ本番だ。

集合時間は朝5時頃、集合場所は基地郊外の林の中。4月の初めでまだ寒く暗い中、準備運動もしないままに、いきなり速いペースの駆け足で口火が切られた。

教官たちも一緒に走ったが、終始かなり速いペースが維持されていたことからも、教官陣のレベルの高さと教育の厳しさが窺える……。

草むら等、まだ暗い中で足場の悪いコースも走るため、転んでけがをする恐れも多分にあり、「それを避ける注意力も必要」と自覚し、気持ちを集中させた。

集団から脱落することなく走り終えるも、立て続けに腕立て伏せや「フラッターキック」という名称の足上げ腹筋が延々と続く。

これは、仰向けの姿勢で真っ直ぐに伸ばした両足を交互に上下させる運動で、「ダイバーに必要なフィンキックの力を養うための訓練」という名目であり、非常にきつかった。

ＰＴの締めくくりは、長さ10メートル余りの垂直ロープを上まで登って降りてくる訓練だったが、空挺レンジャー課程の障害走を同期中トップで走れた私には無難にこなせた。むしろ米軍の特殊部隊員や海兵隊員よりも、これだけは私の方が上手だったと思う。

朝のＰＴを凌ぎ、速やかに朝食を済ませてからタッカープールに直行し、午前中のプール訓練に挑む。朝食後の一発目は50メートルの潜水泳法だ。ＢＮＣＯＣのＰＴと同じく、実施者以外はプールサイドで逆方向を向いて座り、静かに待機した。

ハンサムだがフランケンシュタインのような威圧感のある、マッチョな白人教官が持つメガホンから、「FIFTY METER SUBSURFACE……. GO, SUBSURFACE！（50メートル潜水泳、実施せよ！）」という冷酷な指示が発せられ、実施者が一人ずつスタートしていく……。

無事に終えて静かに水面に浮上する者ばかりではなく、息がもたず、途中でもがきながら水面に急浮上した者の嗚咽も聞こえてくる。

すぐに再挑戦をさせられるが、一度目でできなければ二度目は尚更できない。それでもやらされる厳しさがあった。

次は自分の番だ。口から心臓が飛び出しそうな程の恐怖と緊張をこらえ、空母レキシントンに体当たりをした特攻隊員の勇気を思ってスタートした。

何とか50メートルをやり切ったものの、「入水の時に音がした」ということでやり直しを食らう。二度目は息が続かず途中で浮上したが、三度目のペナルティーはなく次のイベントへと移行した。きっと、時間の都合だったのだろう。

ちなみにプール訓練時の服装は、Tシャツ及び水着仕様の短パンであり、水中での水の抵抗を少しでも軽減するためにサイズは小さめのものを着用した。

体格のよい者でもLLサイズやLサイズではなく肌に密着するMサイズを、人によってはSサイズを着用するという具合であり、私は迷うことなくSサイズを着用していた。

次なる課題は水底からの重錘上げ。「COMBAT DIVER!」と叫ぶべきところを「COM……」で私は沈んでしまう。2、3回やり直しをさせられたが結果は変わらない。

その次はウエイトベルト・スイム。プール内の水深が深いエリアに、長方形の形になるようにブイを4個浮かせ、その外側を10分間泳ぎ続ける。足にフィンを付けていてもウエイトの重みに負けて10分間は持ちこたえられなかった。

禁止事項であるが、「プールサイドについつい触ってしまい、教官の怒声ですぐに離れて泳ぎだす。でもまた溺れそうになってプールサイドに近寄る……」という行動の繰り返しだ。10分間を通して泳ぎ切れなかった者にはペナルティーがあり、私は毎度、数分間をプラスして泳がされた。

お次はタンクトレッド。これもダブルボンベの重さとの戦いで、自分の泳力が勝らなければ水面に顔を出せず、呼吸ができない。フィンキックだけでは5分間を持ちこたえられず、両手で水面をバシャバシャ叩くとペナルティーで時間が2分程延長される。当初は両手を使ってもなお、沈みそうになっていた。

その次はドロウン・プルーフィング。両手両足を縛られても、水面での〝横の泳ぎ〟は難なくできるのだが、立ち姿でプールの底まで到達しての前転や後転、そして水底の面マスクを口でくわえて浮上する〝縦の動き〟は厳しかった。

どの課題であれ、私はなかなかできずに時間が許す限りのペナルティーを受け続けたものである。私の学番は14番だったので、「Hey, Number Fourteen!!（ヘイ、ナンバー14!!）」と叫ぶ教官の怒声が、いつもプール内にこだましていた。

そして、これらの課題の合間に〝しごき〟と言って語弊のない訓練メニューが散りばめられているのだ。

例えば、全員が立ち泳ぎをしながら輪になって5キログラムの重錘をパスする訓練。最初はパスする重錘が1個だが、途中から2個に増えて厳しさが増す。

また、「フィンの片方をプールの底に沈め、一方のプールサイドから潜ってそのフィンを拾って足にはめ、潜ったまま対岸のプールサイドまで泳ぐ」という訓練もあった。当然その訓練にも難度のアップがあり、片方だけではなく両方のフィンをプールの底に沈めて同じ動作を行うこともやらされた。

腰にはウエイトベルトを巻いていて重力の負荷があり、フィンを履くことに失敗すれば対岸のプールサイドまで泳ぎ着くことも水面に浮上することもできず、プールの底で窒息することとなる。だから真剣だ。

ウエイトベルトを外せば緊急浮上はできるが、それは最終手段である。また、水中で追い込まれている時に冷静にベルトを外すことはなかなか難しい。

これらの訓練は「できるかできないか」だけではなく、精神的にも肉体的にも追い込むとともに限界に挑戦させることが目的であったようだ。

そして緊張は水中だけでなく、プールサイドでも強いられた。入水前後に装具の着脱を毎回バディーで行い、教官の点検を受ける。誰かにミスがあれば本人は勿論、その者のバディー若しくは同期全員が一緒に反省をやらされる。

反省はフィンを履いた状態でのフラッターキックであったり、満タンのダブルボンベを背負った状態での腕立て伏せであったりした。反省をやりつつホースで水を掛けられるなど、レンジャー課程並みか、それ以上に鍛えて頂いた。だが、暴力は一切ない。

各課題を一発でクリアーできる者にはペナルティーはないが、私は全ての課題で、ほぼＭＡＸのペナルティーを課せられ続けた。

その合間に、限界に挑戦するかのような訓練メニューが盛り沢山であるため、同期中最年長で、当時37歳となっていた私が常にヘロヘロになったのは当然であり、ドロップアウトしないことが不思議な程であったと思う。

午前中のプール訓練終了後、昼食を食べ終えるとすぐに車でモットーレイクへと移動した。湖畔で入水前の点検を受けるのだが、必ず何かしらのミスを見つけられ、先ずはその反省の腕立て伏せ等から午後の訓練が始まる。「反省が終わってから不備な点を是正し、湖に入水してバディーでフィンスイムを行う……」という流れだ。

当初は500メートル程度だが、日を追うごとに徐々に距離が長くなり、最終日の検定は3キロメートル泳となる。距離に応じた設定タイムがあり、私はいつもタイムオーバーであった。

モットーレイクでのフィンスイム訓練時は、面マスク、迷彩服上下、フィンという出で立ちである。空気を抜いた状態の救命ベストも充填用の小型シリンダー付きで装着していたかもしれない。自衛隊の迷彩服は、生地が重くて伸縮性も排水性も悪い上にだぶついて水の抵抗を受けやすい。そのため米軍の迷彩服を、やはり本来の自分のサイズより一回り以上小さめのものを基地内のPXで2着購入して訓練に臨んだ。プール訓練でのTシャツや短パンと同じ理由である。

(のちに海外派遣任務で支給された自衛隊の防暑服は高機能であったが、それでも米軍の迷彩服を着用した時の快適さと運動のしやすさには及ばなかった。

ちなみに米軍の迷彩服には夏用と冬用があり、季節や気候により使い分けができる。一方、自衛隊で支給される迷彩服は1種類のみであり、夏も冬も同じタイプを着る。防暑服の支給はイラクやハイチ、ジブチや南スーダン等、暑い地域への海外派遣要員に限定されている。「どうせ一人に対して3着以上の迷彩服が支給されるのであれば、そのうちの1着は防暑服にしてほしい！」私は常々そう思い、アンケート等では何度か意見や要望として挙げたが、私の在職間には遂に反映されることはなかった。令和となった今はどうであろうか？）

湖での訓練の前後には、泳ぐ学生の安全監視のために教官が操るモーターボートを準備し、撤収する作業があった。

米軍の場合、このボートは実際の任務で使用されるものであり、ダイバー要員候補生たちにとっては将来を見据えた丁度よい慣熟訓練でもあった訳である。

プレスクーバには、若干だが座学も含まれていた。キーウエストで行われるCDQC本コースに進んでからに備えての、水圧や浮力に関する知識、そして潜水病を予防するために必要な潜水衛生の基礎的事項を学んだ。

江田島で学んだことと重なる部分も勿論多い。しかし、時間の経過とともに忘れてもいるし、日本語ではなく英語表記であるため理解は容易ではない。

そんな私を手助けしてくれたのは同期の皆である。さすがに将校たちは頭脳明晰でもあった。

私にとってプレスクーバの日々は、ボクシングに例えるなら〝人間サンドバッグ状態でコーナーに追い詰められっ放し〟の毎日であったが、追い詰められていたのは私だけではなかったようで、日を追うごとに同期の人数が減っていった。

優秀なグリーンベレーの隊員たちが、こんな自分よりも先に脱落していくことに本当に驚いた。真っ先に脱落するのは自分だと思っていたからである。実際、ペナルティーを最も多く食らい、最も激しく教官の叱咤を受けていたのは私なのだ。

米軍の教育は、自衛隊の教育以上に再挑戦しやすいシステムであるらしく、「プレスクーバの挑戦は今回で2回目」という者も数名いた。だから米軍人には、「敢えて無理をせず、次回に期するという選択が賢明！」との判断もあったことと理解している。

国の代表として、悲壮な決意で臨んでいる私とは立場が異なるのだ。だが、そうだとしても、その時の私にとっては〝驚き〟以上に〝大きな自信〟につながったことは確かである。

「それまでに自衛隊で受けてきた様々な教育と同じで、成績は悪くともギブアップさえしなければ何とかなるかもしれない……」という希望も芽生え始めた。

「あらゆる教育で劣等生だったが、その全てを修了してきた……」という一種の成功体験が、何とか自分を支えてくれそうだった。

ただ、水の冷たさと呼吸ができない苦しさ、そしてプールの底に沈みそうになる重力との戦いでギブアップしないことは至難の業である。翌日の訓練が恐ろしく、いつも夜中に何度も目が覚め、その都度体中が寝汗でびっしょりになっていた。

最初の1週間を乗り切った時、同期の人数が当初の半分近くに減っていたと思う。いつもは恐ろしい主任教官が「週末は日本からの留学生をBBQに招待するんだろ!?」と、米軍の同期たちに促してくれた。とても厳しく、外見も〝インディアンの戦士ジェロニモ〟のように強面だが、憎めない方でもあったのだ。

付けられたあだ名

金曜日の夜、同期たちが案内してくれたのはBBQではなく、女性店員のコスチュームが色っぽいことで人気のレストランだった。店員は若くて可愛い女性ばかりである。

「さすがにグリーンベレーは店のチョイスも粋で素晴らしいではないか！」

嬉しくなった私が店のTシャツを購入したところ、ウェイトレス全員が寄せ書きをしてくれるという。

「あなたの名前は？」と店員に聞かれた時、同期たちが「彼のニックネームは『JAKE』なんだ！」と答えたので、店の娘たちは〝I LOVE JAKE！〟などと悩ましいサインやキスマークをTシャツの表裏一杯に書き込んでくれた（普段着にしているため寄せ書きは大分褪せたが、そのTシャツは退官後の今なお愛用している)。

「JAKE(ジェイク)」とは、アメリカ人の間ではお馴染みの、いつもブルブル震えている何かのキャラクター名であるとのこと。プール訓練の時にペナルティーばかり食らい、同期の皆がプールサイドで休めている時でも私は水中にいて体が冷え切り、いつもブルブル震えていた。そんな私に対して同期の米軍人たちは、いつの間にかそのあだ名を付けていたらしい。

土、日の休日は貴重だった。疲れた体を休めるだけでなく、基地内のプールに足を運んで苦手課題(全てなのだが……)の自主練成を行える唯一の機会でもあったからだ。

休日のプールには制約があり、「ウエイトを用いたり、手足を縛ったり……」という危険を伴う行為は、個人単独ではできなかったため、手足を縛らない状態でドロウン・プルーフィングの練習を行う等した。だが依然として、できるようにはならない。

それでも教育が2週目に入ると、できることが徐々に増えて食らうペナルティーが若干減ってきた。あとは最終日の検定までにどれだけ習得できるか挑むのみである。

プレスクーバでは、休憩時間もないままプールの中かプールサイドにいるため、皆、プールの中で当たり前のように小便をした。勿論、私も何度もした。そのプールの水を散々飲んだのだから、さぞ不衛生であったろうが、それを気にしている余裕などない。そんなこんなで2週目も辛うじて持ちこたえた。

週末はやはり、プールで自主練をした。その成果か、ドロウン・プルーフィングの手応えをつかめたものの、無理をしたようで右足の筋を痛めてしまう……。

故障しないことが〝難敵プレスクーバ〟をクリアーするための絶対条件なのにやってしまった。部屋に戻って休むより仕方なく、〝万事休す〟である。

PXでは薬も販売しているので、副作用を気にしつつも効き目がありそうな〝やけにバカでかい消炎鎮痛錠剤〟を買って服用し、早めに就寝した。

しかし、痛めた足が一晩で治るはずもない。薬の影響か、けがで観念して腹が据わったためか、その夜は途中で目覚めることなく朝まで熟睡できた。

不思議なことに、翌朝目覚めると足の痛みが消えている。色んな方向に動かしてみたが、何の違和感もないではないか……。

奇跡が起きたと思った。神様か仏様かご先祖様の守護霊かは分からないが、見えない力に「頑張れ！」と後押しされているかのようでもあった。

第3週目も何とか持ちこたえていたところ、ついに体が悲鳴をあげたらしく、最終日の検定前日に微熱が出てしまう。「一難去ってまた一難……」である。

実は同時期に、自衛隊病院のY医官が同じくフォート・ブラッグ基地で実施されていた衛生のコースに留学中であったため、彼に相談してみた。

すると、「日本食を一緒に食べて元気をつけよう！」と提案してくれて、その日の夕食は、行きつけの日本食レストランに二人で行った。

「体調がよくない時は、油っこいものより白身魚がよいのでは……」と勧められ、私は焼き魚定食を食べた覚えがある。

Y医官は弱気になる私に対し、「病気ではないから大丈夫だよ。明日の検定は何が何でも受けなければダメだ。これが効くから明日の検定前に飲んでみれば！」と言って、日本から持参したプラセンタエキスの錠剤を分けてくれた。

Y医官の話はどんどん飛躍し、「飯塚さんは、こんなところで躓いちゃダメだよ。将来、北朝鮮に潜入して拉致被害者を奪還しなければいけないし、ミサイル基地を攻撃する空自戦闘機を地上でのレーザー照射で誘導しなければいけないんだから！　今一緒に教育を受けているグリーンベレーの連中は、実際にそういうことをやるんだよ、映画や小説の中だけの話じゃないんだからネ！」という説教をされた。

漠然とは考えていたが、そこまで明確なイメージを持ったことは、実は私にもなかった。さすがに尻込みをして、「そんなことを俺なんかができるはずない……」という本音が口から出たのである。

結局、私も本気で考えてなどいなかったのだ。そのことに自分で気付いてしまった。

「そこまでしっかり考えなきゃダメだよ！」と、Y医官にトドメを刺された。

凄い医官である。ここで私の意識もまた大きく変化し、深化した。

医者から色々言われると頑張れるような気がしたし、もらって飲んだプラセンタエキスも物心両面で効果を発揮し、ベストコンディションからは程遠い状態で最終日の検定に挑む私を鞭打ってくれた。

検定は、午前中に先ずPT。2分間の腕立て伏せと2分間の腹筋、そして2マイルの持続走である。体調が悪かったため、回数にもタイムにもこだわる余裕はなく、不合格にならないギリギリのラインで通過した。

続いてプールでの各課題。50メートル潜水泳、重錘上げ、ウエイトベルト・スイム、ドロウン・プルーフィング、水中結索法までは全て合格したが、最後のタンクトレッドは、プールイベントで唯一克服できていないまま検定を迎えた課題である。

やはり検定でも5分間を持ちこたえられず、途中で両手を使ってしまった。それでも追加の数分間をギブアップせずに耐えられれば不合格にはならない。

検定なのでプールサイドに一度でも触ればアウトだが、私は途中で耐え切れなくなり、プールサイドに近寄り始めていた。すると同期の皆が「プール中央に戻れ！」と逆手招きしてくれたのだ。すんでのところでプール中央に戻り、沈みそうになりつつも耐えているうちに時間が過ぎたらしく、皆が笑顔でプールに飛び込んできた。「よく耐えた、もう終わったぞ！」そう言われてプールサイドに引き上げられ、ようやく一息つけたのである。

昼食をとり、プラセンタエキスも再度服用し、いよいよ最後のフィンスイムへの挑戦だ。検定では3キロメートルを泳がなくてはいけない。

私はそれまで一度も制限時間内に泳げていなかったため、2名1組のバディー泳ではなく、単独でのスイムとなった。バディーをタイムオーバーの道連れにしないためである。

一人で泳ぐと尚更遅くなり、検定でも制限時間をオーバーしてしまった。それでもギブアップだけはすることなく、プレスクーバの全てのスケジュールを何とか終えられた。

モーターボートを皆で片付け、湖畔で着替えた後、一人ずつ主任教官の面接を受けた。

「米軍の特殊部隊員でも多くが脱落するプレスクーバに一発合格は無理であろう……」との陸幕の判断、そしてCDQC本コース入校の取得枠の関係があり、元より私にはプレスクーバを2回受ける予定が組まれていた。なので、また一からやり直すことは覚悟の上だ。

米軍人たちの面接が終わり、「エーイ、ナンバー14！」という、何百回も聞いた主任教官の呼び声が聞こえたので近寄ると、指で「来いよ！」という合図をしている。

当然、「不合格」と言われるのかと思いきや、「You are Strong！PT is good.（君は強い！ PTは優れている）」そう言って頂き驚いた。出来が悪い割に最後まで耐えたことと、朝のPTでの駆け足とロープが優れていたことを褒められたらしい。

結果は合格。「50メートルのサブサーフェスとウエイトベルト・スイムがしっかりできているから、君をキーウエストに行かせられる。ただ、フィンスイムはもっと練成しなさい！」そう言われた。お情けではあるが、プレスクーバの修了認定をもらえ、CDQC本コース入校が決まったのだ。だが、終わったことにただホッとして、嬉しいとかの感情は何も湧いてこない……。

プレスクーバの修了を留学生事務所で報告すると、スタッフの女性たちがとても褒めてくれ、労ってもくれた。その時に恥ずかしながら気が緩み、涙が出てしまった。「アメリカ人は感情的な国民なのよ！」そう言って彼女たちも、もらい泣きしていた。本当に心の優しい方々である。

プレスクーバ修了直後だったろうか、同期たちが再度夕食会を企画してくれた。ファイエットビルの街中にある人気のオイスターバーに行ったのに、なぜかオイスターを注文した者はおらず、皆で肉料理とフライドポテトを食べた記憶がある。

その席で隣に座った大尉と色々な話をした。メンバーが減っていく度にバディーが変わり、私の最終的なバディーとなったのが彼だった。ハンティングが趣味で、主に鹿を狩るという。

私は率直に、「動物を殺すことが楽しいのですか？」と質問した。

「食べるために狩猟するんだよ！」彼はそう答えた。

彼は唐突に、「アメリカのことが好きかい？」と私に尋ねてきた。

「昨年もBNCOCに留学して多くの米軍下士官に仲よくしてもらいました。今回もあなた方に親切にして頂いています。アメリカ人と国際結婚をした親戚もいて、親族としてのつながりもあります。だからアメリカのことが好きです」と私は答えた。

「そうか。君は好意を持ってくれているのか。だけど、世界各国の人々にアメリカは好かれていると思うかい？」彼は重ねてそう質問してきた。

「好かれている部分も多いでしょう」と私が答えると、彼は
「自分はそうは思わない、アメリカは憎まれている」と、やや遠くを見つめるように言った。

「例えば、アメリカの映画や音楽が大好きな日本人は大勢いるし、他の国でも人気があると思います。好んでアメリカに旅行で来る人も多いですよネ！」

私がそう説明しても、口元が少し緩むだけで彼の表情は晴れない。

グリーンベレーの大尉というのは、やはり思慮深いエリートであると感じた。そして、普通の人間だった。マッチョな有名俳優が『ランボー』や『コマンドー』等の映画で演じていた主役以上に強そうで格好よい人たちであるだけでなく、人間味も映画の主役以上であったと思う。

その約2年半後、私もイラクに派遣されたが、プレスクーバ同期の米軍人たちも多くがイラクに派遣され、そこで戦死された方もいる。

任務のために命を捧げたプレスクーバ同期の仲間に、心よりご冥福をお祈りする。

プレスクーバ修了後、私は「フォート・ブラッグに残り、陸幕が予備的に確保していた二度目の

プレスクーバにオブザーバーの立場で参加し、教育をよく観察せよ。併せて自分自身の練成も継続し、来たるべきCDQC本コースに備えよ！」という指示を受けた。

ITC入校

二度目のプレスクーバは2ヶ月程も先なので、「時間を無駄にせぬように……」と、それまでの間に受講する別の教育もしっかり予定されていた。

ITC（Instructor Training Course：インストラクター訓練コース）というコースがそれであり、この教育もなかなか刺激的だったので紹介したい。

一言で言うと、「マイクロソフトのパワーポイントを使って行うプレゼンテーションの要領を学ぶ教育」であり、期間は2週間と短い。

同期は十数名程で、その多くがまたもやグリーンベレーの将校たち。他に衛生関係の職員も数名いた。

入校初日、教官がお手本のようにパワーポイントを使って教育の目的を説明してくれた。

「人が最も恐怖を感じるベスト10は何か!?」という切り口で説明が始まり、細部の順位は忘れたが、「猛獣、高い場所、大量の水、燃え盛る炎、暗闇、閉所、お化け、暴力、死……」等々が列挙され、最後に第1位の発表を待つばかりとなる。

「人が最も恐怖を感じる第1位！……それは、多くの人前で話をすることだ！　そしてＩＴＣに入校した諸君には、その恐怖を今日からの2週間でしっかり克服してもらう。是非、頑張ってもらいたい！」

そんな刺激的なオープニングで教育が始まったものの、プレスクーバの対極と思える程に和気あいあいとした雰囲気であり、教官の教え方もソフトで分かりやすかった。

担当教官は黒人の方で、不明な点を質問すると、ニヤニヤしながらゆっくり教えて下さる。パワーポイントのソフト自体も意外に取っつきやすく、全く初心者の私でも、すぐに基本的な使い方を習得できた。

手持ちの写真データやインターネットでダウンロードした写真・動画を添付する要領もこの時に学んだ。

プレゼンターとしての所作については、日本式とは真逆の場合もあった。例えば、「説明をする時は一ヶ所に立ち止まらず、身振り手振りを交えて歩き回ること。そして手は適宜、ポケットに入れて堅苦しさを払拭すること」等を基本的なセオリーとして教わったことである。

自衛隊のプレゼンテーションで、これをそのまま実施したら怒られてしまいそうだが、「アメリカンスタイルはこうなのか！」と、感心もした。

教育前半のある日、「紙コップの作成法」をテーマとし、教官がプレゼンの手本を示した。そして、各学生がそのパターンを模し、同じ紙コップの作成法を自分流にアレンジして一人ずつプレゼンを実施した。

テーマは同じでも、各人各様の長所と短所、そして個性が浮き彫りになるから不思議である。他者と自分との比較もできる、有効な教育手法だと感じた。

同期の一人に紙コップの作成がとても上手な方がいて、私は彼が作った紙コップを気に入り、いつもそれを愛用にして教場のコーヒーを飲んでいた。

すると彼が「紙コップはそのうち壊れてしまうから……」と言って、人気コーヒー店の立派なマグカップを私にプレゼントしてくれたのだ。米留中の大切な記念品がここでまた一つ増えた（このカップが今なお私の愛用であることは勿論である）。

その後、各人が自分のテーマを決め、シナリオについても教官のアドバイスを受けつつ、来るべき発表に向けたパワーポイント資料の作成へと教育は移行する。

「文字の大きさや種類、配置のバランス」は勿論、「画面の背景が何色ならば、文字は何色が見やすくて適切であるか……」についても教わった。今の時代では当たり前のことでも、当時の私にとっては斬新なことばかりである。

私は「日本の紹介」をテーマに選び、特に秘湯温泉の説明を柱とした。

「男女の混浴もあるが、さらに刺激的な混浴もあることを、降り積もる雪の中で人が猿や熊と一緒に入浴している写真を見せつつ説明をしたら、米軍人たちはどんな反応をするだろうか？」そんな私の狙いはまあまあ当たり、「教官も同期の皆も関心を持ってくれた！」という手応えを感じた。

その年がメジャーリーグ挑戦2年目となる、マリナーズのイチロー選手の写真もスライドに加えたが、既にイチローの存在を知らない者は誰一人おらず、多くの説明が不要であったことを覚えている。

教育の半ばを過ぎた頃に全員が予行を実施し、そこで指摘された点を修正して本番に挑む。予行では、私も含めて何人かが舞い上がってしまった。

驚いたことに、グリーンベレーの将校でも緊張して声や足を震わせていた人もいる。つまりそれは、〝精神や肉体の強さではコントロールできない何か……〟であるらしい。

そして、ＩＴＣ教育の主目的である〝「人が恐怖を感じる第1位」の怪物退治〟は、いよいよクライマックスを迎えた。

最終日の発表本番では、さすがに全員がよい出来映えに仕上げてきた。私も教官から教わった全ての要素を取り入れることに成功し、自分としては会心の出来だったと思う。

教官からも同期の皆からも「Good job！（よくやった！）」と言って頂き、「これで私の留学費用を支払って下さっている日本国民にも顔向けができる！」そう安堵した。独り善がりかもしれない。でも、自分としては最善を尽くしたつもりである。

同期の皆に別れを告げ、教育修了の報告のため留学生事務所に行った。女性スタッフたちの顔を見ると、なぜだかまた涙が出そうになる。大袈裟なので我慢したが、ここに来るとホッとするのか、感謝の念も様々に入り混じって感情的になりやすかった。

フォート・ブラッグでの日々

ITC修了後は（ITC入校前もそうだったが……）、プレスクーバでお世話になった教官方（潜水チームの事務所）を頻繁に訪れ、潜水に関する情報収集に明け暮れた。

例のジェロニモ教官が「また来たのかナンバー14、今度は何が欲しいのか!?」と、呆れながらも様々な資料を惜しみなく提供して下さり、本当に有難かった。

潜水関連だけでなく空挺降下、特に自由降下（スカイダイビング）に関する資料の提供も丁重にお願いをして、頂ける資料は全て頂いて日本に持ち帰った。「自由降下に関しても先を行く米軍の資料は、原隊の空挺団で必ず役立つ！」そう思ったからである。

私がそのように厚かましい態度を続けていたある日、「水上降下訓練をやるけど来るか？」と、潜水チームの皆様が誘って下さり、勿論二つ返事で参加させて頂いた（この時は、ヘリから空挺降下し、基地近傍の湖に着水する訓練であった）。

DZ（Drop Zone の略：パラシュート等で降下する地域）に使用される湖はモットーレイクではなく、

私が初めて訪れた湖だったが、水質もまあまあよさそうに見える。

「希望するなら一緒に水上降下もしていいぞ！」そう言って頂いたものの、「勝手な行動で、けがでもしたら本来任務（ＣＤＱＣ修了）に支障を来す……」と思い止まり、ヘリに同乗しての見学だけをさせて頂くことにした。

だがそれも陸幕には無断のことで、「もしもの時には米軍側にも迷惑をかけてしまう……」との懸念もあり、「本日、私個人の判断で米軍のヘリコプターに搭乗致します。事故に遭っても責任は自分自身にあります」という旨のサインを英文で書いて教官に渡した。それが妥当な処置と言うか、然るべきマナーであったと思う。

米軍の隊員が降下していく様子を機内で見ていると空挺隊員の血が騒ぐ。だが、この時ばかりは我慢して見学に徹した。訓練が終了して地上に降りると、

「本音を言うと、降下に参加してくれなくてよかった。もし君が参加して、けがでもしたら私はクビだったろう……」と、訓練責任者の方が仰っていた。米軍の訓練も、思っていた程にオープンではないようである。

「折角だから……」と、モーターボートの操縦も体験させて頂いた。危うく高速のまま岸に乗り上げそうになり、慌てさせてしまったにも拘らず、「上手だ、よくやった！」などと褒められてバツが悪かった。それでも米軍が実際の任務で使用するボートの性能と速度を体感できたことは大きな

収穫であり、よい記念にもなった。

訓練終了後、潜水チームの倉庫に戻ってボートや使用した機材の整備・格納を私も手伝っていると、教官のお一人が「一緒に降下すればよかったのに……。米軍の空挺徽章も授与されたのに……」と、盛んに残念がってくれている。そのお気持ちだけで十分有難いと思う反面、「欲張って降下させて頂いてもよかったかな？」との後悔を感じたのも正直なところであった。

常宿の『AIRBORNE INN』には様々な国からの留学生が宿泊していて相互に交流があった。東アジアA国の将校とも顔馴染みになり、一緒に食事をしたことがある。

彼は、「我が国は独立を守るため、近い将来、覇権主義の隣国と戦争になると思う。その時に備えて米軍に留学し、学んでいる！」そうキッパリ言っていた。

片や私は、「近い将来、拉致被害者を救出する任務に就くことを期している」旨を話した。どの国の留学生も、確たる志を持ってアメリカくんだりまで修行に出向いていたのである。

この時期の最優先課題は、何と言っても〝泳力と体力の維持向上〟であり、プール・ジム通いの日々を続けた。

加えて私は、「自分のCDQC入校にも役立つ上、日本に帰国後も必要となるので、教育と教育の合間に米軍の潜水教範を可能な限り翻訳せよ！」という特命を陸幕から与えられていたため、「教範10ページを翻訳する！」ことを日々の目標とした。そして、その目標は100%達成できていたと思う（1ページ分の行数や字数が少なかったからである。ちなみにこの翻訳は、自分の勉強には大いに役立ったものの、私の帰国後にその訳文が自衛隊組織に役立てられることは殆どないまま終わり、それが残念であった）。

2年連続で米軍に留学し、しかも二度目の今回は7ヶ月半と長期にわたる。
「自分は夢中だからよいが、家族は心配しているかもしれない……」と思い、母の日にはインターネットで手配した花を祖母と母親宛に送った。それまで母の日に花を贈ったことなど一度もなかったのだが……。

インターネットで買い物をしたのも、後にも先にもこの時限りだと思う。今はそれが当たり前の世の中だが、当時の私はインターネットで外国からプレゼントの手配ができることに驚きと感動を覚えたものである。

元来が怠け者の私は、体力練成と部屋に籠って教範翻訳ばかりの単調な生活にすぐに飽き飽きし始めた。この頃コーヒーを1日に5杯も6杯も飲んでいたのは、多分そのストレスのためであったろう。
陸幕と原隊に申し出たら許可が下りたので、5日間の予定で私費の旅行をすることに決めた。
行先はナイアガラの滝とワシントンDC、そしてニューヨーク。「9・11」のテロ事件から約9ヶ月後のグラウンドゼロを訪ねてみた。行方不明者の無事を祈る寄せ書きが、まだまだ多く掲示されていた時期である。日本人の訪問者も多く、幾つか飾られている千羽鶴が印象的だった。

ペンタゴン（国防総省）は、走る車の窓から少し視認したに過ぎないが、飛行機が突入した形跡が未だ色濃く残り、一目瞭然でそれと分かる。

スミソニアン博物館はあまりに広大で時間が足りず、一番の目的であった航空機の展示館を見そびれてしまった。「〝当時、世界最強の戦闘機〟という紹介の下に、旧日本海軍の戦闘機『紫電改』が展示されている！」と聞いたことがあり、是非とも見てみたかったのだが……。

ともあれ、やや急ぎ足の旅行ながらもよい社会勉強と気分転換になった。

また、その頃日本で開催されていた日韓ワールドカップサッカー大会の各試合がアメリカでも生中継で放映されており、私の気持ちを大いに高めてくれていた。

潜水チームのメンバーも注目していたらしく、事務室にはそのトーナメント表が貼り出してあった。日本チームが負けた翌日、私がいつものように顔を出すと、「日本は一体どうしたんだ⁉　勝てそうなゲームだったのに……」と慰められた覚えがある。

そう言えば、BNCOC同期のモカやジンと再会したのもこの頃だった。

そうこうするうち、次のプレスクーバに入校する留学生たち、バルカン半島からの2名と北欧からの1名がやって来て生活が一変する。

留学生事務所のスタッフから「プレスクーバを修了している先輩留学生として、彼らに色々教えてあげてちょうだい！」と依頼もされたし、「最初のプレスクーバ入校前、私がM大尉に教えて頂いた恩を返す番が来た！」との思いもあり、日々、彼らと一緒にプールで練成訓練を実施した。人数が複数集まり、水中でのウエイト使用も手足の緊縛もプールのスタッフから許可が得られたため、プレスクーバで実施されるほぼ全ての課題を練成し、準備を整えることができたと思う。プレスクーバで成績不振だった私も、その時の彼らに対しては教官のような立場であったろうか……。

レンタカーを借りる費用を支給されていない彼らを、私は車の運転手としても支援した。慣れるに従いリクエストが徐々にエスカレートしたので私は時々癇癪を起したが、彼らはニヤニヤしながら上手に私をコントロールし、どうにか支援を引き出していた。そんなやりとりも、とても懐かしい思い出である。

実際、留学生同士のよしみで私も楽しかったし、一人で部屋に籠って翻訳ばかりの日々とは全く違う生活パターンになって救われてもいた。

その後、東南アジアからの留学生1名も合流して賑やかさはさらに増し、周辺はまさに〝人種のるつぼ〟と化す……。

キーウエストへ

そして、二度目のプレスクーバに入校する時がやってきた。既に修了証を取得している私は、「学生として前回と同じことをするのではなく、オブザーバーとして客観的に教育の在り方を見るように！」との指示を陸幕から受けている。

だが、プレスクーバの教育担当は各部隊の持ち回りで変わるため、前回お世話になった潜水チームではなく、二度目の今回は別の潜水チームに担当が変わっていた。当然、教官・助教の方々も初顔合わせの方ばかりでコネが全く通用しない。

他の学生の手前、私の存在は教官側からすれば扱いが難しく、私もやりにくかった。特別扱いを受ければ他の学生たちからは同期と見なしてもらえないが、かといって同じカリキュラムを全て行う必要はない。一度目とは教育参加の目的が異なるからだ。

また、する必要のない無理をここでしてコンディションを崩せば、〝CDQC修了〟という必須任務の達成も危うくなる。大切なのは二度目のプレスクーバではなく、キーウエストでのCDQC本コースなのだ。

だが、こちらからお願いをして教育を受けさせて頂く立場でもある。落としどころがなかなか難しい。周囲に対する気兼ねはあったものの、寿命が縮む程に熾烈なプレスクーバの内容と、37歳という自分の年齢を考えると無理はできなかった。

本当に申し訳なかったが、「客観的に教育を研修する」という目的のために、そして私がキーウエストに行ってからの助けとなるように、必要な部分だけ参加させて頂き、あとは見学をした。

この時の教官方にはご迷惑をかけ、同期との間には当然溝が生じた。ほぼ同じメンバーがスライドで一緒にキーウエストへ行くため、わだかまりはそこまで尾を引くことになってしまうが、それも止むを得ない。

キーウエストで全く同じ立場になり、同じ苦労をするようになってからは、そのわだかまりも徐々に薄れていった。とは言え、この時の釈然としない気持ちは、今でもほろ苦い記憶として甦ることがある。

二度目のプレスクーバでの収穫は、モットーレイクでのフィンスイムで毎回制限時間内に入れたことと、タンクトレッドの5分間をフィンキックだけで凌げるようになったことだ。前回のプレスクーバ修了以降、日々練成を続けた成果は発揮できた。

「泳力があり、各課題をこなせる者にとってはプレスクーバも大してきつくない」ということが、私にも少しは分かった。空挺レンジャーの基地訓練でも感じたが、やはり〝二度目のアドバンテージ〟というのは大きいようだ。

こんなカンジで二度目のプレスクーバが終わり、教官方にお礼とお詫びの気持ちを伝えてキーウエストへと気持ちを切り替えた。

荷物をまとめ、部屋を整理し、「ここでも自分なりに最善を尽くせた」という実感があった。やり残したことはない、あとはＣＤＱＣ本コースで頑張るのみである。

留学生事務所のスタッフに見送られ、3月下旬から4ヶ月以上もの期間を過ごしたフォート・ブラッグを後にして、ファイエットビル空港からマイアミ空港経由でキーウエストへ向かった。この時は留学生全員が一緒だったと思う。

留学生たちとの間には、わだかまりは全くなかった。プレスクーバ入校前からの付き合いもあるし、同じ『AIRBORNE INN』に宿泊していたご近所さんでもあり、私の立場をよく理解してもらっていたためであろう。

フロリダ半島と陽光に映える緑色の海をマイアミに向かう機内より眺め、BNCOC留学中に長距離ドライブでフロリダへ遊びに来た時のことを思い出した。わずか1年半前なのに、遥か遠い昔のことのように思える。BNCOCは楽しかったがCDQCはずっしりと重い。

経由したマイアミ空港を離陸後、今度は点在する島々とそれらを結ぶ複数の橋が機内から見えた。アメリカ合衆国で最も美しいと言われる「オーバーシーズハイウェイ」と、有名な「セブンマイルブリッジ」だ。

そして、その行く末に見える大きめの島がキーウエストのようである。お洒落な印象のネーミングだが、この島で人骨が発見されたことから、「人骨の島」が島名の由来と聞く。

DLIやプレスクーバの期間中は、この島に来ることが目標だった。でも実際に来てみると〝ただの島〟であり、特段の感動を覚える訳でもない。ここまでは前座でしかなく、結局ここからが本番だからであろう。

フォート・ブラッグから1500キロメートルも南下したため日差しの強さと暑さは感じるものの、空気は割合乾燥し、カラッとしていた。

CDQC入校

CDQCの教育は「陸軍特殊作戦コマンド」という組織の管轄だが、キーウエストの基地自体は海軍の施設であるらしい。

そこには、江田島の第1術科学校や横須賀の潜水医学実験隊等で海上自衛隊が保有するもの以上と思える巨大な訓練水槽（深度を必要とする訓練等に使用する、水深10メートル程の屋内プール）や、広々として深さも十分過ぎる程の、L字型のような形状をした屋外プールがある。そして基地は当然海に面し、船やボートで沖に漕ぎ出すことが容易な環境でもある。

潜水に関し、あらゆる訓練ができそうな設備と環境が整っていて、実際にそれらをフル活用して教育が行われた。

学生が居住するバラックはBNCOCの時と同様、2名1部屋のタイプだ。ルームメイトは北欧からの留学生で、私の二度目のプレスクーバから一緒だったL大尉。物静かで穏やかな方であり、同部屋で約6週間を共に過ごしたが、何の違和感もなく、いさかいやトラブルも起きなかった。

いびきや歯ぎしりがうるさいとか、寝返りを打つとか、そんな癖も全くない。逆に私がどう思われていたかは不明だが、言葉でも表情でも不快そうな素振りを彼に感じたことは一切ない。週末に島内を自転車で一緒に巡る等、仲よくして頂いたと思う。

「私の国でも放送されているが、日本のお笑い番組が面白いな！」と彼が言っていて、日本の〝お笑い〟が地球の裏側でもメジャーであることがよく分かった。

「とにかく、CDQCのディプロマ（修了証書）を持って母国に帰りたい。今思うのはそれだけだ！」

彼が常々そう言っていたことを思い出す。

CDQCは約6週間の教育で、学生数は数十名ほど。PJと呼ばれる空軍のパラレスキュー隊員、海兵隊員、陸軍のグリーンベレー、レンジャー、そして我々留学生の集合体であった。

そのうち、20代前半と思える若いPJたちが占める割合が高く、平均年齢は20代半ばくらいだったろうか……。いずれにしろ、37歳の私がここでも抜きん出て最年長だった。

我が陸上自衛隊は、本来であれば、もっと若くて優秀な隊員をCDQCの留学生として送り込むべきだったろう。自分ごときが〝全国の陸曹の代表〟として選抜されているようでは、陸自の人材も高が知れている。

「若いヤツらは何をやっているのか!?　いい年をした俺が、なんでこんなきつい思いをしなければいけないのか⁉」等々、思うところはあったが、自分が選ばれて来てしまったからには、何が何でも〝修了〟という成果を持ち帰らねばならない。

ＣＤＱＣの大まかな流れは、前半が開式潜水器の使用法、後半が閉式潜水器の使用法であった。どちらも「当初は潜水器の使用に慣れるまでプールで訓練し、その後海洋での訓練に移行する」という流れである。

勿論、その途中途中に大なり小なりの実技と学科の試験が待ち構えていて、その結果次第では、何時でも教育停止になる危険性が多分にあった。

体力面の負荷はプレスクーバに比べれば少なく、50メートルの潜水泳やドロウン・プルーフィング、タンクトレッド等の各課題は、入校直後に試験として一度実施しただけで終わったと記憶している。

8月下旬から9月にかけての時期なのでプールの水温も高く、水中に長時間居続けても体が冷え切ることがないため、息こらえも楽に感じた。

ただ、目新しい課題に入ると英語による説明だけでは理解できないことも多く、「水中で皆の動きを見て確認してから同じ動きを真似する」必要が生じ、そのタイムラグの分は皆より余計に息が苦しかったと思う。

そして、プールでも海でも入水前の点検はプレスクーバ以上に緊張した。ミスが重なるにつれて減点され、持ち点が全てなくなれば、その時点で教育停止となるからである。

特に注意すべきは「メジャーセーフティーバイオレーション」と呼ばれる重大ミス。確か、これを3回食らうと〝即クビ〟となる。

ほぼ全てにおいてバディーで点検を受けるため、「自分のミスにより、自分だけでなくバディーをも道連れにしかねない怖さ」があり、この心的ストレスが強烈だった。

言葉の不理解による失敗は防げないところもあるが、「他の学生にけがを負わせないこと、自分の失敗でバディーを教育停止に追い込まないこと、そして自分も五体満足で教育を修了し、日本に帰ること……」以上の3点を絶対の目標に掲げ、キーウエストでの日々を私は過ごした。

学科に関しては、開式潜水器、閉式潜水器、潜水衛生、水中の危険生物、減圧法、水難救助法等々、使用するテキストが何冊もあり、大小のテストも頻繁に行われるため、日々の勉強も一苦労であった。何しろ全てが英文なのだ。

金曜日の夜は留学生仲間と近くのバーに飲みにも行き、土、日に島内をサイクリングしたこともあったが、大抵は週末も部屋の机にかじりついて終日テキストを読み込んだ。

テストで赤点を取ると週末の当直勤務に就かされるルールがあり、私も一度だけ赤点を取って基地の当直に就いたことがある。それはそれで貴重な体験にはなったが……。

開式潜水器の課目については、実技も学科も江田島で受けた教育と共通する部分が多く、アドバンテージがある一方で、言葉の壁及び自衛隊式と米軍式の流儀の差異に戸惑うことも少なからずあったと思う。

ＣＤＱＣの期間中、３名が私のバディーになり、そのうちの２名が空軍のＰＪ隊員、１名がグリーンベレーの隊員であった。

ＰＪは、自衛隊ならば空自のレスキュー隊員に相当する存在であり、体力気力に優れていたが、言葉以外で彼らとの間に体力や能力の差を感じることが不思議と少なかった。二度のプレスクーバで人並み以上に鍛えられた直後だったこともあるのだろう。

海洋での訓練、特に水中ナビゲーションの結果はむしろ良好で、距離が延びても狙ったターゲットの間近に到達できていた。

それで油断した訳ではないが、アクシデントに見舞われたこともある。事故にはつながらなかったものの、ある日の開式潜水器を用いた水中ナビゲーション訓練中、私のウエイトベルトが海底の障害物（海中植物か何か）に絡んで外れてしまったのだ。私の不注意であり、ミスである。

この窮地から私を助けてくれたバディーは、若いＰＪ隊員のトムだった。彼は私の急浮上を防ぐため、互いの体をつないでいるバディー索を即座に引き、海底で踏ん張ってくれていた。ウエイトを失った私の浮力に負けて彼も浮上しそうであったが、懸命にこらえている姿がマスク越しに見える。

開式等、潜水器使用中の急浮上は、肺を痛めたり減圧症等の潜水病に罹患する危険があるため、何としても回避しなければいけない。

私自身も急浮上を抑制するため、努めて水平方向に泳ぐとともに咄嗟に息を吐いて吸気の膨張による肺の破裂を防いだ。だがやはり、トムの素早く適切な判断と行動のお陰で事なきを得られたのである。

海岸にたどり着いてすぐトムに謝り、お礼を言った。二人共、健康状態に異状がなかったので安心したが、事の顛末を教官に報告すると、「週末にバディーで海に潜ってウエイトベルトを探せ！」と叱られ、私は困ってしまった。

トムはあっけらかんと「週末に島内のダイビングショップで買えばいいさ！」と助言してくれたので私が買いに行き、失くしたウエイトベルト代わりに、それを以後の訓練で〝しれっと〟使った。

教育修了時、なぜかトムがそのウエイトベルトを欲しがったのでプレゼントしたが、何かの記念に持ち帰ったのだろうか……。ともあれ、私より15歳程も若いのに、しっかりしたいいヤツだった。

逆に私がバディーのミスに巻き込まれたこともある。

開式潜水器のプール訓練時、ボンベからレギュレーターに空気を供給するバルブを入水前のバディーチェックで逆方向に回されてしまい、その直後に受けた教官の点検で指摘されたのだ。これは「メジャーセーフティーバイオレーション」に該当するミスである。

「このバルブは自分で回したのか？」と教官から聞かれ、「自分で回しました」と答えた。バディーがやったとは言えなかった。ただ、今後のこともあるので「君がバルブを逆に回して俺はメジャーを食らったぞ、今後は気を付けた方がいい！」と、バディーには明確に伝えた。

彼は私に謝り、その後は全くミスをしなかった。しかし、「教育修了までに自分のポイントがなくなってしまうのではないか？」と、大変心配をしたものである。

勿論、自ら教育停止を申告するケースもあり、その意思表示をするために鳴らす鐘が教場の片隅に置かれていた。

『G．I．ジェーン』という映画の中で、主演の女優が海軍特殊部隊「シールズ」の訓練からのドロップアウトを申告するため、自ら鐘を打ち鳴らすシーンがあったが、まさに同様の鐘である。

同期でその鐘を鳴らした者は一人もいなかった。私もその鐘を鳴らすことを考えたことはない。でも、大なり小なり様々な緊張が続く毎日の中で、神経が消耗する程に、不思議とその鐘が巨大に見えたのは確かである。

食事が充実していると、訓練に対する耐性や心身の疲労の回復力が高まることを、ここでは特に実感した。

高い評価を受けたことを示す数々の賞状やトロフィーが実際に食堂内で飾られてもいたが、キーウエストの食堂は、米軍基地の中でもレベルが特に高いことで有名だった。

言われてみれば、フォート・ベニング、ラックランド、フォート・ブラッグの何れの基地よりも確かにおいしく、盛り付けも粋な感じであったと思う。

その一方で、ＰＸは基地内に存在せず、バナナやスナック菓子、そして『ＰＯＷＥＲ何とか……』という栄養食品を週末の外出で多めに買い込み、空腹時の腹の足しにする必要があった。

閉式潜水器

教育は半ばに差し掛かり、私にとっては未知なる〝閉式潜水器〟を学ぶ課目へと教育は移行する。命に関わる危険なことを、決して得意とは言えない英語でゼロから学ぶ苦労の始まりだ。

開式潜水器が「呼吸後の排気を水中に放出する構造」であるのに対し、閉式潜水器は、「呼吸後の排気を水中に放出することなく潜水器内で循環させ、継続的に呼吸に再利用することが可能な構造」となっている。

そのため〝水中で呼吸していても泡が出ない〟という特性を持つ、水中での隠密行動に適した潜水器と言える。

また、開式と比較し、「あまり深い水深では潜れない反面、時間は長く潜り続けることができる」という特性もある。つまり、水中で隠密に長距離を移動可能ということだ。軍事的には「水路潜入」という分野にうってつけの道具であり、兵器でもある。

日本の自衛官である私には目新しかったが、実は、諸外国の軍隊では「既に何十年の歴史を持つ定番の潜水器」であった。

米軍は、その教育に各国からの留学生を受け入れ続け、ネット上で教育内容を映像で公表してもいる。例えそうだとしても、その分野を学ぶことで拉致被害者の救出に一歩は近づけるような気がして、それを励みに、キーウエストでの後半戦を私はこらえていた。

開式と閉式とでは、ボンベに充塡し、水中での呼吸に使用する気体の種類が異なるため、「罹患する潜水病のタイプにも差異がある」等の必修の知識も多く、開式との混同には注意を要した。

フォート・ブラッグでの教範翻訳が役立ったが、机上の学習とプールや海での実習とでは次元が大きく異なり、独学で学んだ何倍、何十倍を教官から教わり、実地の訓練で身をもって覚えていった。

大きくて重いダブルボンベを背負う開式に対して、閉式は小型のボンベを内蔵した潜水装置を腹に装着する方式であり、その違いも様々に影響を及ぼす……。

水の抵抗の受け方が変わるため、水中ナビゲーションの結果がやや不安定になり、泳ぐ姿勢やフィンの蹴り方をあれこれ試行錯誤する必要に迫られもした。

開式の訓練時には携行していなかった小銃（訓練ではゴム製の模擬銃を使用）や弾帯付きサスペンダー等の装具、そして最終的には背嚢も装着して潜水を行う等、徐々に実戦に近いスタイルで潜るようになるにつれ、より一層の試行錯誤を要した。

閉式の訓練も、プールでの課目から海での課目へと徐々に移行する。海中でイルカの群れがどこからともなく現れ、並ぶようにして泳いだことがある。また、海底に巨大なロブスターを見つけることも珍しくはなかった。

夜間の潜水訓練は、プランクトンの一種だろうか、夜光虫が無数に漂っていて幻想的だった。聞こえる音はバディーと自分の呼吸音、そして海水を蹴る二人のフィンキック音のみ。

両手保持型の水中コンパスで懸命に方位を維持しつつ、水中を泳いで岸辺のターゲットを目指す。

黒いビニールテープを両端に貼って遮光した、最小サイズのケミカルライトを水中コンパスに装着し、方位盤の数字が見えるそのギリギリの明るさを、夜間の水中での頼りとした。潜水深度が浅いため、明かりの使用をそこまで局限しなければ隠密行動にならないのだ。

方位盤をかすかに照らすケミカルの、ぼやけた明かりをマスク越しに見続けるうち、「フッ」と何かに吸い込まれそうな感覚に陥る。

中級偵察課程中、青木ヶ原樹海でグループの先頭に立ってコンパスマンを担った時のことや、空挺レンジャー課程中、房総半島の山中で幻覚を見た時の記憶も頭をよぎった。

全てが幻覚であるような気もする。米軍に留学し、キーウエストの夜の海で潜水している今が果たして現実なのか？

「夢から覚めたら浪人生に戻っているかもしれないな……」とか「もし、自分の妄想だけでこの映像を見ているとしたら凄いな。それにしてはリアルだな……」などと考えていた。

岸に近づき水深がいよいよ浅くなると、夜でもロブスターの揺らめく長い触角を容易に見つけることができた。「やはり現実だ！」そう悟るのは、いつもその触角に触れた時である。

ＣＤＱＣでも朝のＰＴは日々行われていて、駆け足やロープ登り以外にもユニークな独自のメニューがあった。

それは、「木の棒を中心にその場で全速で20周回り、方向感覚が失われた状態で30メートル程走り、腕立て伏せを20回実施してから元の位置に戻って来る……」そんな動作をチーム対抗のリレーで行い順位を競うという、実施者は大変だが見ている側だと面白い内容のものだ。方向感覚を失い、あらぬ方向に走り出す者が続出するのである。

その時限りの即席チームではあったが、「抜きつ抜かれつ……」で大いに盛り上がり、チームのために貢献すれば〝アメリカ風のお人好しのノリ〟で派手に称賛を浴びた。

実は、木の棒を中心に回転する際に半目を閉じることで方向感覚の狂いをほぼ抑制できる。これは私の得意分野であり、キーウエストでの数少ない楽しい思い出となった。

ロープ登りに関しては、ＰＪの若手たちは確かに素早く上手であったが、「それでも私に分があった！」と、自分では勝手に思っている。

ＣＤＱＣの教官たちは、入水前の点検時等は〝まさに鬼！〟である反面、隊員の頑張りや長所をよく見てくれていた。特に留学生の顔は事あるごとに立ててくれ、「留学生の誰々は、訓練中のこんなハプニングやアクシデントにもめげずにこれ程頑張った！」等のように全員の前で度々紹介してくれたものである。

教官のお一人に近々退役される方がいらして、「退役後に日本にも行ってみたい。色々教えてくれないか？」という質問を受けた。

私がどう回答したかは忘れたが、「日本からの留学生にこんな話をしてよいだろうか？」というためらいと、少し寂しそうな穏やかさが、その教官の表情から感じられたことを覚えている。

キーウエストで多くを学び、そのノウハウを日本に持ち帰ろうとしている自分と、その世界から間もなく身を引こうとされている米軍教官のコントラストを感じるとともに、米陸軍特殊作戦コマンドのCDQC教官も、やはり一人の普通の人間なのだと思った。

「いつの日か自分も潜水員を引退し、自衛隊を退官する日も来る。それまでに、一体どんなことが待っているのだろうか？　果たして、自分が目指す目標を達成できるのだろうか……」

様々な思いが胸中をよぎるも、「今は教育訓練に集中するのみ！」と、気持ちをリセットした。

帰国後を見据えて

教育が終盤に差し掛かる頃、おかしな咳が出始め、胸に違和感と痛みを覚えた。「発熱がないので空気塞栓症の心配はないはず……」という素人判断をしたが、肺を少し痛めたことは間違いなさそうだ。

不安はあるものの、受診してドクターストップになれば〝万事休す〟となってしまう。止むを得ず、受診をせぬまま我慢して訓練を続けていたところ、10日も経たずに完全に回復してくれた。「自分の悪運の強さと体のしぶとさも捨てたものではない！」つくづくそう思えた一件である。

持ち点が最後まで残っていたのか、留学生だからおまけして頂いたのかは不明だが、CDQC教育の総まとめである総合訓練までたどり着くことができた。

総合訓練時の装備は、小銃、背嚢を含むフル装備。背嚢の中にはビニール袋で防水処置をした予備の戦闘服等を入れたが、そのビニール袋内の空気を掃除機で吸引して真空状態にする等、余分な浮力を無にする処置も施して訓練に臨んだ。

「先ず、何名かで編成された各チームが沖合でボートから入水する。次に、チーム全員をつなぐ紐で一団となる。最後に、潜入目標の浜辺までチーム潜水を実施して上陸をする……」という内容の訓練であった。

これが潜水訓練としては最後だからと油断した訳ではないのだが、私はこの時、かつてない程の船酔いを経験した。「吐きそうなので早く入水したい！」そう思った程だ。

案の定、入水後はボートの激しい揺れから解放されたことと、適度に冷たい海水に浸かったことで酔いは治まり、チームによる潜水と作戦行動は事前のリハーサル通りにこなすことができた。

（私がまだ陸士長の頃、入間基地での航空ショーで空挺展示降下に参加した時、同様の経験をしたことが水中で思い出されていた。

我々空挺隊員が搭乗したC－1及びC－130輸送機は、空挺降下の前に編隊飛行の展示を行った。アクロバット飛行とまではいかずとも、上昇や旋回の速度も激しさも、普段の降下訓練時とは比較にならない程にアグレッシブであり、降下前の機内では酔う者が続出していたのだ。

「降下用意、立て！」という降下長の号令でふらふら立ち上がりはしたものの、そのまま嘔吐している者もいる。この時も、「早く機外に跳び出させてくれ！」と祈る気持ちであった。

機外に跳び出した瞬間に航空機の揺れから解放され、空中で涼しい風にも当たって救われた思いがしたものである。

ちなみに、偵察小隊の先輩が入間で展示降下をした時は〝ミス入間〟の美女から降下員全員に花束贈呈があったらしいが、私の時にはなかった。

着地後、落下傘を応急的にまとめる「逆・野外巻き」というたたみ方で両腕に抱えこみ、観客席から見えない草むらに足早に駆け込んで終わったと思う）

CDQC総合訓練に話を戻すが、入水後のチーム潜水はスムーズだった。日中で天候もよく、水中視界もまあまあだったので、チームの何人かは常に視野に入っていた。また、潜水の距離も短かったため、特に混乱もせず、錯綜もせぬまま潜入目標の浜辺に到達することができた。

上陸地点の安全を確認し、チーム員同士をつなぐ紐を順々に外して個々に銃を構えつつ、水際から砂浜へと歩を進める。

教官による演出なのか、それとも単なる偶然なのかは不明だが、目的地に上陸してみると、砂浜で〝ビキニの女性〟が寝そべっている。我々も戸惑ったが、小銃を構えつつ海中から突如現れた我々に囲まれて、その女性も戸惑っている様子に見えた。

その時、「訓練終了！」という指示が同行の教官から発せられた。総合訓練の終了にしては、あまりに呆気なく、あっさりした幕切れである。装具点検を実施後、待機しているバスに乗って基地に戻った。

このバスの車中で、階級が少佐の学生長が私について語り始めた。

「みんな、IIZUKAの年齢を知っているか？　37歳だぞ！　俺は彼を尊敬する」そう言ってくれたのだ。でも、それが褒め言葉なのかどうかは微妙であり、私の心境は複雑だった。ただ、総合訓練を無事に終えられたことは素直に嬉しかった。

（学生長はこの時、入水前に激しい船酔いに見舞われていた私を不憫に思い、かばってくれたのかもしれない）

総合訓練以後、水に入る課目はなく、使用した潜水資器材の整備・返納へと作業は移っていく。

学科試験も全て終了している。

学生全員が一団となってキーウエスト島内をハイペースで走り抜ける9マイルラン（約14・5キロメートルの駆け足）という課目が最終イベントとして残るのみであり、これを走り終えればCDQCの全課目修了となる。

走力に自信があるとは言え、「転倒」及び「他の隊員との接触による相互のけが」には細心の注意を払った。

入校中は島内をゆっくり見学する余裕がなかったし、卒業後は直ちに帰国する予定なので最後の機会と思い、走りながら街の様子を見ていた。だが、やはり普通の街にしか見えず、「再びこの島を訪れたい」という気持ちは湧いてこなかった。

バディーが何度か入れ替わったので、何人かは教育停止になったのかもしれない。しかし、私の顔見知りは全員が卒業できた。留学生仲間も全員が卒業し、国の代表としての、ここでの責任を果たしたのである。

散々しごかれた屋外プールのプールサイドで卒業前のBBQパーティーを開催している最中、晴れ渡っていた空に真っ黒で巨大な雨雲が発生する光景が見えた。

「我々の今後を暗示しているかのようだ！」という、一人の同期の言葉を聞き、CDQC留学も既に過去の話になりつつあると感じた。帰国してからが本番であると……。

同期の多くとはキーウエストの基地で別れを告げた。二度目のプレスクーバ以来、やや溝を感じていた連中とも握手と笑顔で別れることができた。同部屋のL大尉とも基地で別れたと思う。

マイアミ空港での乗り継ぎ待ち合いで、総合訓練時に同じチームだったPJの何人かと一緒になり、ピザショップで会食した時のこと。PJの一人から、

「入水前のボート上であなたが、相当気分が悪そうだったことを覚えています」と言われてしまい、

「あのザマでは、俺はCOMBAT DIVERとは言えないな、本当に恥ずかしい……」

そう私が答えると、

「いいえ、みんな同じですよ。あの日のボートの揺れは本当にひどかった」と、彼らが慰めてくれたのだ。記念に皆で写真を撮り、一人一人と握手をして別れた。

最後に別れたのが、バルカン半島からの留学生R大尉。彼とは週末に一緒に酒も飲み、色々と話し合った仲である。

「互いの国に行き来してまた会おう！」そう言って別れたものの、残念ながら、それは未だ実現していない。

彼をはじめ、卒業以来会えてはいないし、恐らく、もう会うこともないかもしれないが、「CDQC同期の皆は今も元気だろうか……」時々そう思い返す。

フライト時間の都合により、マイアミ空港を出発後、どこかの経由地で一泊してから成田へ向かっ

た。ただ、どの都市に泊まったかは全く思い出せない。強烈な虚脱感に支配され、機内の窓から外の景色を見ても、最早何も思わなくなっていた。

経由地から成田へ向かう機内では、アナウンスの英語を聞くのもなぜか苦痛だった。「俺の人生での、英語の役割はもう終わったのだ。英語の勉強はもう沢山だ。拉致被害者の救出を目指すならば、今後は朝鮮語の勉強だ！」そんなことを思っていたためかもしれない。

帰国を前に、私は「これから」を考え始めた。そして、「朝鮮語を使える水路潜入要員がいて初めて拉致被害者の救出が可能になる！」という考えに至った訳である。安直だったろうか……。

私がＣＤＱＣに入校していた時期は、時の小泉首相と金正日総書記が北朝鮮の平壌で会談し、5名の拉致被害者が帰国を果たせるが、「5名以外は全員死亡」と発表されていた、まさにその時である。「日本に帰国したら、先ずはその情報について詳しく知る必要がある！」そう思うと成田到着までの時間が余計に長く感じられた。

乗機が成田に近づき、7ヶ月半ぶりとなる日本の景色が窓から見えてくる……。到着後、空港内のラーメン店に入ってネギ味噌ラーメンを食べた時、二度目の米留が無事に終わったことを実感した。米留中もラーメンを食べてはいたが、ネギ味噌ラーメンは、アメリカではお目にかかれなかった。しかも美味い！　この一杯のために頑張ってきたような気もする……。

女性店員が若くて可愛らしく、愛想がよいことにも驚いた。アメリカでは肥満の女性がやや多かったためか、日本の女性がとてもスマートでお洒落に見えるのだ。

（帰国直後は様々な日本のよさを改めて感じていたが、拉致問題に関しては、日本政府の邪悪な一面が露わになっていた。いわゆる〝飯倉公館事件〟のことである。

「帰国した5名以外の拉致被害者は全員死亡」とされていて、そのことを政府側が拉致被害者のご家族に伝えた場所が外務省の飯倉公館という建物であり、そこで〝おぞましい出来事〟が起きていたのである。

日本政府は、北朝鮮側が単に「死亡した」と言ってきただけの話を、ろくに確認もせぬまま「確認した」こととしてご家族に伝えていたのだ。

ご家族が「いつ死亡したのですか？」と質問しても「分かりません」……「なぜ死亡したのですか？」と質問しても「分かりません」……「どこで死亡したのですか？」と質問しても「分かりません。でも確認したんです！」……というやりとりがあり、死亡宣告をし、その質疑に応答したのは当時の福田康夫官房長官と植竹繁雄外務副大臣であったとのこと。

日本政府側は、「分かりません」と答えていたそれらの情報を、実は既に北朝鮮側から得ていたことが明らかになっている。だが、内容に矛盾があることに気付いてそれらを隠ぺいし、「とにかく死亡ありき」で話を強引に押し通そうとしたとの〝疑惑〟がある。

当時の日本政府がやろうとしていたのは、「5名以外は全員死亡」を既成事実化し、国民の間で盛り上がりを見せている拉致被害者救出運動を抑え込み、何としてでも〝日朝国交正常化〟を推し進めることであったようだ。ある種の政治家にとって、それは余程〝旨味〟のあることなのだろう。納得できず反論するご家族に対して、福田官房長官が「黙りなさい！」と、一喝した話は有名である。なお、「死亡」とされた拉致被害者の方々に関し、その後の目撃証言（脱北者等による）や、生存を物語る諸々のサインは枚挙に暇がないと聞く。5名以外の多くの方々も、令和の今なお生きておられる可能性は極めて高い）

第5章　イラク派遣任務

北朝鮮ではなく……

そして時は流れた。日本に帰国してからの数年間、米軍留学で学んだことの普及に幾ばくかは努め、朝鮮語学習も継続する等、米留帰りの機内で思い描いたことを可能な限り実行に移した。

だが、拉致被害者救出の任務を付与されることはなく、その間に私が命じられたのは〝中東イラクへの派遣任務〟だった。東北方面隊の部隊を基幹とする第4次イラク復興支援群の一員として、私は「警備中隊警備陸曹」という役職に任命されていた。

「イラクに行っている場合ではない、北朝鮮に行かせてくれ！」との思いがあったが、時代の流れにも命令にも逆らうことはできない。

「これは北朝鮮に行く前のウォーミングアップである！」そう自分に言い聞かせ、日本国内での準備訓練を経てイラクに赴いた。平成16（２００４）年11月上旬のことである。

仙台空港から飛び立った乗機は日本の民航機ではなくタイの民航機で、確かプーケット航空のチャーター便だったと思う。出国前行事を終えてからの搭乗だったこともあり、我々の服装は迷彩服に現地（砂漠地域）仕様のデザートブーツだった。

脱靴の許可が下りたのは、離陸後、乗機が水平飛行に移ってからである。皆が一斉に靴を脱いだため、「あっ」と言う間に汗臭い足の臭いが機内に充満した。

客室乗務員がたまりかねて芳香剤を撒いたのか、少し間を置いてフローラルのほのかな香りが漂ってきたことを覚えている。客室乗務員は細身の美人揃いで、「タイの女性はこんなに綺麗なのか！」と感心したものである。機内食もタイのソウルフードでとても美味だった。

日本の民航機でないことに幻滅する要素は皆無であり、むしろよかったくらいだ。事実かどうかは不明だが、「自衛隊のイラク派遣に所有機をチャーターすることを日本の航空会社（労働組合か？）はよしとせず、ケツをまくった」との噂があった。もしそれが事実なら、とても残念である。

経由地のバンコク空港では待機時間が10時間程あり、空港内のタイ式マッサージ店を3件ハシゴする等して時間を有効活用した。やはり本場のマッサージは一味違い、心も体も大分楽になったと思う。

英気を十分に養い、引き続き空路でクウェート入りした。そこで射撃や車両操縦などの慣熟訓練をしつつ、現地の気候に体も慣らし、1週間程滞在してから車両でイラクのサマーワ宿営地に移動する行程である。

クウェートで滞在したのは米軍の基地だが、米軍以外にもイラクに派遣される各国軍が派遣前後の中継基地として、ウォームアップとクールダウンにそこを使用していた。

そのため国際色豊かであり、記念のワッペン等を作成・販売する人気の業者もいて、アラビア語での刺繍でネーム作成を依頼する各国隊員が列をなしていた程である。

ここでは食事も米軍の隊員食堂でお世話になった。また、あちこちで山積みになっている飲料水のペットボトルは自由に取り放題で、飲食に何ら不自由のない、恵まれた環境だったと言える。

トイレは洋式タイプの汲み取り式で、便座の下方約1メートルに緑色の消毒液が溜まっている形式なのだが、油断して大便を普通に落下させ、跳ね返りの直撃を無防備な股間にもろに浴びてしまったこともある。

シャワー施設も数ヶ所あり、左程の混雑もなく使用できた。男女は一応分かれていたが、結構おおまかだった気もする。

この基地での滞在を終えた後、車窓を幕で覆ったバスに乗り、目立たぬようにサマーワの日本隊宿営地へと陸路で移動した。幕で外の景色が見えにくかったためか、国境を越えてイラク国内に入った時のことはあまり記憶にない。

サマーワ宿営地前に到着し、最初のゲートに入ってからも先はまだ続く……。ウネウネと蛇行する凸凹道を何度も通過した後、ようやく宿営地警備の主力が待ち受ける警衛所に到着した。多くの蛇行も凸凹も、車両や人員の侵入を阻むための防護策である。

現地では、各任務をJ−1、J−2、J−3……というように、アルファベットのJ（多分、JAPANの頭文字）に任務番号の数字を付けて表現し、整理区分していた。

私がイラク派遣期間中に参加した「J任務」は100回前後に及び、1日に2個任務、時には3

個任務をこなしたこともある。

ＶＩＰ（要人）を警護することが私の主な役割であり、「日本隊が実施中の建物・道路の復旧工事を視察したり、それらの工事が完成した後に行われるセレモニーに参加する日本隊の指揮官を警護する」機会が多かった。また、日本からの来賓者を警護したこともある。

警護以外にも様々な任務に就いた中で、サマーワ到着後、初めて参加したJ任務が〝最も強烈に〟印象に残っている。

新たに現地入りした第４次群の我々と、間もなく活動を終えて日本に帰国する第３次群の隊員が共に存在する部隊交代の期間が２週間程度あり、その間に任務の申し送り、つまり引き継ぎが行われた。

現地での「先輩」である第３次群の隊員主導の下、新参者である我々第４次群の隊員が、言わば「見習い」として、恐る恐るJ任務に参加し始めた時に〝それ〟は起きた。

その日、J任務初参加で緊張しまくりの私は、愛用の89式小銃をローレディー（暴発させても被害が起こらないように銃口を下方に向ける銃の保持要領）に構えつつ、日本隊が行う施設工事の現場で警備に加わっていた。

そこへ14～15歳くらいの現地の男の子が近寄って来たのだ。何人もいる自衛隊員の中で、なぜだか私の前に立ち、ポケットに右手を入れて何かを取り出そうとしている。

日本国内で実施した派遣前訓練では、「ポケットから何かを取り出そうとする者がいたら、それが拳銃や手榴弾等の危険物であることを疑え！　そして、その者の手を押さえる等の処置を速やかにとれ！」という対処要領を訓練してきたが、訓練通りの行動を私が起こすより早く、彼はポケットから〝何か〟を取り出してしまった。

「ヤバイッ！」と思う必要はなかった。なぜなら、それは明らかに危険物ではなく一枚の写真だったからだ。

彼は、「SEXY MAGAZINE, SEXY MAGAZINE……」と片言の英語で何度も呟きながら、その写真を私に見せつつ、「何かを自分にくれないか？」という手振りをしている。

それは、西洋人の男女が全裸で熱烈に抱き合っている写真であり、どうやら「このようなエッチな写真か雑誌を持っていたら自分にくれないか？」という要求であるらしい。

「すまないが、SEXY MAGAZINEは持っていない。でも、これならあるよ！」そう言って、ポケットに入れていた日本のお菓子（一口サイズの羊羹だったか？）を手渡したら、「シュクラン！（有難う！）」と言って受け取り、彼は踵を返して帰って行った。

彼が私の目前でポケットに手を入れた時、J任務初参加の私は緊張の極に達しつつあった。だが、日本の〝エロガキ〟と何ら変わらない彼の要望と振る舞いを目にして肩の力が一気に抜け、「イラクでの任務、何とかなるかもしれない……」そんな、よい意味での安心感を得られたのである。

実際、私はその後の各J任務に対し、気持ちに余裕をもって臨めていたと思う。今更ながら、私の方こそ彼に「シュクラン！」と伝えたい。

イラク派遣の実際

学校をはじめ、戦争で破壊された数多の施設や道路を修復し、給水設備を提供する等の日本隊の活動は、私が目にした部分だけでも現地の人々のために大いに役立ち、大変喜ばれ、感謝もされていた。

我々第4次群だけでなく、自衛隊のイラク派遣は全体としても現地の復旧に大いに成果を挙げた有意義なものだったということを、私は派遣参加隊員の一人として実感している。

イラク派遣要員の選抜は極めてシビアであり、第4次群では、当初の訓練参加人数の半分以下に絞られた。「選ばれた隊員は選ばれなかった隊員の分まで！」という意志を持ち、現地で皆が真摯に淡々と任務に就き、役割を果たしたと思う。

派遣期間中を通して、終始、士気旺盛で規律も厳正に保持されていた。一人の死傷者もなく、一件の事故もなかった結果こそ、その表れである。

危険は存在していた。我々第4次群の派遣期間中も、宿営地内にロケット弾が3回程着弾したのだ。ただ、信管が外されており、着弾地点も人気のない隅の方を敢えて狙ったかのような、〝何かの脅迫行為〟と思える節が多分に感じられた。

「殺害や破壊を目的とするテロ攻撃ではなく、金銭目当てのゴロツキの犯行である」と判断されていたため、それが部隊の撤収につながることはなく、そのために現地での復旧支援活動が中断されたことも、第4次群では一度たりともない。そして派遣隊員全員が、動揺することなく淡々と任務の遂行を続けた。

万が一、ロケット弾が隊員の居住地域に着弾したとしても被害を最小限に食い止められるよう、鉄製のコンテナハウスを居室とし、その周囲を筒状の金網を内包した大型土嚢で防護してもいた。

さらに、コンテナハウスの外に出る際には「必ず鉄帽をかぶり防弾チョッキを装着する！」という規律が徹底されていた。とても重いし面倒なのだが、全員がその規則を忠実に守っていたのだから素晴らしい。

3ヶ月を優に超える派遣期間中、任務以外での宿営地からの外出は当然不可であった。

厳格なイスラム教国への派遣のため、飲酒と豚肉類の食事も完全にシャットアウトした。増加食（食堂等で喫食する基本食の他に、任務に応じて追加で支給される菓子やカップ麺等）のカップラーメンもチキンエキスオンリーの製品限定で、豚肉エキスの入っている豚骨系などはご法度である。

イラク派遣は、少なくとも3ヶ月余りの外出と完全な禁酒、そして豚骨系ラーメンを我慢できる者でなければ務まらない任務であった。

しかし、何よりも気を付けなければいけないのは現地女性と接点を持たないことで、話しかけることはおろか、目も合わせないように厳に慎んだ。

任務中に現地の女性を見かけることは滅多になく、見かけても「ヒジャーブ」というスカーフで顔を覆っているため目が合うことも殆どなかったが、現地の女性が建物の中や物陰から任務中の我々を密かに見ていたことはある。

気配を感じて不意に振り向くと、「サッ」と隠れる姿が見え、こちらも慌てて目をそらす……という具合なのだ。

「これは本当に気を付けなければ大変なことになってしまうな……」と、皆で防弾チョッキの襟を正し、黒のサングラス越しであっても女性を直視することは避ける着意を持った。

隊員の士気の高さ、規律の正しさとは裏腹に、日本隊の装備は他国の派遣部隊に比して脆弱なところがあった。

対砲迫レーダー（飛翔する砲弾等の弾道を捕捉して解析し、発射地点を特定するためのレーダー装置）を日本隊は保有しておらず、他国軍にその情報提供を頼らざるを得なかったのだ。（確か、オランダ軍から情報提供を受けていたと記憶しているが定かではない。いずれにせよ、日本隊宿営地内にロケット弾が着弾する都度、「弾道解析と発射地点の特定」という極めて重要な機能に関し、他国軍に負んぶに抱っこで頼り切っていたことは事実である。ただ、我々の次の第5次群からは、日本隊にも対砲迫レーダーが装備されたらしい。遅ればせながら、現地からの声が本国に届いたのであろうか……)。

当時のイラクは対砲迫レーダーの装備が不可欠な派遣地域であったが、日本隊には（少なくとも第4次群までは）、その必需装備品が与えられていなかった。そして、その不備を取り繕うかのような、奇妙な精神論がまかり通っていたことも思い出す。

サマーワの日本隊宿営地では、車両の整列が常に四角四面に「ビシッ！」と整えられていた。それに関し、

「車両の整列要領が他のどこの国の軍隊よりもしっかりしていることが、日本隊がテロ攻撃を受けない理由の一つである。『これ程厳正で隙のない部隊を攻撃することは難しい……』と、テロリストに思わせている。だから引き続き車両の整列要領も厳正にして、士気及び規律の高さを誇示してもらいたい！」

という見解を示した自衛隊の高級幹部がいたとのことで、皆が呆れていた。

勿論、派遣部隊として一糸乱れぬ統制を車両の整列にも求めることは「士気と規律の維持」という観点では重要であり、来隊する現地住民、外国軍人、日本からのＶＩＰ、そしてマスコミ報道などに対しての、「目に映る見栄えのよさを保つ」という観点からも重要であろう。

しかし、テロリストが車両整列状態の良し悪しを見て、「攻撃対象にするかしないか」の判断を下すとは到底思えない。

本物のテロリストが実在する海外派遣先での実任務と、日本国内での恒常業務や平素の一般的な訓練とが変に混同されている危うさを、その伝聞から感じ取ったのは私だけではない。

イラクの人々が必ずしも親日的だとも思えなかった。J任務の行き帰りに日の丸をつけた自衛隊車両でサマーワ市内を走行していると、笑顔で手を振ってくれる現地の方々が多くはあったが、子供に石を投げつけられることが度々あった。稀に、大人から石を投げつけられたこともある。

日本隊は老若男女を問わず、現地住民の方々を宿営地に招いて飲食物を振る舞い、子供向けのイベントも開催した。また、新年会で他国の軍人たちを招いてもてなす等、各方面と親睦を深め、良好な関係を築くことにも尽力した。

一方、我々日本隊を招いてくれる他国軍部隊は、私が知る限りなかった。それをしない分、他国軍は任務に集中していたのかもしれないし、不測事態に自隊で対処できる装備を保有しており、他国の部隊を〝お客様〟としてもてなす必要性を感じていなかったのかもしれない。

日本隊が現地住民の方々や他国の派遣部隊を宿営地に招いて接待し、良好な関係の構築に努めたことは重要であり、それも全派遣期間を通じて日本隊の死者が皆無であったことの大きな要因だと思う。

しかしイラクでも、日本政府と自衛隊の意識がワールドスタンダードから外れていた部分が間違いなくあった。

必要な装備品も持たず（持たせず？）、それを他国軍頼みでやって来て、イベントには招待して盛り上がるというやり方に、私が他国軍の派遣隊員であれば敬意は持てない。

さて、日本隊宿営地での生活ぶりについて紹介したい。

先ず食事は、日本食が中心でとてもおいしかった。山形と福島の部隊が主力であるため東北産のお米が大量に運び込まれていて、普段私が日本で食べるお米よりもおいしかった程である。

食事の際、節水のために食器は水洗いせず、ビニール袋を食器に被せて喫食し、そのビニール袋は破棄するシステムになっていた。現地では、ビニール袋よりも水の方が貴重だったのだ。

その貴重な水を毎日大量に使う入浴場は、国内の災害現場でお馴染みの「野外入浴セット」である。「先ず体を洗い、髭を剃ってから頭を洗う」という順序で最後に頭からお湯をかければ、全身に泡立つ石鹸を一度に洗い流せて水の使用を節約できる。そんな工夫を皆がしていた。

浴場の横には大型冷凍庫が置いてあり、中にあるカップのアイスクリームは食べ放題になっていた。アラビア語で表記されている現地調達のアイスだったがとてもおいしく、バニラ、イチゴ、チョコなど種類も豊富で毎夕の入浴後の楽しみにしていた隊員は多い（さすがに抹茶味はなかったが……）。

派遣隊員として、常に短髪にする必要のある頭髪だが、宿営地内の床屋で散髪してもらえた。現地の理容師数名を日本隊の役務として雇用しており、週に3日程は彼らが宿営地に来てくれていたと思う。代金を現地通貨で支払ったのか、ドルで支払ったのかは記憶にないが、日本円にして300円程度だっただろうか……。

自衛官には、理容師のバリカンさばきにうるさいものが多く、「誰々が一番上手だ！」等の噂がすぐに広まっていた。

なお、軍人が短髪やスキンヘッドにする最大の理由は、「防護マスクを装着した際の気密性を高め、有毒ガス等の状況下でも生命を守るため」と言われている。イラクで任務に就く際は防護マスクも携行必需品であったため、散髪も任務の一部と言えた。

トイレは仮設の洋式タイプがコンテナハウス群に併設され、やはり金網入りの大型土嚢で防護されていた。夜中に目が覚めて用を足す場合、暗がりの中で鉄帽を被り、防弾チョッキも着用してからコンテナハウスを出てトイレに向かう。仮設なのでスペースが狭く、防弾チョッキを着たままだと窮屈で用を足すのも一苦労であった。また、砂漠地帯なので夜中はとても冷え込み、寒い思いもした。

イラクは、ほぼ全土が砂漠気候に分類される土地柄であり、昼夜の気温差が激しい。11月から3月までの涼しい時期とはいえ、日中は30度近くまで気温が上昇する。しかし、朝晩は氷点下まで冷え込む日もあるため、時間帯によって着衣を選ぶ必要があった程だ。

また、銃の手入れに油を殆ど使わず、こまめな乾拭きで部品や作動部に付着した砂を落とすように心掛けていたことも、砂漠地帯で任務を行う際の特性の一つと言えた。油を使うと風で舞う砂が銃に付着し、機能発揮に支障を来す恐れが多分にあった訳である。

J任務への行き帰りで野生のラクダの群れを見かけたことも、「イラクならでは」だったと思う。平素より、私には鼻づまりの症状があった。耳鼻科で受診すると、「花粉症でしょう」と言われていたが、花粉などあろうはずもない砂漠地帯に来ても症状が治まらなかったため、花粉症が原因ではないことがハッキリした。

このように、「イラクに行ったからこそ判明した事実」も、少なくはない。

コンテナハウスが立ち並ぶ居住区は、ハエと小型ネズミの巣窟ともなっていて、「蚊取り線香ならぬハエ取り線香」と「ゴキブリホイホイならぬネズミホイホイ」が使用されていた。ネズミホイホイにかかったネズミがあまりに可哀そうで、一思いに成仏させたこともある。

派遣期間中の気分転換法は、日本への国際電話、日本から追送品として送られて来た雑誌の回し読み、そしてコンテナハウスのベッドで横になりながらのＤＶＤ、ＣＤ鑑賞等々。

国際電話は「週に各人何分間」という制限があったが、国際電話のプリペイドカードを私費購入することで追加の通話も可能だった。そのため、多くの隊員が追加で購入していたと思う。

追送品の雑誌類は時間差のため、発売が数週間前のものばかりでありながらも極めて人気が高く、ボロボロになる程に回し読みされていた。

ヒット商品を紹介する雑誌を見て、「日本に帰ったら、あれを買いたい、これも買いたい……」という妄想にふける隊員が多かったろうか……。

宿営地内には厚生センターという、言わば娯楽施設があり、映画やドキュメンタリー、落語やコント等のＤＶＤや、各種音楽ＣＤをそこで借りることができた。

私は、ドラマや映画で当時人気だった『トリック』シリーズを好んで観ていたが、ある日のＪ任務で一緒になった幹部の方と、前日の夜に観たトリック作品登場の、〝新興宗教教祖役か何か（？）のキャラクター〟がソックリで吹き出しそうになったことがある。

そのキャラクターが作品の中で連発する、「FOR EXAMPLE, 例えば……」等のような、英語と日本語を混ぜた言い回しが面白く、警護仲間の間でちょっとしたブームになっていたのだ。

そんなことでも任務の緊張が結構緩和されていたのだから、面白いと言えば面白い。

宿営地内にはベンチプレスやエアロバイク等の器具を設置した軽易なトレーニング施設もあり、私も何度か使用した。

体力練成と気分転換を兼ねて宿営地内をランニングすることもあったが、それも明るいうちだけで、夕方以降はコンテナハウスから離れる時間をなるべくなくすように皆が心掛けていた。

宿営地での斯様な生活で英気を養い、翌日の任務に備えていた我々である。

（私がイラクに滞在していた間、派遣部隊の第2科が宿営地食堂の掲示板に日本国内外のニュースを日々貼り出し、派遣隊員に対する情報提供をしてくれていた。

様々な出来事について知り得たが、拉致被害者のお一人である〝横田めぐみさんの遺骨〟と称し、全く別人の遺骨を北朝鮮が送り付けて来た事件の発生を知ったのもこの頃であり、「イラクでの任務を早く終え、日本に帰って拉致被害者の救出任務に携わりたい！」という思いを同室の仲間たちと語り合ったことがある）

同じコンテナで寝起きを共にした〝戦友たち〟は、志を同じくした熱き男たちばかりであった。

彼らのお陰で、私は無事に日本に帰国できたと思っている。

そんな仲間たちに対し、「申し訳ない！」と思ったことの一つに、私の足の臭いがある。

皮膚が弱いのか、任務で1日デザートブーツを履いていると足が蒸れてしまい、毎日薬を塗っても治らず異臭を放つことが間々あったのだ。

全ての任務を終えてサマーワ宿営地を後にする時、履いていたサンダルと運動靴を置いて行こうとする私に仲間たちがストップをかけた。

「間違えて誰かが履き、今までイラクにはなかった新たな水虫が蔓延すると困るから焼却した方がよいのではないか⁉」ということである。その助言に従い、私はサンダルと運動靴を燃やした。

任務完遂

要人警護以外にもJ任務で様々な役職に就いたが、中でも特に強いプレッシャーを感じたのは「車列の先頭車の車長」という役職である。

人や車が多く、入り組んだ街並みのサマーワ市内や、砂漠の真っただ中で道なき道を走り続ける往復間は、全く気が抜けない道程であった。

先導役として道を間違えないよう、経路をしっかり把握する必要がある上に、「進行方向の不審者や不審物、いつもと違う雰囲気があるかないか？」等についていち早く気付き、適宜に無線で各車両に連絡しなければならない。

さらには後続車、特に最後尾の車両が遅れていれば、速度調整で車列を整える等の配慮も必要であった。

その役職を任されることが多かった私は、J任務の都度、走行する経路をビデオで撮影し、それを映像データ化した。翌日の任務で使う経路を前日の夜に映像で確認し、先導役として道を誤らないための〝糧〟としたのである。

思えば、深夜の山中でコンパスマンを担った時のプレッシャーに似ていた。遮光したケミカルライトのかすかな明かりだけで見る水中コンパスを頼りに、夜のキーウエストの海中でターゲットを目指した潜水経験も、見えない力となってこの時の自分を支えてくれたかもしれない。

ＬＡＢと呼ばれる軽装甲機動車のハッチから上半身を乗り出して周囲を警戒する「ガナー」という役職も何度か経験した。

ガナー（GUNNER）とは銃手のことであり、イラクでの日本隊のガナーは、「MINIMI（ミニミ）」と呼ばれる５・５６ミリ機関銃を扱っていた。

間違ってもサマーワ市内を走行中に機関銃を暴発させてはいけない。宿営地を出発する前のウエポンチェック（銃と弾薬の点検）には細心の注意を要した。

サマーワ市内を走行中、ガナーは右手で機関銃の握把を握りつつ、左手は胸に当ててお辞儀をしたり、笑顔で市民に手を振る所作をした。同時に、大声で「アッサラーム・アライクム（こんにちは）！」「シュクラン（有難う）！」を連呼して愛想よく挨拶を繰り返した。いわゆる〝浪花節作戦〟である。

右手の状態と左手の状態が対極にあったが、他にやりようもないのだ。顔は笑顔を作っていながら、目では〝街のどこかに潜んで我々の車列を狙っているかもしれないテロリストの存在〟を探る。

丸腰ではなく機関銃まで装備していたことも、ガナーが右手でその機関銃を常に握っていたことも、まさに〝それ〟を警戒していたためである。

イラク派遣中、私の主な任務が「派遣部隊指揮官の警護」であったことから、指揮官に同行し、現地部族長のお宅に一緒に伺う機会にも何度か恵まれた。

手摑みで食べる羊肉の料理と砂糖入りの熱い紅茶が定番らしく、度々ご馳走になったものである。羊肉は柔らかく、トマトソースだかバーベキューソースだかに漬け込んで焼いたふうな味付けで、辛過ぎず、甘過ぎず、濃過ぎず、薄過ぎず……。食感もよく美味だったことを覚えている。

ちなみに部族長は、どの方も口髭は立派であったが、外見も雰囲気も案外普通の人たちだった気がする。

サマーワの日本隊宿営地には、日本の外務省スタッフ1名が常駐していて、現地の役場の方々と様々な調整を行うことが役割らしく、宿営地外に頻繁に出掛ける様子が見受けられた。

だが、その方の警護を請け負っていたのは我々自衛官ではなく、なぜだか外国の民間警備会社だったのである。そのスタッフも日本隊宿営地の一角に常駐し、独特の雰囲気を醸し出していたため、かねてより〝気になる存在〟だった。

主任務が警護である彼らと我々とが任務中に偶然一緒になることも多く、互いに顔見知りになって交流が生まれたのだが、彼らの対テロに関する知識も技量もハイレベルであることに驚かされた。

それもそのはず、「全員が元軍人、それも特殊部隊出身！」という経歴を持っていたのである。

彼らが愛用するＡＫ－47小銃は世界的には有名でも、自衛官の我々には馴染みがないため物珍しく、「ここぞ！」とばかり、扱い方や分解結合の要領を教えてもらった。

逆に我々も、自衛隊流のテクニック諸々を紹介したり、日本から送られて来た雑誌を見せたりもした。そんな付き合いが、任務中に偶然一緒になった時の、相互の協力や連携に役立つことも少なくなかったと思う。

警護任務で重要なのは、「警護対象（ＶＩＰ等）の近くから離れず、いざとなれば自らが弾除けの盾となる」ことである。従って体調管理は勿論、任務中に便意を催すこともないように前日の晩から水分摂取を少なめにし、当日の朝食も水分や汁物を控えて宿営地を出発するのが常だった。

そのようにＪ任務に集中する毎日ではあったが、帰国日が近づくにつれ、「日本に帰ったらあれをしたい、これもしたい……」という邪念に支配されることがどうしても増えてきてしまう。きっと疲れが出始めていたのだろう。

そうこうするうちに部隊交代の時期となり、助け舟が来るかのように第５次群が到着してくれた。今度は我々が、サマーワでの先輩としてＪ任務の手解きをする番である。

人が増えて宿営地が賑やかになると、再度スイッチが入るから不思議だ。英語課程の同期など、顔見知りとの懐かしい再会もあり、慌ただしいながらも活気と張り合いのあるよい期間であったと思う。

第５次群への任務の引き継ぎを終え、各自の荷物をまとめ、我々第４次群はＪ任務に明け暮れる３ヶ月余りを過ごしたサマーワ宿営地を後にした。

往路の逆順で、陸路でクウェートの米軍基地に移動し、そこでようやく武装を解除できた。

「武器と弾薬を持たない生活がどれ程気楽であるか……」を強く感じたのは、長い自衛隊生活の中でもこの時だけである。

その後、クウェート国内のプール付きホテルで二泊し、日本に帰国する前の心身のクールダウンを行った。

荒廃したイラクの国土とは対照的に、クウェート国内はどこも綺麗な街並みである。道路を走る車も例外なく真新しい高級車ばかりで、日本よりも豊かに見える程だ。

隣接する国同士でなぜ、これ程の差が生じるのか不思議であった。フセイン元大統領の独裁だけが原因だったのだろうか……。

「自衛隊がイラクにまで派遣されるに至る諸々の原因が、この辺りにも存在していたのではないか？」

そんなことを思った。

ともあれ、イラク派遣の全行程を無事に終え、平成17（2005）年3月上旬、我々は日本に帰国した。帰路は民航機ではなく、日本の政府専用機利用という待遇である。

到着した仙台空港では多くの方々の出迎えを受け、マスコミ関係者も溢れんばかりだ。その様子が生中継で空港のテレビ画面にも映し出されていて、米留からの帰国時とはまた違う感慨を覚えた。

それから数年後の日米合同訓練の際、イラクへの派遣経験を持つ米軍人と話す機会があり、自分もイラクに派遣されたことを明かすと、「何人殺したのか？」と尋ねられた。

「同じイラク派遣でも、米軍のそれと自衛隊のそれとは違う」そう言いたかったのかもしれない。

米軍は、現地での復興支援活動の前にイラクと戦争をしており、確かに自衛隊のイラク派遣と米軍のそれとは全く別物と言える。だが、殺害した人数を比較することに意味などない。

私は、「我々自衛隊のイラク派遣部隊は、派遣の全期間を通じても、一人の現地人も殺傷していないし、我々の中からも一人として死者を出してはいない。事故死や病死も皆無だ。そして、イラクの復興支援には大きく貢献をした。我々は任務を完遂した」と、言葉を返した。

安全な地域であるサマーワを宿営地としていたことが「イラク派遣の全期間を通じて自衛官の死者も皆無、自衛官が死傷させた現地の方も皆無で終えられた最大の要因」と言われていた。だが、サマーワより安全とされる地域で死傷者が発生した他国軍も多い。

日本隊として、「現地の部族に相当額の現金を渡していた」という後日談も耳にし、それも我々の安全を守った要因の一つであったに違いないとは思う。

だが、我々派遣隊員がイラク復興のために誠心誠意、J任務に励んだ成果は間違いなくあった。

そして、中東の人々と争うことなく仲よくして来た日本人祖先の恩恵も、我々の安全を確保してくれた極めて大きな要因であると私は解釈している。

第6章　情報科隊員として

習志野から朝霞へ

イラク派遣から5年余りが経過した平成22（2010）年の夏、20年近くを勤務した習志野駐屯地に別れを告げ、私は朝霞駐屯地所在の情報科部隊に転属した。それと同時に、職種も普通科から情報科へと変わった。

従来、自衛隊の情報業務は専門化されておらず、様々な職種の隊員が混合で実施していたのだが、この年の3月に新たな職種として情報科が新設され、それに伴って情報科部隊も新編されたのである。

陸曹としては最上級の陸曹長という階級、そして45歳という年齢になり、潜水員としても、普通科の戦闘員としてもピークを疾うに過ぎていたことと、「同じ場所で同じ勤務をそれ以上続けても、拉致被害者救出任務に近づいて行かないのではないか？」そう思えたことが、私が転属を希望した理由である。

新たな職種である情報科の世界に身を投じ、違う切り口での可能性に賭けてみたかった。「情報という分野が、拉致被害者救出の扉をこじ開ける鍵になるかもしれない！」との期待も持った。

だがその期待は、ことごとく裏切られていくこととなる。

私が転属した情報科部隊の主任務は、「海外派遣部隊の安全確保に役立つ情報の収集・獲得」であった。

そこには、拉致被害者救出の「拉」の字もない。国連のＰＫＯ（平和維持活動）等の、言わば目先の海外派遣しか想定してはおらず、北朝鮮などは情報収集を行う対象国の中にすら、入ってはいなかった。

「拉致被害者の救出を目的とした、北朝鮮研究のプロを養成しよう！」との発想はなく、「拉致被害者を救出するための情報収集が自分たちの役割である」という認識も、部隊レベルでは持たれていなかった。個人のレベルでは違ったのかもしれないが……。

期待していたイメージと部隊の実情との間には大きな差違があって困惑したものの、所属メンバーは素晴らしい方ばかりだった。そんな仲間たちの影響を受け、私もその部隊のカラーに徐々に染まっていったように思う。

「海外派遣任務に赴く情報科隊員として必要な資質は何か？　その資質を身に付けるためには何をすればよいか？」それが皆の共通テーマであり、私もそれを追い求めた。

そんな流れの中で、ある有名企業の人事担当者とお話しする機会に恵まれた時、私はそのテーマにちなんだ次の質問をした。

「どんな社員を海外勤務に送り出すのですか？　特に、危険な地域に送り出す社員に求める資質は何でしょうか？」すると、その方からは「仕事の能力とか外国語の能力とか、そういうことは、本当はどうでもよいのです。ウチの会社では〝殺しても死なないようなヤツ〟を選んで海外に送り込みます」という答えが返ってきた。不思議と心の中に「スーッ」と入ってくる内容であり、その後の私にとって重要な指針となった。

東日本大震災

その翌年、平成23（２０１１）年３月11日に東日本大震災が発生した。だが、海外派遣を主任務とする我が部隊に国内の災害派遣任務は割り当てられておらず、震災発生直後は朝霞駐屯地内で燻っている他はなかった。

被災地に駆けつける他部隊を横目に、歯痒い思いをするばかりの数日間を過ごしていたのである。「これだったら代休を取得し、ボランティアとして被災地に行きたいです！」そう訴える隊員もいた。阪神・淡路大震災の時の自分がそうであり、その気持ちは痛いほど分かる。分かるというより、自分も思いは同じであった。

「被災地に向かう車両に命令もないまま勝手に乗り込み、処分を受けた隊員も少なからずいる……」との話も耳に入ってきた。国家国民の危機に際し、居ても立っても居られない気持ちは全自衛官共通なのである。

我が部隊には「英語と情報の特技保有者が多い」という特性があるため、米軍による「トモダチ作戦」の通訳支援や、東北方面隊司令部等での情報所勤務支援という任務が、遅ればせながら（震災発生の数日後であったろうか？）付与されはした。だが、派遣人数は合計でもわずか数名で、所属隊員の多くは依然として朝霞駐屯地内で悶々としていた。

留守番部隊として、被災地に派遣された他部隊の分まで警衛や当直等、駐屯地の勤務に上番したことだけが、せめてもの慰めである。

大津波による未曾有の水害が発生した東日本大震災に際し、米軍に留学してまで身に付けた潜水の技能・知識も、そして国費で取得させて頂いた1級小型船舶の操縦技能にしても、人命救助や行方不明者捜索のために発揮することが全くないまま終わってしまったのだった。

大水害であるこの国難に際し、〝水〟に関する希少な特技や能力を持て余していたのは、実は私だけではない。

この時、陸上自衛隊が保有する潜水要員やボート・資器材が果たしてどの程度稼働したのであろうか……。あの被災地の現場では何よりも必要な人材・資材であり、そして能力でもあったはずだ。

自分のみならず、陸自の潜水要員のうち、決して少なくはない人数が水害の被災地ではなく、駐屯地での留守業務に就いていたという。

潜水教官を務めた私には、その現実は受け入れ難く、耐え難いものであった。

急ごしらえの1個チームでも2個チームでもよいから潜水要員を掻き集めて編成し、資器材と共にCH-47ヘリで被災地に投入してほしかった。ヘリがなければ車両でもよい、動いていない車両など幾らでもあったのだから……。そのための訓練はやってきたはずである。

自衛隊の「経歴管理」「特技管理」とは一体何だったのか？　普段、経歴や特技に関する人事書類を嫌と言うほど綿密に、そして繰り返し書かされたのは何のためだったのだろうか……。

国際活動教育隊

東日本大震災の約1ヶ月後、私は静岡県御殿場市の駒門駐屯地に所在する国際活動教育隊に入校し、その名の通り海外派遣任務に必要な能力を養う、約3週間の教育を受けていた。

まだまだ自衛官の多くが東北を中心とする被災地で懸命に活動していた最中であり、「こんな時に海外派遣のための教育なんか受けていられるか！」という憤りは当然感じていたものの、命令なので仕方がない上、〝学生長〟という立場での教育入校でもあり、投げやりな態度はとれなかった。

入校して来た同期の中には、親族が被災した東北の出身者もいれば、被災地での活動を中断して来た者もいる。そんな彼らが真摯に受講している中で、学生長である私がいつまで不貞腐れている訳にもいかない。

学生の中で、年齢も階級も私が一番上であるのは勿論だが、教官や助教も私より若い方が多く、海外勤務の経験も私より浅い方ばかりであった。

それでも教育隊の要員として、持てる知識と技能の粋を我々学生に懸命に伝えようとしてくれている。その姿を見ているうちに、私も教育に対する集中力が自然と高まったことを思い出す。

ただ、残念だったのは、教育の対象がPKOや国際緊急援助隊、そしてイラク派遣のようにコアリション（有志連合）と呼ばれるタイプの海外派遣に限定されていたことである。

鳴り物入りで新編された国際活動教育隊ではあったが、やはり目先の海外派遣任務と、自衛隊が過去に経験したタイプの同任務しか想定してはいない。

ここでも北朝鮮は対象外、そして拉致被害者救出の「拉」の字すら、どこにも見当たらなかった。

「拉致被害者を救出するために、北朝鮮にどんな手段で潜入するか？　潜入できないのであれば、他にどんなアイディアがあるのか？」という発想や概念こそが、私がイメージする自衛隊の海外派遣任務であり国際活動なのだが、そのイメージと現実との乖離、そして格差があまりにも大きい。

その時期、〝本来ならば大地震と大津波、そして原発事故の被災地で活動しているべき者たち〟の貴重な時間と体力を充当して行われる教育であるからには、斯くのごとき内容を含んでいてほしかった。

自衛隊の多くの教育では、特に仕上げの総合訓練で非現実的な程のストレスやプレッシャーを学生たちにMAXでかける手法が採られており、それは国際活動教育の総合訓練も同じであった。

名目は学生主体の自由統裁、つまり、「学生の判断に合わせて状況が自然に推移していく形式の訓練」

とされていたはずなのに、実際には教官が描くストーリーから学生の判断や行動が外れると途中で状況が打ち切られ、教官の要求する通りにやり直しをさせられたりもする。それが残念であり、「またこれか……」と、食傷気味にもなった。

比較するならば、米軍のBNCOCやCDQCの総合訓練では、実戦で現実に起こり得る極めてシンプルなシナリオの下、淡々と訓練が進行していた。そして、「訓練の状況がどのように推移し展開して行くか……」というプロセスに途中でこだわるのではなく、「起きた結果を受け止め、それを教訓として、いかに反映させるか……」という訓練後の検証の方に重きが置かれていたと思う。

ごく短時間に、不自然な程に様々なハプニングが降って湧いてくるパターンや、既定のセオリーを前提としたかのような訓練シナリオは、自衛隊に〝ややありがち〟だった。

必ずしも現実的とは思えず、「精神の耐性強化に偏り、固定観念にとらわれているのでは？」との嫌いも感じてしまう。

悪く言えば、起こり得る現実よりも教範事項と規則、時としてセオリーが基準となっているかのようでもあった。

私は学生の分際で、また、学生長としての自分の能力不足は棚に上げて教官や助教に直接文句を言い、教育修了時の所感文にもストレートな意見を書いていた。

それが「よい」と思ってのことだが、「米留とイラク派遣での経験を自分なりに周囲に伝えたい」

という気負いや自惚れが、実は私の方にこそあったのかもしれない。

第7章

ハイチ派遣任務

派遣までの道程

平成23（2011）年8月から翌年3月まで、私は第5次ハイチ派遣国際救援隊の一員として、中米のハイチ共和国に派遣されることとなった。

「学生長として国際活動教育を修了したから……」ではなく、海外派遣を主任務とする情報科部隊に所属して約1年が経過し、単に派遣の順番が私に回って来たためである。

ハイチは、平成22（2010）年1月にマグニチュード7・0の地震が発生して30万人を超える方々が亡くなった大規模被災地であり、地震発生直後から国連のPKO活動が展開されて自衛隊も当初より参加していた経緯がある。

地震発生から約1年半が経過し、日本の派遣部隊も既に第5次となる時期であったが、復興支援はまだまだ不可欠な状況だった。

私の場合、イラク派遣は東北の部隊が主力を担う時であり、ハイチ派遣は九州の部隊が主力を担う時の参加となった。

比較をすれば、やはり東北人はおとなしく、九州人は言動がややストレートという印象を持ったが、どちらの方々も真摯に淡々と海外派遣任務を遂行され、私のような癖のある跳ね返り隊員とも仲よくして下さった。大変お世話になり、有難いと思うばかりである。

ハイチに派遣されたメンバーの中には、東日本大震災の被災地に九州から駆けつけて長期間活動し、その後間もなくハイチに赴く隊員も多く、本当に頭の下がる思いがした。

東日本大震災の被災地で活動する任務機会を得られず、国際活動教育を受けていた私からすれば、「申し訳ない」と思う程の境遇の違いでもある。

派遣前訓練は、熊本県の大矢野原演習場で3回程行われ、各機能ごとにハイチ入り後を見据えて準備を整えた。

例えば、施設隊は工事等、施設活動の、本部要員は本部勤務要領の、そして警衛隊は警備要領のシミュレーションに基づき訓練を実施した訳である。

また、深夜の宿営地に不審者が侵入したケース等の、派遣部隊全体としての不測事態対処訓練も実施して不備を洗い出し、修正に修正を重ねて完成度を高め、実際の派遣に備えていた。

ハイチ派遣部隊での私は、隊本部第2科（情報を担当する科）所属の「連絡調整陸曹」という役職に就き、情報収集と渉外、さらには現地人役務の監督役も担うこととなっていた。

そのため派遣前訓練では、現地で私の役職に起こり得る様々なケースの疑似体験をさせて頂いた。

例えば、日本人よりは時間にアバウトな傾向のあるハイチ人役務が遅刻や欠勤をした場合を想定しての「ハプニング対処シミュレーション」等々である。

その時は相手がハイチ人を模した自衛官だったこともあり、あまり深刻に受け止めないまま、その疑似体験を訓練として「さらりと」こなしてしまっていた。

そんな私にも問題があったが、「役務が遅刻や欠勤をすることにより、日本隊の活動全体にどんな影響が及ぶのか⁉」という、真に重要な要素がその訓練では抜け落ちていたようにも思う。

いずれにしろ、私は事の重大さに気付かず、「役務が遅刻？　別にいいじゃん……」としか、受け止めなかったのだ。そしてそのツケは、実際にハイチでの活動を始めてから手痛いしっぺ返しとなって回ってくることとなる。

派遣前訓練を全て終え、コンテナ等の荷物の発送も完了し、出国の前日だったろうか、家族同席による出国前の会食行事を迎えた。その席での、これから隊員たちをハイチ派遣に送り出す将官の訓示を聞き、私は少しがっかりしたことを覚えている。

それは、「派遣先では油断するな！」「しっかり任務を果たせ！」「寄らば切るぞの気迫で！」という、かなり強い表現の言葉が終始続いたからだ。治安に関する懸念を示されるのは、当然だとは思うのだが……。

「東日本大震災の被災地における災害派遣任務に引き続き、海外に半年以上も派遣される隊員たちに対しては勿論だが、隊員の不在間、長期にわたって留守を守り続けてきた、そして引き続き守り続ける隊員たちのご家族に対して、先ずはお礼と労い、そして感謝の言葉を発して頂きたかった」

そう感じたのも、正直なところである。

将官のそのような訓示以外にも地元議員の挨拶や紹介が延々と続き、乾杯にたどり着くまでに20分以上の時間を要する等、主役であるはずの隊員とその家族が〝なおざり状態〟になっていた。

悪く言えば、「将官と議員の顔を立てるための催し」であるかのようであり、「隊員と家族のための……」という本来の趣旨がやや霞んでしまっている。来賓に失礼があってはいけないとの、主催側の思いは分かるのだが……。

イラクとハイチの違い

ハイチへの移動には日本航空のチャーター便が用いられ、経由地のロスアンゼルスで一泊してからハイチの首都、ポルトープランスの国際空港に到着した。

空港から宿営地までの移動間、車窓から見えるハイチの街には「騒々しい様子」との印象を受けた。歩行者が歩道に溢れんばかりで車やスクーターの往来も多く、交通マナーは「やや粗雑」と感じられる。

塗装が派手で乗客が箱乗り状態の中型車両を数台見かけたが、どうやらそれが「タプタプ」と呼ばれるハイチのバスであるらしい。

国連PKO（平和維持活動）部隊として、ハイチで活動を行う各国軍の宿営地が集中している地域がポルトープランス市内にあり、日本隊もその一角に宿営地を構えていた。

到着すると、生活には何ら不自由のない状態に宿営地の整備が行き届いている様子が見て取れた。活動開始後、既に1年半が経過しているからであろう。

「生活基盤が整っていない状態で現地入りした先遣隊や第1次隊は、さぞ大変だったに違いない……」海外派遣に赴くと、いつもそう思う。

大型土嚢等の防弾設備がなく、居住スペースも鉄製コンテナではないためか、イラクの宿営地よりは大分スッキリしている。だが部屋の狭さは変わらずで、6畳弱のスペースの仮設部屋に大の男三人で寝泊りをし、各自の荷物もほぼ全て置いていた。

食事はイラクに比べれば現地調達の食材が多く、必ずしも日本的な味ばかりではなかった。また、日本隊も国連のPKO部隊に属していたため、「国連から支給されるレーション（携行食）も週に3、4食は食べざるを得ない」という特性もあった。

国連のレーションと言っても外側の包装表記が「UN」とあるだけで、中身は米軍のレーション同様なので必ずしも美味とは言えない。

贅沢と思われるかもしれないが、半年以上にわたる派遣期間を通じてレーションは余る傾向にあり、「それをどう役立てるか？」が問題となったのだ。規則には違反する行為だが、日本隊で雇用しているハイチ人役務を通して、「レーションの受領を希望される被災者にお渡しする」等の策を皆で講じた記憶もある。

入浴はイラク同様「野外入浴セット」であり、やはり節水に努める毎日が続いた。

他国軍の隊員には日本隊宿営地の風呂が大人気で、そのためだけに彼らを招待してもてなすことも度々あった程だ。確か、他国の女性隊員が入浴しに来たこともあり、その間は不用意に浴場に近づく者がないよう監視するための〝見張り要員〟が数名配置されていたことも思い出す（ちなみに、この時の日本隊には女性隊員がいなかったため、普段はそのような配慮は必要なかった）。

トイレは洋式で水洗の仮設タイプであり、紙詰まり防止のためトイレットペーパーは便器に流さず、便器の横に置かれているゴミ袋に捨てることが義務付けられていた。水流が弱く、排水システムにも難があったためであろう。

私はその習慣が身に付くまでに約1週間を要し、「便器で流しかけては慌てて素手ですくい上げる始末……」という失敗談もある。

それでも鉄帽や防弾チョッキを身に着けることもなく、ゆっくり用を足せることは有難かった。ハイチでは宿営地にロケット弾が飛んで来る心配は無用で、やはりそこがイラク派遣との最大の違いであったろう。

「任務以外の外出ができない」ことはイラクと同じでも、ハイチでは飲酒は許可されていて、そこもプラス面だったと思う。

洗濯は、数少ない洗濯機の空きを待つよりも、桶での手洗いでいつも済ませていた。ハイチは常夏の島であり、気温が高く湿度が低いので洗濯物はすぐに乾く。ただ、スコールのような突然の大雨には要注意であった。

ハイチ派遣部隊は国連のＰＫＯ部隊であり、MINUSTAH（国連ハイチ安定化ミッション）の一員という位置付けである。多国籍の軍隊が派遣部隊としてMINUSTAHに参加している中で、日本隊として特に交流が多かった相手は、宿営地が隣接しているペルー軍とブラジル軍、そして同じアジアから派遣されている韓国軍だったと思う。

韓国軍との交流の際には、私が話す拙い韓国語も少しは出番があったので嬉しいと思う一方、「やはり、拉致被害者の救出任務に携わりたい！」との意識を新たにしたものである。

ハイチでの私の主業務は、日本隊への来訪者が最初に立ち寄る「対外調整所」という場所での受付と対応であった。

主な来訪者は、他国軍人や宿営地に出入りする現地の業者、MINUSTAH本部のスタッフ他であり、日本や欧米諸国のマスコミ関係者に対応したことも何度かある。

この対外調整所は、MINUSTAH本部から日本隊に派遣されているハイチ人通訳役務５名（当初は男性４名、女性１名だったが、度々メンバーが変わった）と、日本隊が雇用しているハイチ人の車両運転手役務５名（全員男性）の詰所にもなっていて、監督役として彼らの勤務調整を担うのも私であった。

試練

通訳の5名は、全員が流暢な英語とフランス語を話した。ハイチ語も含めればトリリンガルなのだから素晴らしい。

通訳たちの主な役割は、工事等の活動を行う施設科部隊に同行し、活動現場でトラブル対処に当たることである。それ以外でも我々日本隊員とハイチ人との間で意思の疎通を必要とする、あらゆる場面で活躍してくれた。

彼らはハイチ人同士では当然ハイチ語で話したが、我々日本隊員とは英語でコミュニケーションを図っていた。さすがに日本語を解するハイチ人はおらず、ハイチ語を解する日本隊員も宿営地内にはいなかったからだ。故に共通語となる英語を介しての、ハイチ人通訳役務の存在が必要不可欠だった訳である。

車両運転手の5名については、雇用主が日本隊で給料も日本隊から支払われていたこともあってか、勤務態度は真面目で時間も厳守してくれていた。また、人柄も穏やかで愛嬌のある人が揃っていた。

一方、通訳の5名はMINUSTAHからの派遣要員であり、雇用主も日本隊ではなくMINUSTAHだった。そのためか、私から見て従順な人ばかりではなく、私は監督役として対処に悩むことが多かったのだ。

スマートでプライドが高く、「我々は日本隊から給料をもらっている訳ではない、日本隊が我々のボスではない！」という反発を度々受けたものである。

私の英語能力が彼らより格段に劣っていたことも、私が彼らの尊敬を得られなかった一因だったかもしれない。

「日本人よりも真面目！」と思える通訳が一人いたが、彼以外は〝気難しい個性派揃い〟と言えた。皆、当初は真面目に勤務してくれていたものの、慣れが生じるにつれて反発し始め、遅刻や欠勤を繰り返した通訳も一人や二人ではない。

ある朝、無断欠勤して姿を見せない通訳のL君に電話をすると、「申し訳ない、今すぐに出勤するよ！」との返事があった。ところが昼頃になっても彼は一向に現れない。再度電話をすると寝ぼけたような声で、「今何時だ？」とか言っている。

午後になって彼がようやく現れたかと思うと片足を引き摺っていて、「足をけがしたから今日は帰る……」と言って帰って行くのだが、しばらく見ていると普通に歩き出す……!?

今思えば笑い話だ。でも、その時は本当に腹が立ってしまった。それも海外派遣任務特有のストレスの所為だったのだろうか……。

後日、彼を質すと、「あの日は日本隊の活動がない日だったから出勤する必要もなかったはずだ。

日本隊が活動をやってこそ通訳の出番がある。日本隊は活動をしない日が多過ぎる。一体、ハイチに何をしに来ているのか?」と、逆に反論されてしまう始末……。しかし、彼の言うことにも一理あった。

派遣期間が半年以上と長きにわたり、また様々な制約も存在するため、派遣部隊として、常時継続して復旧活動を行えていた訳ではなく、活動の実施が少なくなってしまった時期もあったのだ。特にその時期の日本隊は宿営地外で復旧活動を行う日が少なく、持て余した時間を使って宿営地内の補修に明け暮れることも多かったのである。現地のニーズと、日本隊が手掛けたい作業との間に乖離があったのかもしれない。

少し前述したが、通訳役務の主な役割は「日本隊が宿営地外で行う工事等の活動に同行し、その土地の関係者や近隣の住民たちと必要な調整をしたり、寄せられる苦情等に対応して無用なトラブルを避けること」である。

従って、「日本隊が宿営地外で活動しなければ通訳たちの出番もなくなり、出勤しても対外調整所で待機するだけ……」となる。

決して日本隊が、宿営地外で行う活動を選り好みばかりしていた訳ではないと思うのだが……。

そんなある日、通訳のA君から「子供が熱を出したが給料日前なので薬代が足りない。少しお金を貸してくれないか?」と頼まれてお金を貸したことがある。しかし、給料日が過ぎても返す気配がない。

返金を催促すると、「家に泥棒が入ってお金を盗まれたから返せない、申し訳ない……」との答えであった。

彼の言葉が真実であるかどうかを確認する術は、私にはなかった。任務以外での外出ができない上、日本で生活している時とは様々が大きく違うからである（A君も気にしていたらしく、私の帰国直前に、そのお金を私に返そうとしてくれたため疑いは解けた。だが、それまでの間、私の中では様々な葛藤が続いていた）。

また、役務通訳同士の間でもお金の貸し借りでトラブルがあり、その仲介役を私が頼まれたりして頭が痛かった。

役務の誰であれ、メールの返信が日本人ほど早く来ないのは想定内だったが、翌朝からの任務に関する連絡に返信が来ないことも多く、監督者としては文句を言わざるを得なかった。

活動に同行する通訳の到着が遅れれば、日本隊の出発も遅れて作業に支障を来してしまうのだ。

もっとも、翌日の任務予定を前日の夜になって変更することも少なくなかった日本隊側にも原因があり、通訳たちばかりの責任とも言えなかったが……。

まあ、そんな両者の板挟みとなり、私のストレスも徐々に高まっていった訳である。

これも前述したが、派遣前訓練で現地人役務に扮した自衛官が遅刻や無断欠勤、金の無心等々、現地で私が役務を相手に経験するであろう様々なケースを状況現示し、私に疑似体験をさせてくれた。だがその時は、あまり緊迫感を感じることができず、私のイメージアップも不十分なままであった。実際にハイチに来て、現地人役務のメンバーを監督する立場になってみて初めて、「派遣前訓練がまんざらでもなかった」ことに気付いたが、〝時すでに遅し……〟である。

しかも実状況は訓練以上に複雑で、役務たちのインパクトも訓練時の〝もどき〟より数十倍は強烈なのだ！

5名の中で特に能力の高いO君という通訳がいた。施設隊の活動現場でもよく働き、隊員たちの評価も極めて高い優秀な通訳であった。当初は私とも仲がよく、身の上話も含め、彼とは色々な話をしたものである。

向学心旺盛な彼が「大学に通学したい！」と言っていたため、「仕事の方はある程度融通できると思うから、是非大学に通うべきだ！」と、私は助言した。

（31普連と空挺団での数年間、夜学に通学させて頂いた私としては、「その恩返しをする機会が巡って来た！」との個人的な思いが勝ってしまっていたのも確かである）

やがて彼は大学通学を始めたが、それを境に彼の勤務態度が急に変わってしまったように私には思えた。

O君の通学を応援したい気持ちは山々だったが、勤務時間中は仕事を優先してもらわなければならず、他の通訳たちとの兼ね合いも考えねばならない。O君と私との間に行き違いが生じ、その溝は深まっていった。

ここでコミュニケーションをしっかり取るべきであったが、それが不十分で事態の悪化を招いたのは、監督者である私の落ち度である。

そしてある日、明らかに故意に遅刻していながら開き直る態度を取ったO君を、私は対外調整所から追い出してしまった。

数日後、MINUSTAH本部でハイチ人通訳のスーパーバイザーをされている方が私を訪ねて来られ、「O君が貴方に対して不遜な態度を取ったことを反省している。だからO君を再び受け入れてもらえないだろうか？」そう言って下さったのだが……。

しかし、私はその申し出を断った。「O君を再び受け入れても同じことが繰り返されるだけだ」そう思ったからである。

MINUSTAHのスーパーバイザーは驚き、呆れ果てて帰ってしまった。

O君が日本隊の通訳からブラジル隊の通訳へと移籍したのはその直後である。

「MINUSTAHの通訳」という立場に変わりはなく、O君は職を失った訳でもない。でも、だからと言って私のとった判断と行動を正当化できるかと言えば絶対にできなかった。

数日経過して冷静になった私は、「俺は何ということをしてしまったのだろう……」と、激しく後悔した。感情に任せてO君を追い出したことも失敗だが、反省して謝りに来た相手を受け入れなかったことは、さらなる失敗である。

私に会社社長の経歴などあるはずもなく、誰かを〝クビ〟にした経験も当然初めてで、凄まじい後味の悪さと自責の念に苛まれ始めた。

O君は、MINUSTAH内を移籍したに過ぎない。実は、そのような移籍はMINUSTAHの通訳たちには珍しくない話で、「O君に、他国軍に移籍してもらうことが問題の解決策になる」そう思っていた節はある。しかし、〝あからさまな喧嘩別れ〟というプロセスは最悪だった。

O君と仲のよい通訳のL君からは、「おいIIZUKA、よくも俺の友人のO君をクビにしやがったな！お前は黒人が嫌いなだけなんだろう、この人種差別主義野郎！」という強烈なバッシングも受けた。

仲直りとまではいかずとも、「日本に帰る前にO君との関係を修復しなければハイチを去れない……」そうは思うものの、手段がなかなか見つからない。

「大学の勉強のためにパソコンがほしいなぁ……」以前、そうつぶやいていたO君の言葉を思い出し、クリスマスの時期でもあったので、私はブラジル隊に彼を訪ねてパソコンを贈った。

ハイチに派遣された自衛官の行動として、それが是か非かは分からなかったが、「優秀なO君がパソコンを使って勉学に励めば、ハイチの復興にも大いに役立つはずだ！」との思いもあり、その期待も込めてのプレゼントであることを、添えた手紙に書いて渡した。

「パソコンを妻に見せたら目を丸くして驚き、一緒に喜んでくれたよ！」O君が私にそう報告に来てくれたのは、3日経ってからだったろうか……。

O君の奥さんとは一度お会いしたことがあるが、とても穏やかで気品のある方だ。O君の奥さんとご家族に対しても、「申し訳ない」という気持ちがむしろ深まったことを思い出す。

派遣当初の私は、通訳の誰かが遅刻して来ようが無断欠勤しようが、大して気にはしなかった。だが、「対外調整所で通訳たちが遊んでしまっている。もっと彼らの能力を活用するべきだ！」と、言い始める幹部が日本隊の中で増え始め、監督役である私に「通訳たちにあれもやらせるべきだ、これもやらせるべきだ！」という圧力がかかってくるようになった。やがて私も影響され、当初の自分のスタンスを変えてしまった経緯がある。

私が〝緩衝材〟としての役割を上手に演じ、のらりくらりとやり過ごせていれば済んだ話だ。そこがポイントだったと思う。

通訳の皆が待機ばかりしていた原因は、実は日本隊の活動実施が意外に少ないことにあって通訳側に責任はなかったのだが、「優秀な通訳を、ただ待機だけさせていては勿体ない！」という日本人的な発想がどうしても出張ってしまい、それがトラブルの発端となった。

ハイチの復興支援をするために派遣されているはずが、きっとどこかで履き違え、自分本位、日本隊本位の感覚に陥っていた気がする。

「日本隊が活動を行わない日でも通訳の皆は時間通りに出勤し、ここで待機することが仕事だと思う！」私はそう主張し、通訳の皆を説得しようと試みたものの同意は得られず、却って反発を受けるだけであった。

（「ハイチでの私の役職に、もし女性自衛官が就いていたなら、通訳たちもきっと従順であったに違いない……」と、私は今にして思う。そうであれば彼らにも遠慮が生まれたろうし、活動がない日でも喜んで出勤して来たのではないだろうか？　あいにく、この時の日本隊には女性が一人もいなかった。イラクの時には女性も何名か含まれていて、その違いも大きかったのである）

「通訳役務に対する勤務の評価」をMINUSTAH本部から任されていたのも監督者である私であったが、それも〝悩みの種〟となっていた。

昇任や昇給の査定にも影響するらしく、彼らにとっては大変重要なところであり、私も「できる限りよい評価をしたいのは山々……」だった。

だが、MINUSTAH本部に提出する彼らの勤務記録には、「遅刻の有無」や「無断欠勤の有無」等の厳正なチェック項目があったのだ。そこでよい評価を記入してほしいのであれば、無断欠勤をせず、あまり遅刻もせず、勤務時間中は〝そこそこ真面目に〟日本隊のリクエストに応えてもらう必要もあったと思う。

E君という、日本人以上に真面目で、終始一貫して誠実な通訳がいたかと思えば、遅刻や欠勤を繰り返していながら悪態をつく者もいた。その両者間には自ずと評価に差をつけざるを得なかったのだが、それに関しても、一問着も二問着もあったのだった。

ただ、私と通訳たちとは喧嘩ばかりしていた訳でもない。鮮やかな（？）共同連携が何度かあったことも記しておきたい。

O君が大学通学を始めた頃、「対外調整所にインターネットの設備がある方がよい。何とかならないか？」と持ちかけてきた。私から日本隊の通信幹部に相談すると素早く対応して下さり、通信科の隊員たちが調整所までケーブルを延ばしてインターネット環境を早速整えてくれた。

パソコンは日本隊にも予備がなく、O君がMINUSTAH本部から借りて来たことでインターネットが無事に開通し、皆で喜んだものである。

また別の話だが、歌の上手な、中学生くらいの娘さんを持つN君という子煩悩な通訳がいて、ある日彼から『日本隊のBBQパーティーの際、娘に歌う機会を作ってもらえないか？」と、依頼されたことがある。受けた私は隊本部に働きかけ、その実現に成功した。

N君の娘さんは、日本隊全員の前で見事な歌唱力を披露し、隊員たちも大喜びで大盛況のパーティーとなったのである。

この時はN君から大いに感謝されたが、「娘を日本で歌手にしたい、何とかならないか⁉」という具合に希望と要求がすぐにエスカレートし、「さすがにそれは自分には無理だ！」と断る他はなかった。

でも、娘さんを思うN君の親心は十分理解できたし、それは国が変わっても同じであった。悩み多きハイチ派遣の中にあって、これらは私にとっての大切な思い出である。

ハイチ派遣の期間は短い者でも6ヶ月以上、長い者は7ヶ月近くに及び、イラクの4ヶ月弱と比べて、とても長く感じられた。

そして、イラクの派遣期間を越えた後半2ヶ月余りの間に様々なトラブルが生起した。隊員同士の仲たがいであったり、市内での任務中に装備品（車載の燃料携行缶）の盗難に遭ったり、私のように現地人通訳と喧嘩したり……。

海外派遣任務での集中力の持続や、閉ざされた空間での良好な人間関係の維持は、4ヶ月を超えると急激に難しくなるのかもしれない。

通訳役務と私の仲も、当初の4ヶ月目までは良好だったが、それを過ぎた頃から急に険悪になり始めたように思う。時間の経過とともに相互に遠慮がなくなり、エゴが剝き出しになってしまったのだろうか？

やはり同じタイミングで、日本隊内部のあちこちで険悪な雰囲気が漂い始め、私が所属していた第2科内でも不協和音が生じていた。私が科内のムードメーカーとして機能していなかったことも大きな原因である。

皆が苦しくなってきた時こそ、〝海外経験が豊富なベテラン隊員の腕の見せどころ〟であったはずが、私自身が通訳役務たちとのやり取りで消耗し、科内の潤滑油としての役割を全く果たせていなかったのだ。力不足、人間力不足である。

ハイチ派遣中、「戦力回復」と呼ばれる5日間の旅行休暇を各人1回取得でき、行き先は「マイアミ」「カリブクルーズ」「ドミニカ共和国」の三つの中から選べた。

私はカリブクルーズを選び、「旅行で気分転換を図れる！」と期待していたが、全くダメだった。旅行後を考えると憂鬱で憂鬱で仕方なく、楽しんだ思い出はない。

そのとばっちりで、船内で同室だった先輩にも若干の悪態をついてしまっていた。今、そのことを本当に申し訳なく思っている。

腐っても自衛隊

それでも日本隊のトラブルは、いずれも日本隊内部の問題に限定されていたことがまだしもの救いであった。これは日本隊が「任務以外で宿営地から外出することを禁じていた」ことの成果でもある。日本隊以外では韓国軍も隊員の外出を禁じていた。

「日本隊と韓国隊のように外出を禁じている部隊は規律正しく、信頼できる！」というハイチ市民の評判があることを、私は役務の皆から何度も聞いていた。そして、〝隊員にとって何よりも励みになるその情報〟を、日本隊全体に積極的に伝播させた。

隊員のストレスが高じてきた派遣の後半時期に、「これ以上ストレスを溜めないために、日本隊も外出を許可すべき！」と主張する幹部もいたが、私はそれをしなくて正解だったと思っている。外出をフリーにしていた国の場合、隊員が「現地人女性に対する暴行事件」を起こしたり、「ハイチ国内に伝染病を蔓延させた」として訴えられる等の悪しきケースが目立ってしまっていたからである。

一方私は、「服用を義務付けられているマラリア予防薬『M錠』の服用を任意にすべき！」と訴えたが、こちらも却下された。

ハイチでの任務を厳しいものにした要因の一つにM錠という、マラリア予防薬の長期服用があったと私は思っている。

ハイチはマラリア発生地域であり、日本隊でも予防薬の服用が義務付けられていた（他国の派遣部隊も同じであったらしい）。

M錠は副作用の強い飲み薬であり、説明書には「精神神経障害が発現することがあるので服用中の車両の運転や機械の操作は当面避けるべき」との注意書きがある。

また、「服用中と服用後、当分の間の妊娠も避けるべき」との説明も受けた（医官に確認したところ、「男女双方ともに注意するべき」ということであった）。

さらに注意書きでは、「服用期間は原則として12週間」とされているが、ハイチの派遣期間はその2倍の6ヶ月を優に超える。

説明書の注意書きを読んだ限りで判断するならば、隊員が被るかもしれない薬害については、特に考慮されていないか無視されているように思えた。

M錠は週に1回1錠を飲む薬で、毎週月曜日が〝その日〟に指定されており、朝礼時、持参のペットボトルの水とともに全員一斉に服用することが、ハイチの日本隊では統制で行われていた。

M錠がどうしても体質に合わない隊員は医官と相談の上、『B錠』という薬を代用できたが、これは性病の治療薬でもあり、やはり強い副作用があるらしい。

私は医官に「M錠の服用を拒否したい」と申し出たところ、それならと、B錠を渡された。そして、B錠が毎日服用するタイプの薬であるため、毎朝医務室に行き、衛生隊員が見ている前で服用することを義務付けられてしまった。

仕方なく指示通りにしたが、飲み込むフリだけして、医務室を出てから薬を吐き出し捨てていたのが実際のところである。

薬に頼らない分、私は暑くても上着の袖を捲らず皮膚の露出を少なくし、蚊が嫌う柑橘系の虫除け軟膏を肌に塗布し、十分な睡眠時間を確保することで体調管理と病気の予防に努めていた。

ハイチでは何度か蚊に刺され、当初は患部がゴルフボール大に腫れ上がることもあったが、結果として私はマラリアに罹患しなかっただけでなく、７ヶ月近い派遣期間を通じて体調不良に陥ることも、一度としてなかった。

「マラリアに罹患すること以上に、その予防薬の副作用が神経や体に与える悪影響の方がより危険である」との研究結果もあるようだ。

そのため最近では、社員の海外赴任先がマラリア発生地域であっても予防薬の服用を回避させている企業も多いと聞く。

自衛隊の海外派遣も場所により、銃と実弾を携行して宿営地外の任務に赴くことがある。「M錠のように、特に神経に対する副作用の強い薬の服用と隊員の健康管理、そして任務遂行という諸要素の整合をいかに適切に行うか」ということも、今後の自衛隊の海外派遣における重要な課題となろう。

薬に対する素人考えを随分記してしまったが、実は日本隊員の最大のフラストレーションは、「宿営地外で行う活動が意外に少なく、折角の腕の見せどころと被災地ハイチに対する貢献度が期待していたよりも少なかった」ことではなかったかと私は思う。

また、各国軍ごとの任務分担があったとは言え、宿営地外での日本隊の活動が施設作業と情報収集活動だけにほぼ限定され、自力での警備ができなかったことも〝不完全燃焼〟を招いた大きな要因だったかもしれない。

派遣国によって役割が異なり、日本隊は道路補修等、復旧のための施設活動を任務とし、その活動中の警備は他国軍に頼ることが常であった。

だが、「日本隊が自ら行って然るべき警備任務でさえも他国軍に頼り過ぎている！」という批判が日本隊内外に存在していたのである。

これに関しては、日本隊の警備を任された他国軍からも、確かに不満が聞こえてきた。国ごとの任務分担に関するMINUSTAHの詳しい規則は分からないが、「日本隊は後方支援業務に偏り過ぎている」との風評が立っていたのは事実である。

これはハイチ派遣に限ったことではなく、私が参加した四度の海外派遣全てに共通する問題と言えた。「危険な任務を他国軍に押し付け、安全な作業しかやらない日本隊は同盟軍ではなくてゲスト（お客さん）だ！」という手厳しい批判さえ耳にしたことがある。

ワールドスタンダードとダブルスタンダード

どの国も、その地域に危険があり、場合によっては戦闘に巻き込まれる恐れがあるからこそ軍隊を派遣している。

一方、日本の場合は「その地域に危険がなく、戦闘地域では絶対にない！」との前提で自衛隊を派遣している。

部隊派遣の基準も認識も他国と日本とでは真逆であり、その矛盾は、派遣された隊員の現地における努力と工夫だけでは解消できない代物であった。

ところで「戦闘地域」の定義とは、一体何であろうか？

実は、日本国内にも「戦闘地域」は存在する。北朝鮮の軍部工作員が跋扈し、平和な暮らしを営んでいる日本国民を武力で拉致する現場は、紛れもない〝戦闘地域〟であり、〝戦場〟とも言える。抵抗の余地がなく、あまりに一方的なケースであるだけに、自衛隊の海外派遣先で起きる諸々よりも遥かに深刻であるはずだ。それに対する問題意識と対策はどうなっているのだろう？

ともあれ、日本の国内法も自衛隊法も、自衛隊が海外で他国軍と共同任務を遂行することにはあまり適合しておらず、その制約の下に海外派遣に赴いた我々は、「日本独自のローカルルールと世界標準ルールとの、ダブルスタンダードの狭間で翻弄されていた……」というのが実感である。

そんな中にあっても、我々第5次ハイチ派遣国際救援隊は復興支援任務を淡々と果たし、現地の方々に対する人身事故も全く起こさず、派遣隊員全員が無事に日本に帰国した。

内輪で多少のイザコザはあった。だが、東日本大震災の災害派遣に引き続いての派遣参加者が多く、しかも期間が半年以上の長きにわたったことを考えれば上出来だったのかもしれない。

私個人としては、悔いのみが残る海外派遣任務となってしまった。イラク派遣終了時には達成感や充実感をある程度感じることができたが、ハイチ派遣では、それは露ほどもなかった。

イラクの時は「北朝鮮に行く前のウォーミングアップだ！」という決意と覚悟を持っていた。対してハイチの時は、「東日本大震災の復興支援もせずに外国に派遣に行っている場合だろうか？」という迷いを持ったまま現地に赴いた。その意識の違いも結果に大きく表れてしまったと思う。

どう反省しても、米留2回、イラクの経験者、そして国際教で学生長を務めた者としては、お粗末極まりない結果である。

後悔だけを残して帰国の日を迎えた。ポルトープランス空港からの帰路、チャーター便の日本航空機に搭乗した時に、「ハイチでの派遣任務、本当にお疲れ様でした。この飛行機の中はもう日本です、ご安心下さい！」という機長のアナウンスがあったが、自分にとっての安全地帯など、どこにもないかのように思えた。

空挺レンジャー修了時に感じた挫折感や無力感を遥かに上回る自己嫌悪と自己否定の思いに苛まれ、奈落の底に落ちていた。

乗機が福岡空港に着陸し、約7ヶ月ぶりに日本の土を踏んでも嬉しいとも思えない。だが原隊に戻った時、こんな私に対しても仲間たちは労いの言葉をかけてくれた。

隊長から、「色々あったと思うが、それらも含めて全てよかったんだ、よい経験になったんだ！」そう言って頂き、かなり気持ちが楽になったことを覚えている。指揮官が発する言葉の力と重みを改めて感じた。

自分では、「経験豊富なベテランのつもり」になりかかっていたが、その思い上がりはハイチで完膚なきまでに叩きのめされた。自衛官として、また一から修行のやり直しである。

半年以上も海外派遣に行っていると代休が数十日分たまり、帰国直後はその消化期間として1ヶ月程度のまとまった休暇を取得できる。私はこの間に気持ちのリセットを図った。

先ず、東日本大震災の被災地を訪れた。震災から丁度1年が経過した時期であり、街は大分落ち着いてはいたものの、大被害の爪痕や影響もまだまだ感じられる……。

宿泊したホテルの利用者の多くが、復興のための建設業関係者であったこともその一つだ。

日本での現実に引き戻され、「ハイチでの失敗を何時までも引き摺ってはいられない、自衛官として次なる災害や様々な国難に備えなくては！」と、気持ちが自然に引き締まったことを思い出す。

そして、拉致問題に関するニュースを目にする都度、意識がそちらにも移っていった。

「ハイチ派遣中、拉致問題に関してどんな変化があったのか？」について、様々なメディアを通じて調べてみたが、相変わらず進展はない。

休暇終了後、私は情報科隊員を対象とする部内の教育に参加していた。そして、そこで課題として付与された自由研究のテーマを「拉致被害者を救出するための情報収集活動」とした。

拉致問題の解決を目指す方々の集会に参加して得られた情報や、拉致被害者のご家族、そして北朝鮮問題を研究している専門家の方々から伺ったお話を基に、「北朝鮮の軍部工作員による日本国民の拉致は安全保障上の問題であり、直接侵略であることは明白である。侵略から国民を守ることを主任務とする我々自衛官には拉致被害者を救出する責務があり、我々情報科の隊員は、そのための情報収集に尽力すべきである。例えば……」という内容の発表をした。

私の発表後、教官のお一人から、「それは特殊作戦群の任務だ」という発言があったことを覚えている（※特殊作戦群とは、対テロを主任務とする陸上自衛隊で唯一の特殊部隊のことである）。

しかし、どれ程優秀な特殊部隊を編成したとしても、1個部隊だけで北朝鮮から拉致被害者全員を取り返せるものだろうか？　では、特殊作戦群が任務を遂行するために必要な情報は誰が獲得するのか？　その役割を担うために情報科が新たに職種化され、情報科部隊が新編され、情報科隊員である我々が存在しているのではないのか？

情報科隊員とは何者なのか。新聞記事を切り抜いてコピーしたり、公開情報の翻訳をすることが本分ではないはずだ。また、海外派遣に赴き、中途半端な外国語で他国軍人や現地の方々とヘラヘラ会話し、仲よくしたり喧嘩したりするのが情報科隊員……という訳でも決してない。別に自虐ではないが……。

私の発表に対する教官のその反応が、とても残念であった。そして、さらに残念だったのは、それがその教官お一人だけの意見ではなかったことである。

（この頃、日比谷公会堂で開催された「全ての拉致被害者を救出するぞ！国民大集会」に私は参加した。当時の野田佳彦首相と次期総理となる安倍晋三元首相も参加されていて、それはつまり、〝陸海空自衛隊の現最高指揮官と次期最高指揮官の揃い踏み〟を意味していた。

その様子を目にし、「遠からず、自衛隊にもこの問題に関する何らかの任務付与があるに違いない！」との確信を私は持った。だが不思議なことに、待てど暮らせど、少なくとも私が知る限り、それは未だ実現に至っていない）

第8章　ジブチ派遣任務

海自との共同任務

そうこうするうちに、次なる海外派遣任務がやってきた。派遣先はアフリカのジブチ。ソマリア沖の海賊対処任務を有する海自との合同派遣であり、我々陸自隊員側の任務は基地警備と基地管理に係る諸役である。

平成24（２０１２）年12月中旬、かつて旧日本海軍の特攻基地であった海上自衛隊鹿屋航空基地で派遣前教育が行われ、海陸の派遣要員が一堂に会した。

イラクやハイチの派遣前訓練が、現地を模した陸自の演習場で何度となく行われてきたのに対し、この時は「座学と室内での意見交換、そして懇親会での飲みニュケーション……」という4日程度のスケジュールのみであり、野外での訓練は皆無であった。

だが、次に皆が顔を合わせるのは派遣本番であり、この数日間は大変重要な位置付けであったと言える。

ハイチから帰国してまだ1年も経過していない平成25（２０１３）年1月下旬、第12次ソマリア派遣海賊対処行動航空隊（略して派行隊）主力の一員として、私は鹿児島空港からアフリカのジブチに向けて出国した。

図らずも、バレンタインデーは2年連続で海外派遣中に迎えることとなる。だからどうだという訳でもないのだが……。

この時の服装は、ブーツだけでなく迷彩服も砂漠地域仕様のデザートパターンだった。私がそのタイプの迷彩服を着用したのは、長い自衛隊生活の中でもジブチ派遣任務の時だけである。

搭乗したのは全日空のチャーター便であり、イラク派遣時と同じバンコクを経由地とした。しかし、この時は空港での滞在はラウンジ内のみで、イラクの時のように空港内のタイ式マッサージ店をハシゴすることはできなかった。とは言え、サンドウィッチが美味でソファーは心地よく、ラウンジでの待機もなかなか快適だったと思う。

ジブチ空港に到着すると、主力である我々より約1ヶ月早く現地入りしていた先遣隊のメンバーが迎えに来てくれている。彼らの表情から、ジブチでの任務も生活も順調であることが窺え、到着したばかりの我々も安心感を得られた。

日本隊基地はジブチ空港から車で10分程の位置にあり、街の様子を満足に見学する暇もないままに到着してしまった。

〝自衛隊初の本格的海外拠点〟との評判通り、イラクやハイチの宿営地に比べてどの施設もしっかりしている。到着した我々の目に映ったのはコンテナハウスや天幕ではなく、れっきとした建物群であった。

ジブチ派遣は海自と陸自との共同任務であるが、海賊対処のＰ３－Ｃ対潜哨戒機と護衛艦を擁する海自が中心的存在であり、日本隊基地の司令も通常、海自の1佐（海軍大佐に相当）が担う。

一方、ジブチにおける陸自の最大の任務は基地警備である。そして、派遣隊を運営するために必要な諸々の業務を担う諸機能については海陸合同で組織が編成され、各々の要員がほぼ半々ずつであったろうか。

医務室には医官と理学療法士が配置され、正に確たる海外拠点と言えた。同時に、P－3Cの飛行場と格納庫も有する、堂々たる航空基地でもある。

生活に関してだが、居室は仕切りで個室仕様になっており、イラクの5人部屋、ハイチの3人部屋とは大きく異なっていた。全ての室内のエアコンは常時稼働し、「世界で最も暑い国」と言われ、夏季には気温が50度を超すジブチでも生活環境は快適そのものだった。

風呂は「野外入浴セット」ではなく、屋内に銭湯さながらの立派な風呂場があり、別にシャワールームも併設されている。

トイレも仮設ではなく建物内に設置されたもので、役務の方々が毎日清掃して下さるため清潔感もある。勿論水洗式で、トイレットペーパーは普通に便器に流して問題なかった。

洗濯室には全自動で乾燥まで可能なドラム式洗濯機が10台はあり、いつでも待ち時間なしで使用可能な状態だ。

そして何と言っても食事である。メニューも海自式なので毎週金曜日の昼食はカレーと決まっていたが、これが本当においしくて毎週の楽しみになっていた。カレーに限らず、どのメニューも美味で、他の派遣と違いレトルトの携行食を定期的に渡されることもない。

任務で基地外に出ている時を除けば、「毎日毎食、食堂で温かい食事を喫食できる上、食後においしいコーヒーも飲める！」という充実ぶりだ。

また、基地の設備や食事以外でもジブチがイラクやハイチと決定的に違う点があった。それは〝課業外の私的な外出が可能なこと〟である。ジブチがそれ程に治安もよく、安全であることを意味していた。

単身でジブチ市内に住む日本人女性もいる程なのだから、自衛官が外出したとしても何ら問題がない訳である。

そんな中で私は、やはりジブチでも情報要員として、「日本隊の任務や基地での生活の安全確保に役立つ情報収集活動の実施」を任務としていた。

毎朝起床後、先ずは情報システムにつながっているパソコンで新着メールや新着情報を確認し、「派遣部隊に何らかの影響を及ぼす」と思しき情報（特にテロや治安に関するもの）があれば直ちに上官に報告することが、日々の最初の仕事であった。

その作業が丁度終わる頃、ジブチでは連続テレビ小説『あまちゃん』の海外向け放送を視聴でき、毎朝『あまちゃん』を見ることも、ジブチでの私のルーティンであると同時に〝癒し〟にもなっていたと思う。

日中は市内を車両で見回るとともに現地の警察や役場等を訪問し、市内での異状の有無、特に事件や事故、デモ等に関する情報があれば伺い、基地に戻ってその結果を報告するという毎日だった。

また、ジブチに部隊を派遣している各国軍隊員との会同に参加し、相互に情報交換をしてもいた。〝接待〟のようではあるが、現地の方々とも他国軍の隊員たちとも親交を深めるべく市内のレストランで会食したり、お互いの基地に行き来して顔馴染みとなるべく努めてもいた。

情報業務に携わる者同士の人間関係の構築とその維持が、任務を遂行するための〝生命線〟であると認識していたからだ。

でもジブチは平穏なので、お互いの任務や基地での生活に危険が及ぶような内容の情報を交換することは稀であり、「今ある最大の難題は、キッチンに現れる巨大なコックローチだよ！」などという会話をして、一緒にニヤニヤしていただけの日も少なくない。

情報関係者は、どの国の方々もスマートで良識のある方ばかりであり、交流は楽しく有意義であった。特に親交が深まった方々とは、相互のメンバーが任期を終えて帰国する際、名前入りの記念プレートを作成してプレゼントし合う間柄にまでなっていた。

忙中閑あり

自衛隊宿営地の近くにキャンプ・レモニエという、無人偵察機やF－16戦闘機を配備する巨大な米軍基地があり、海軍の特殊部隊「シールズ」がそこに待機しているとの噂も聞いたことがある。私も含め、多くの日本隊員が仕事だけでなく買い物のためにもレモニエ基地に出入りをしていた。アメリカ本土や在日米軍の基地同様、ここにも立派なPXがあり、生活必需品から娯楽用品まで必要な物は大抵調達できたからである。

この基地では英会話の集い等、米軍人と他国軍人が交流する様々な機会も設けられていて、日本隊員も多くが積極的に参加し交流を深めていた。また、米軍のイベントに多くの日本隊員を招待して頂き、ロブスターやステーキをご馳走になったこともある。

同基地には広いグラウンドが何面もあり、各国対抗リーグ戦方式のソフトボール大会が米軍主催で開催され、日本隊も参戦した。私もそのうちの1試合にだけ出場したことがある。活躍はしなかったが……。

一方、我々日本隊も米軍人たちを基地に招いて剣道、柔道、合気道、銃剣道の日米合同稽古を行ったり、BBQや腕相撲大会を催して大いに盛り上った楽しい思い出がある。

日本隊にも警備要員の空挺隊員等、屈強な隊員が多くいて、腕相撲では白熱の好勝負が繰り広げられていたものだ。

他国軍もそうであったのかもしれないが、日本隊も軍人同士だけではなく、ジブチ市民とも積極的に交流を図った。

日本隊の場合、日本を紹介する内容も含む友好的なイベントを市内で開催したり、日本隊基地に現地の方々をお呼びしてジブチ民芸品の展示販売会を開催する等、好評を博していたのである。

陸自幹部にトランペットの名手がいらして、イベントでジブチの国歌を見事に演奏され、多くのジブチ市民の喝采を浴びていたことも強く印象に残っている。

市内で行われたハーフマラソン大会にも多くの日本隊員が参加し、現地のランナーたちと一緒に汗を流した。この時、苦しそうに走る一人の日本隊員の後方を、たまたま私が市内巡察帰りの車両で走行していた際の逸話なのだが……。

ジブチ市民の皆さんが「彼は辛そうで可哀そうだから車に乗せてあげたらどうか?」という思いを、指を目尻に当てる（涙を流していることを表す）所作で運転している私に伝えてくれた。ご老人から小さな子供までの皆さんが、同じ所作で私の目を見て訴えてくれたのだ。ジブチ市民の優しさを肌で感じた思い出である。

ただ、競技を続けるか棄権するかは本人の意思であり、敢えてこちらからタオルを投げることはせずにその隊員の走りを見守った。「ジブチ市民の皆さんからすれば、私は冷酷な人間に見えたのかもしれない」そう思うと、少し寂しい気もする。

日本隊基地内では、売店にも食堂にも、そして建物内の清掃係としても多くの現地の方々が役務として勤務されており、どの方も気さくで朗らかで真面目で優しく、そして何よりも平和主義的であった。

ある日、売店勤務のジブチ女性と話をしていて宗教の話題になったことがある。「ジブチはイスラム教国だが、左程厳格ではない……」という印象を持っていた私は、不躾ながら次の質問をした。「どの宗教にも過激派やテロリストの存在があると思いますが、イスラムテロリストと呼ばれる存在を、どう考えていますか？」

それに対して彼女は、「真のイスラム教徒はテロなど行いません。テロを行う者をイスラム教徒とは思わないで下さい。それは単にテロリストです。イスラム教徒とテロリストとは全く別の存在であり、相容れないものです」そう答えてくれた。

このような役務の方々との日々の交流も、とても有意義で大切な思い出である。

ジブチでも通訳役務が3名程いて、やはり中には強烈なキャラクターの持ち主もいた。しかしジブチでは、ハイチでの私が置かれていたような、「特定の日本隊員が通訳全員の監督役を担う」というシステムではなかったと思う。

任務の都度、異なる日本隊員が入れ替わりで彼らの監督役となったため、人間関係の摩擦もある程度分散されてエスカレートを回避できていた印象がある（私の認識違いかもしれないが、ハイチで通訳役務を相手に散々苦労をした私には、そのように感じられた）。

ジブチ派遣中、比較的穏やかに毎日を過ごせた大きな要因として、先ずは「治安のよさ」が挙げられる。

隣国のソマリアでは海賊の活動もテロ・グループの活動も存在していたが、それがジブチにまで波及することも、派遣中の我々の任務や生活に特段の影響を及ぼすこともなかった。

車両による市内の見回り中、学生を中心とする市民たちのデモに遭遇したことは2、3度あり、デモ鎮圧部隊による催涙弾の使用をその時に目撃したが、死傷者はいなかったと思う。

派遣期間中、「外出した日本隊員がトラブルに巻き込まれたり、逆にトラブルを起こしたり……」という話も聞いたことがない。

米軍のレモニエ基地の警戒レベルが上がると自衛隊もそれを参考とし、市内への隊員の外出が禁止されたことはあるものの、派遣期間を通じて外出禁止となった日数は合計でも十数日程度で、そこからもジブチ市内の治安のよさが窺えた。

ジブチ派遣は基地の生活環境もよく、現地の方々や他国軍との交流も盛んで楽しく、「戦力回復」と呼ばれる、ホテルに一泊する休暇が二度もあり、基地内外での飲酒も可能、任務以外での私的外出も可能と、「私が経験した海外派遣任務の中では最も過ごしやすく、安全の度合いも高い」と感じられた派遣である。

勿論、防弾チョッキや鉄帽を平素より身に着ける必要もなかった（警衛隊は別であるが……）。

そして、同じ自衛隊でありながら任務も文化も異なる海陸の共同任務であったことも、私には新鮮で楽しいと思える要素だった。よい意味での海陸相互の遠慮やライバル心、そして協調心がバランスよく作用していたのではないだろうか……。

「海自と陸自の任務の相互理解も必要！」ということで、陸自の隊員も一度はＰ３－Ｃに搭乗し、実任務での哨戒活動の様子を研修させて頂く機会があった。

海上を航行する多くの船舶の中から海賊船らしき存在を上空から識別し、記録することの難しさが〝手に汗握るように〟感じられたことを覚えている。

そして、７、８時間にも及ぶ機内での任務中、極力便意を催さないよう水分摂取を控える機内クルーの様子を拝見し、イラクで警護任務に就いていた時のことを私は思い出していた。

「中東の砂漠地帯とアデン湾上空との違いはあれ、任務の違いもあれ、陸自と海自の差もあるが、海外派遣任務の苦労には妙な共通点があるなぁ……」そう思ったのである。

逆に海自の隊員も、基地警備を担う警衛隊をはじめ、陸自隊員の仕事ぶりを常日頃から見て理解も協力もしてくれていたと思う。

ジブチ派遣の特徴として、比較的、時間に余裕を持てていたことも挙げられる。

イラクでもハイチでも、夕食後、翌日の任務に関するミーティングに召集されて拘束される時間が長かったが、ジブチでは、少なくとも私の立場ではそれが殆どなかったのだ。

どの海外派遣任務でも情報の多くが英語で入ってくる特性があり、私のような情報要員の端くれでさえ、課業外の多くの時間を英文資料のチェックに充てていたものである。

ジブチ派遣もそうだった。でもイラクやハイチに比べれば、その作業にも余裕を持って取り組めていたように思う。

速度は遅くともインターネットに接続可能なパソコンの台数も多く、やはり時間の制限があるとは言え、日本につながる電話機の台数も多い等、ジブチ基地は厚生センターの環境も充実していて留守家族や日本の友人・知人との連絡、そして気持ちのリフレッシュにも有利と言えた。

喉元過ぎれば……

派遣中のマイナス面としては、ジブチもマラリアの発生地域であり、マラリア予防薬の服用が義務付けられていたことが挙げられる。

補給系統の違いからか、陸自隊員にはM錠が、海自隊員にはB錠が支給されていた。ハイチ派遣時とは違い、統制で一斉に服用させられることはなく、服用のタイミングは各人任せであった。それ故か、〝飲み忘れ〟の常習者が私も含めて多数存在していたらしい。故意かどうかは不明だが……。

ジブチ基地内の居室は、イラクやハイチと違って個別のコンテナや仮設のハウスではなく、屋根も壁もある廊下で各部屋がつながる構造の確固たる建物であったため、蚊やハエの侵入は殆どなかった。そもそも基地内で蚊を見ること自体が稀であったし、市内でもマラリアの発生はごく一部の地域に限られていて、予防に留意しなくてもマラリア罹患のリスクはかなり低かったと思う。

他国軍がジブチ市内の数ヶ所に蚊の捕獲器を設置してマラリア蚊の有無を調査しており、「マラリア蚊の採取実績はごくごく稀である」との結果が情報共有されてもいた。

結果として、私の派遣中にジブチでマラリアに罹患した日本隊員はいなかった。私の派遣中に限らず、ジブチ派遣中に日本隊員がマラリアに罹患したという話は聞いたことがない。

ある日、私がマラリアの予防薬を服用していないことと、服用の必要性に疑問を感じていることを医官に正直に、率直に伝えた。その結果、

「任務で部隊行動中の軍人は規則に従わなければなりません。従えない隊員は任務に参加する資格がないと思います。私は勿論、マラリア予防薬を服用しています」というお叱りを受けてしまった。

「自衛官」ではなく「軍人」という言葉を敢えて使う、信念のある立派な医官である。感化され、私もその日からマラリア予防薬の服用を始めたのだった。

しかし、もし私がハイチでもジブチでも最初から最後まで馬鹿正直にマラリア予防薬を服用していたならば、「12週間を超える服用は避けるべき！」という薬を短期間内で二度も、服用の基準期間を大幅に超えて服用する羽目に陥っていた。それで薬害や、薬の副作用による任務への悪影響を避けられたであろうか？

規則に従わない私が間違っているのか、それとも「服用期間が12週間」とされる薬をハイチでは半年以上、ジブチでも4ヶ月間（その後、ジブチの派遣期間も半年に延長されていた）にわたって服用させる規則が間違っているのか、果たしてどちらであったろうか？

私が感じたジブチ派遣中のもう一つのマイナス面は、日本隊基地内の売店で夜遊び用のアイテムが販売されていたことである。私の派遣期間中、「それを買った隊員がいる」との話は聞いたことがなかった。需要がないのであれば、商品として陳列しない方がよいと思えるアイテムだ。

それが販売されていたのは日本人店員の勤務時間のみで、現地人女性役務の勤務時間には売店から撤去されていたと思うが、それだけで十分な配慮であったかは疑問で、任務以外の外出など皆無のイラクとハイチを経験してきた私には〝汚点〟と思えた。

以上のような、イラク派遣より少し長く、ハイチ派遣より約2ヶ月半短い4ヶ月余りのジブチ派遣を無事に終え、同年6月上旬に帰国した。

この派遣でも個人としての反省点は多々あり、私の上官として情報業務に取り組んで下さった幹部の方に反抗的な態度を何度かとってしまったことを後悔し、反省している。

海外派遣という独特の環境下で、またしても〝よくない自我〟を出してしまったと思う。とは言え、ハイチ派遣後に感じたようなとてつもないストレスはなく、むしろハイチの傷がジブチで癒された感さえあった。

勿論、役職や職責によっては、私がハイチで受けたのと同じか、それ以上のダメージをジブチで受けた方もいらっしゃるに違いない。

ジブチでの私の立場と、私を取り囲む皆様に大変恵まれていたことを今痛切に感じ、そのことに感謝している。

帰国も全日空のチャーター便利用で、ジブチ派遣の移動は往復便ともにビジネスクラスの席を使わせて頂き、その点でも恵まれていた（階級が曹長以上でビジネスクラス以上の待遇だったのだろう）。

経由地は復路もバンコクだったが、ラウンジ待機ではなく空港内を自由に出歩けたため、売店で土産を買う隊員も多かった。

到着した鹿児島空港では、九州勤務者の多い海自隊員たちの留守家族が驚く程に大勢で出迎えてくれていて、どのご家族も隊員も、皆笑顔で再会を喜び合っている姿が見受けられた。

一方、習志野や朝霞をはじめ関東勤務者の多い我々陸自隊員は、鹿児島からの乗り継ぎ便で羽田に到着し、そこで留守家族たちによる出迎えを受けた。

米留や海外任務からの帰国時、空港で家族の出迎えを受けたことは私にはないが、ゲートを出た時の家族との久々の再会は喜びもひとしおらしい。

この時、私には原隊の隊長と先任上級曹長が迎えに来て下さり、隊長車で朝霞駐屯地まで送って頂いた。

その車中、私はジブチでの様子を掻い摘んで話し、隊長と先任からは最近の原隊の状況や、日本に残っていた仲間たちの様子を伺って〝浦島太郎状態〟を解きつつあるうち、朝霞駐屯地に到着した。営門を通過した時、見慣れていたはずの景色が別世界に見え、ジャングルに入り込んだかのような感覚に陥った。駐屯地内の木々の緑があまりに濃くて鮮やかだったからだ。

植生が乾燥気味で色も薄いアフリカのジブチでは、それ程に瑞々しい緑を見たことはない。初夏の日本の自然が、目に飛び込んでくるかのような美しさであることを改めて知った。

ジブチ派遣後の休暇は、ドイツを中心としたヨーロッパ旅行で過ごした。ジブチでヨーロッパ諸国の軍人たちとも交流し、是非訪問してみたいと思って行動に移した訳である。

彼らとの再会は叶わなかったものの、初めて訪れたヨーロッパの国々には、同じ西洋でも何度か訪れたアメリカとはまた異なる魅力が感じられた。

マッターホルンなどの雄大な雪山や、パリなど都会の賑わいもよかったが、ドイツの街並みと公園の整然とした美しさ、そしてライン川沿いの古城の景観が、私は特に気に入った。

また、よく耳にしていた通り、「ドイツ人は日本人と似たところがあるな！」と感じたことも多い。私が立ち止まって地図や旅行ガイドブックを見ていると、老若男女を問わず、「何かお困りですか？どちらに行かれますか？」というご親切を何度も受けたからであろう。

ベンツやBMWのタクシーが多いことに驚嘆し、都市によって味わいの異なる本場のビールとソーセージの絶妙な組み合わせにも魅了され、私はドイツの大ファンになった。

「列車から見える風力発電システムの規模の大きさ」や、「果てしないと思える程に広大な農地の様子」から、政策も健全であることが窺える。きっと、エネルギー自給率も食料自給率も日本より遥かに高いに違いない。

日本と同じ第二次世界大戦の敗戦国でありながら、日本とは異なり、時代に応じて国の憲法を柔軟に変え続けて来たアイデンティティーも様々に反映されている、素晴らしい国だと私は感じた。


〈ジブチ派遣後の休暇間、拉致問題に関して私が知り得たことに〝山本美保さんという方に関するDNAデータ偽造疑惑〟がある。

この方は、昭和59（1984）年6月、当時20歳の時に山梨県内で消息を絶ち、その後「北朝鮮による拉致の疑いが濃厚」と判断された女性である。

大きく報道もされ、日本国内の世論による後押しも受け、真相解明の日も近いと思われた平成16（2004）年3月、山梨県警が「DNA鑑定の結果、美保さんの失踪後まもなく（消息を絶った山梨からは程遠い）山形県内の海岸で発見された身元不明遺体が美保さんであると判明した」という唐突な発表をしている。

しかし、美保さんのご家族が確認したところ、身元不明遺体の遺留品のサイズ、デザイン、身体的特徴等々、DNA鑑定以外は全てが美保さんとは著しく不一致であったという。それ以外でも山梨県警の発表には納得できないところが多く、矛盾ばかりが目立ち、「意図的にDNAデータが偽造されたのでは？」との疑惑が起きていたのだ。

「当時、〝山本美保さんの救出運動〟をはじめ、国内で盛り上がりを見せていた〝拉致問題全面解決〟の気運に水を差し、その幕引きを図ることで日朝国交正常化を推し進め、利権を漁ろうとする政界の黒幕たちが山梨県警に命じてやらせた〝でっち上げ〟であった！」との見方が、実は多い。

真相は令和となった今なお闇に包まれているが、やはり山梨県警だけで演出できる〝でっち上げ〟とは考えにくく、何か裏があることは間違いなさそうだ。

拉致問題を解決するどころか、日朝国交正常化等による〝旨味〟を得るため、逆に拉致問題の解決を阻止しようと企てる〝内なる敵〟の存在が見え隠れしていた。それも政権の中枢に位置し、強大な権力と影響力を持つ者たちであるらしい。

「自衛隊が拉致被害者の救出に関与できない原因も、実はそこにあるのかもしれない……」私はそう感じた）

第9章

国緊隊員としてレイテへ

巨大台風「ヨランダ」

休暇の終了と同時に、私は国際緊急援助隊（略して国緊隊）の要員に指定された。向こう半年間、海外のどこかで災害等が発生し、要請があれば派遣される立場である。

国緊隊の要員として指定された者は派遣準備訓練に参加するとともに、指定された期間中は待機態勢を保持する義務を有する。つまり、あまり遠出の旅行等はできない。

だが、国緊隊が派遣されることは稀であり、訓練と待機だけで平穏に半年過ぎ去るのが普通だった。この時の陸自の国緊隊主力は東北方面隊に所在する部隊であり、派遣準備訓練が行われたのは宮城県の王城寺原演習場である。

この訓練中、私は珍しく体調を崩し、演習場内の天幕の中で寝ていることが多かった。「いつもと違う、こんな時には何かが起きる……」そんな予感がしていた。

訓練参加者の顔ぶれを見ても、かつての上司や同僚が何人もいて、「再びこの仲間たちと一緒に仕事をするのでは……」という気配も感じる。

それから4ヶ月余りが経過した平成25（2013）年11月8日、フィリピン中部の島々を横断した巨大台風「ヨランダ」による大被害が発生した。この年の第30号であり、11月という極めて遅い時期での発生台風でもあった。

フィリピンの中でもレイテ島の港湾都市タクロバン周辺の被害が大きく、その様子がテレビでも放映され始めた。見ると、屋根や支柱に必死につかまっている人が、まるで鯉のぼりのように強風に煽られている様子も映し出されている。前例がない程強力な台風であり、被害がいかに甚大であるかが想像できた。

国緊隊要員に非常呼集がかかり、派遣準備が始まったのはその直後である。

私は「情報班班員」という役職での派遣参加となるため、個人装備や携行品の準備をしつつ、派遣先となるレイテ島の情報を可能な限り掻き集めた。

原隊の同僚たちも恒常業務そっちのけで、レイテ島に関する情報収集を最優先とし、全力で支援してくれている。

地図や航空写真等、必要な資料は市ヶ谷の上級部隊経由で速やかに届けられたが、いくら現地で必要な物でも予算が付かず、公費で賄えない物には自腹を切った。

現地で使える「ＳＩＭフリースマホ」がそれであり、実際に現地入りしてから大いに役立ったアイテムである。

当時の私はまだガラケーユーザーだったので、いきなりのスマホデビューに戸惑いはしたものの、緊急時の有効性と汎用性の高いツールであるスマホのユーザーであることは、国緊隊の情報班員として〝必須の要件〟だったと思う。

非常呼集後、朝霞の原隊で4日程準備した後、「新幹線で広島へ移動せよ！」との指示を受けた。それは、我々を含む国緊隊主力が呉港に停泊している海自の護衛艦「おおすみ」と「いせ」に分乗し、補給艦「とわだ」を伴って被災地に向かうことが決定したからである。

広島へ発つ前日、上級部隊長が市ヶ谷から朝霞までわざわざいらして、フィリピンの被災地へ向かう我々と幹部食堂で会食し、激励して下さった。

「不安なことがあれば何でも言ってくれ。被災地では、今まで君たちが見たこともない程の悲惨な現場を目撃し、多くの死に立ち会うかもしれない。その覚悟はしておいてくれ！」というお言葉をかけて頂いたことを覚えている。

私としては、イラク、ハイチ、ジブチに続く四度目の海外派遣となるが、どの派遣ともタイプが異なる〝災害直後の被災地への派遣〟であり、自分が役に立てるのかどうか皆目見当がつかず、それが大きな不安であった。

だが事は急を要し、不安やためらいを感じている暇はない。一刻も早く現地入りし、持てる力を発揮するのみだ。

空自の輸送機C－130は救援物資と共に一足早く空路で現地に入り、今回は陸海空の共同任務となっている。

情報班員であるからには、先遣隊の一員として空自の輸送機に搭乗し、一刻も早く被災地に駆けつけるべきであり、そうしたくもあった。

レイテ島に詳しい隊員など派遣メンバーの中にいるはずもなく、誰かが先に現地入りして状況を把握し、後続する主力部隊の案内役を務める必要があるからだ。その役割を担うべきは我々情報班員なのだが、そこまで判断し、そのように仕向けてくれる人材もシステムも自衛隊では欠如していたのかもしれない。

当の我々としては、「情報班員を先遣隊に含めるべき！」ことを当然、意見具申した。だが、それが受け入れられることはないまま主力の一部として護衛艦に乗り、数日かけて海路で被災地レイテ島に向かうこととなる。

この派遣における陸自の情報班員は数名いて、幹部の班長以下、私も含めて全員が自動二輪の運転技能保有者であった。阪神淡路でも東日本大震災でも、道路が寸断された被災現場で自衛隊の偵察用バイクが大活躍したことは誰もが知るところである。

「国が違えど被災地であることは同じだ。役に立つ局面もあるのではないか?」そう考え、「偵察用バイク数台を装備に加えてほしい！」という意見具申もしたが、これも却下されてしまう……。

数機のヘリコプターまで搭載して被災地に向かえる護衛艦なのだから、偵察用バイク数台ごとき、輸送には何ら問題がなかったはずだが実現しなかった。

様々に混乱があり、我々の呉港到着後、直ちに護衛艦に乗艦できた訳でもない。間違いなく我々は「護衛艦『おおすみ』に乗艦してフィリピンに行け！」という指示を受けて来たのだが、当の「おおすみ」の艦長がそのことを全く知らされておらず、我々は艦外での待機を余儀なくされたのだ。特に上層部が混乱し、指揮系統に乱れが生じていたようである。

数時間後、ようやく乗艦の許可が下りて我々は艦内に入り、一部の区画を割り当てて頂き寝床は確保できた。しかし、さすがに艦内の食事はすぐには喫食できず、朝霞から持参した携行食を2、3日は食べ続けた。

突然現れた多くの陸自隊員を艦に受け入れる準備と作業は大変だったはずだが、護衛艦「おおすみ」と「いせ」の乗組員の皆さんは、わずか数時間で対応してくれた。現場の隊員たちの能力と努力は本当に素晴らしかったと思う。

気は急くものの、我々の乗艦後も出港準備に数日を要していたため、街に繰り出してお好み焼き屋で団結会を催すことにした。

「こんな時に不謹慎ではないか？」との思いもあり心境は複雑だったが、「艦内で悶々とするよりも出港前に英気を養い、気持ちを高め、集まった仲間内での親睦を深めることも大切！　生きて日本に帰れる保証だってないし……」そう割り切ったのだ。

本場広島で食べるお好み焼きは、さすがに美味だった。携行食を何日か食べ続けていた時だけに、余計おいしく感じたのかもしれない。

その後、護衛艦2隻への、ヘリコプター数機の搭載や陸自のネットワークシステム機器の設置、そして補給艦「とわだ」への補給品積載が順次完了し、艦内区画の割当ても編成区分ごとに改められ、我々情報班員も通信機材等の受領を終え、いよいよ態勢が整い出港を待つばかりとなった。

航海

3隻が錨を上げて呉港を発ったのは、我々が呉に到着した4日後だったろうか……。

出港直後の夕食から空自と陸自の隊員も艦内食の喫食が可能となり、食堂は陸海空の隊員が入り交じって活気に溢れ、とても賑やかになった。

不安よりも「被災地支援に一刻も早く駆けつけたい！」という共通の思いを一人一人が持ち、自然と一体感が生まれていたと思う。

艦内では夜食のおにぎりも振る舞われ、エネルギーが全身に満ち溢れてくるようだった。きっとアドレナリンが出ていたのだろう。

しかしその後、空自と陸自の隊員には厳しい試練が待ち受けていた。

沖合まで艦が進み、波のうねりが強まると同時に強烈な船酔いに見舞われ始めたのだ。

我々情報班の作業用に割り当てられた小部屋で地図を広げ、その上に「オーバーレイ」と呼ばれる透明な硬質ビニールを貼り、そこに様々に色分けもして必要な情報を書き込む作業をしていたが、皆の顔が徐々に青ざめペースが極端に落ちていった。

「少し横になり、気分が回復してからまた作業……」という手順で辛くも作業を続けたものの、全くはかどらない。「おいしい！」と感じていた艦内の食事も喉を通らなくなり、やせ我慢をして飲み込むように食べた覚えがある。

「これ程の船酔いは、キーウエストでの総合訓練以来だろうか⁉」

艦内で2日程過ごすと環境に適応し始めたのか船酔いは回復し、情報資料の整理や活動予定地域の地理の暗識等、現地入り前の下準備も効率が上がって食事もしっかり食べられるようになった。

また、晴天の日中には甲板に出てのランニングもできる程に、体が航海に慣れてもくれた。

出港の翌日だったろうか、3隻が沖縄に最接近するポイントに来た時、追加の物資や装備品を積載したヘリが数機、沖縄の海自基地から飛来し、「おおすみ」の飛行甲板に着艦する様子を見た。聞いた話では、呉出港時に準備しそびれたマラリア予防薬も中に含まれていたらしい。

同じフィリピンでも、「南部のミンダナオ島はマラリア発生地域であるが、日本隊が向かうレイテ島周辺はそうではない」ことが事前の調査で分かっていたため、「今回の派遣にマラリア予防薬は不要に違いない……」私はそう思っていたが、組織としては念のため、追送する判断に至ったのであろう。

或いはそれに関し、情報科と衛生科の間での情報交換が行われていないか、または派遣までに連携が間に合わなかったのかもしれない。

3隻が目的地のレイテ湾に到着したのは、呉を出港して3日目だったと思う。

かつて日米両軍が激突したレイテ沖海戦では、戦艦「大和」を擁する旧日本海軍の栗田艦隊が突入を目前に反転した因縁の海だ。だが約70年の時が流れ、日米両国の艦が〝被災地支援〟という同じ目的のために協力態勢を取っている。

何度となく、米軍艦載機のオスプレイが「いせ」と「おおすみ」の甲板で離発着し、人や物が行き来している様子も見た。

具体的にどの地域で、どんな支援活動を実施するのかが細部までは決まっておらず、レイテ湾に入ってからも〝直ちに上陸！〟という運びにはならなかった。

「現地確認のため、少なくとも情報班員は先行して上陸させるべき！」との意見があり、当の我々もそれを希望したが、許可がなかなか下りない。

「治安状況が不明で、隊員に危害が及ぶことが懸念されているため」と聞いた。決定権は、海自の派遣隊長にあったようである。

仕方なく、現地の様子を探るためにラジオの周波数を現地放送に合わせてみた。アナウンサーやＤＪの口調、そして流れる音楽から察するに、左程緊迫した様子は感じられないものの、実際どうであるかは分からない。現地語による放送が多く、内容を殆ど理解できなかったのだ。

時間を有効活用すべく、参加可能な陸海空の全隊員を対象に、艦内食堂で情報ブリーフィングを実施した。目的は、「我々情報班員がその時点で保有していた現地に関する情報の提供と認識の共有を図るため」である。

これは命じられたことではなく、我々情報班員の発意で実施したことだが、多くの隊員の参加が得られ、成果もあったと思う。

その場では、「情報班員が先んじて現地入りした場合、どんな情報を収集してくればよいか？」というリクエストも各職種から挙げてもらい、情報収集活動を行う上での参考とした。

例えば、衛生科からは「現地の病院の状況、特に不足している薬の種類や必要な医療処置についての情報……」、輸送科からは「特定の道路の状況、特に大型車両の走行の可否についての情報……また、可能であれば道路のビデオ撮影の実施……」、航空科からは「空港の状況やヘリの離発着適地についての情報……」等々、多種多様な情報のリクエストが挙がってきたと記憶している。

その他では、「治安が悪化した場合に隊員が退避する適地がどこに所在するか？」ということも重要な要素であった。候補地は警察施設、市役所等であり、その所在地を地図上で確認し、頭の中にも叩き込んだ。

それらは様々な情報を得られる場所でもあり、現地入り後、我々情報班員は実際に何度も足を運ぶこととなる。

陸自の上級幹部の多くが「いせ」に乗艦していたため、「いせ」の艦内で決められたことが「おおすみ」に乗艦していた我々に、両艦を結ぶ艦内電話等を通じて指示されていた。

携帯電話が通じるはずもなく、相互のコミュニケーションがなかなか図れなかったことも〝艦内生活ならでは〟だったのだろう。

情報班員の先行上陸指示を待ちわびていたところ、それを許可するための判断材料が必要とのことで、「次の質問に答えよ」との指示を受けた。

「陸自の情報班員は武道の有段者か？　具体的に、どの武道が何段か？」「現地の人々と意思の疎通が図れるのか？」「所属部隊や経歴、保有特技はどのようか？」「国際免許は取得しているか？」等だ。

これらの質問に一通り回答し、さらに「レンジャー修了者ばかりです。空挺特技の保有者も多いです！」と付け加えたが、質問の発信者が海自の指揮官クラスであるらしく、「レンジャー」とか「空挺」と聞いても、あまりピンと来ない様子である。

隊員の安全を気遣ってくれるのは有難いが、レイテ湾まで来たのは一刻も早く被災者を助けるためである。「多少の危険は覚悟の上だ、この期に及んで何を躊躇しているのか⁉」という歯痒さを感じた。

「『海自で言えば特別警備隊（海自の最精鋭特殊部隊）レベルの隊員ばかりなのでご心配なさらず、

早く現地に入れて下さい』と説明し、説得して下さい！」艦内電話を通じ、「いせ」にいる陸自の情報班長にそう訴えた。

そのハッタリが効いたかどうかは不明だが、我々情報班員は翌日からヘリで現地入りすることとなる。災害発生から既に約2週間が経過していた。

上陸

ヘリはタクロバン空港に着陸し、我々は無線機、ビデオ、カメラ、地図、そして当面の携行食とペットボトルの水を詰め込んだ背嚢を背負い、機外に降り立った。

ガラスが割れたままの管制塔は無人であるものの、フィリピン軍と各支援国のヘリや軍用輸送機を中心とする航空機の離発着は頻繁で、空港としては十分機能しているように見える。

到着したばかりの我々とは対照的に、活動を終えた米軍の隊員たちが輸送機に乗り込み帰路に就いていて、「日本隊が来てくれたからこっちは帰るよ！」笑顔でそう言われた。災害発生直後から駆けつけて救難活動を実施していたのであろう。

米軍と自衛隊との、天と地ほどの実力差をまたもや思い知らされたが、気を取り直して自分たちの今後の行動に意識を集中した。

「タクロバン市内中心部にあるスタジアムが防災拠点になっている」と聞き、タクシーをつかまえて空港からその場所を目指す。

空港を離れ、市街地に近づくにつれて津波災害に見舞われたかのような光景ばかりが目に飛び込んで来る。その反面、人も車両も往来が活発で、街が息を吹き返しつつあることも見て取れた。

朝霞の隊員食堂で上級部隊長が心配して下さった程に多くのご遺体に立ち会うことはなかった。私が目にしたのは、既に黒い袋に包まれた状態で道路上に整然と並べられたご遺体ばかりであり、お顔やお体を直接拝見したことは一度もない。それは、それだけ我々の現地到着が遅かったことの証でもある。

開店している店舗はまだ見当たらず、水や食料の不足を訴え、その提供を要望する張り紙のある家屋が多く見受けられた。

スタジアムに到着すると、いつの間に現地入りしていたのか、陸幕直属の佐官（階級が1佐から3佐までの幹部）たちがいて、テキパキと動き回っている。

しかも、我々情報班の案内役となってくれる現地人の運転手役務1名と車両1台とを既にスタンバイしてくれていて嬉しい反面、我々が為すべき仕事を先取りされたかのようで拍子抜けした感もあった。

だが、「この佐官たちのように優秀な人材が主力に先んじて現地入りすることのアドバンテージがいかに大きいか……」それがよく分かった。

一部の先遣要員だけでなく、自衛隊も米軍同様のスピードで、いや米軍よりも素早く部隊を目的地に送り込めたらどれ程素晴らしいだろうか。

防災拠点となっているこのスタジアム周辺では、欧米のNGO団体も既に活動を始めつつあった。我々の初動は彼らと同時か、少し遅いくらいであったと思う。

ともあれ我々情報班員は、予想以上に基盤が整っている環境下で活動を開始したのである。

先ず警察署、そしてフィリピン軍が開設しているスタジアム近傍の情報所を訪問し、タクロバン市内の現状について情報を仕入れた。そこでは地域ごとの死者や負傷者、そして倒壊家屋の数等が一覧表にまとめられ、掲示してあった。また、避難所や医療機関の位置が記された地図も貼り出されていて、常駐している係員による補足説明を受けると理解がさらに深まっていく。

ここでの自衛隊の任務は、予防接種等の医療支援と消毒作業等の防疫及びそのための人員と物資の輸送である。そして、それらの任務を遂行するために必要な情報を現地で先行的に掻き集め、且つ報告することが我々情報班の役割であった。

集めるべき情報の基準となるのは「おおすみ」の艦内で各職種から挙がった情報に関するリクエストだ。

あの時に列挙された、「現地の病院の状況、特に不足している薬の種類や必要な医療処置」「特定の道路の状況、特に大型車両の走行の可否について。可能であれば、道路のビデオ撮影の実施」「空港の状況やヘリの離発着適地について」等の情報が、我々が追い求める最初のターゲットである。

運転手役務の現地人男性が操縦するオフロード仕様の四輪駆動車に乗り、艦内でイメージしてきた通りに軍、警察、役場、医療施設、各避難所、そしてバランガイと呼ばれる地方自治体を片端から訪問して状況を把握し、被災者のニーズを探った。また、敢えて様々なルートを走行し、多くの道路の状況を確認するべく努めた。経路のビデオ撮影も着々と進んでいく……。

運転手役務の男性は、常に物静かで落ち着きがあり、安全運転に徹して下さる方でもあった。そのためか、年齢は50歳前後で私と同年代であるはずが、随分目上に感じられたものである。

コミュニケーションは英語による。多くのフィリピン人は英語を解するので、こちらの英語にさえ問題がなければ意思の疎通はスムーズに図れた。

車両走行の距離も時間も長いため燃料給油が頻繁となるが、活動開始当初は営業を再開しているガソリンスタンドが少なくてそれも難渋をした。ただ、日を追うごとに営業を再開するガソリンスタンドの数が少しずつだが増え、それも復興のバロメーターであったと思う。

背負う日の丸と制約

辛かったのは、食料や飲料水がまだ欠乏している地域で情報収集活動を行った時である。「日の丸の付いた迷彩服を身にまとう支援者が来たからには、食料や水等、必要な物資の配給が当然あるだろう」という期待を大いに持たれていることが、被災者の表情から痛い程伝わってきた。ところが話を聞き、ビデオ撮影をするだけでその場を離れてしまう訳である。被災者の切実な期待をどれだけ裏切ったか分からない。

手持ちの携行食や栄養補助食品をわずかに手渡す程度が我々にできる精々であり、本当に辛かった。「自衛隊の任務は医療支援と防疫であり、食料の配給は任務外」ということで、手持ちの食料を被災者に渡すことも、なぜだか本来は禁じられていた。困窮している被災者を前にしても融通の利かない、おかしな規則の縛りが存在していたのである。

現地の第一線で被災者と接する我々が、そんな無慈悲なルールを糞真面目に守っていられるはずもなく、例えわずかでも渡せるだけのものは手渡して歩いた。

そんな力不足の我々に対しても、現地の方々は常に親切に接して下さり、自衛隊が実施する全ての活動に積極的に協力もして下さったのだ。そして、被災者とは思えない程に明るい。

上陸前に艦内で取り沙汰されていた治安に関する懸念は、結果として全て杞憂に終わった。

唯一不安を感じたのは、「被災家屋に置かれたままの銃の盗難が増えて治安状況の悪化を招いている」という情報を聞いた時である。

活動としてはややイレギュラーだが、市内に数件あるガンショップ（銃砲販売店）にも顔を出し、銃の販売状況や市民の銃の保有状況を聞いたりもした。

この時、ガンショップに来ていた自称ドイツ人の男性が「私が支援している避難所周辺には武装した山賊がいて危険なため、自衛のために銃を探しに来た」と話していた。

その男性から場所を聞き、我々も時々様子を見に行ってはみたものの、山賊に遭遇したことはない。まあ、遭遇しても困るだけだったとは思うが……。

「数多く存在する避難所の中で、どこを優先して支援活動を行うべきか？　どんな支援から始めるべきか？」ということが焦点であり、その判断の材料となる情報を集めるべく動いていた。

だが、我々の報告内容が支援活動の優先順位に直接的に影響すると思うと重責を感じ、迷いが生じてしまう……。

救いだったのは〝ここぞ！〟という時には陸幕の佐官たちも車に同乗し、決断すべきはしてくれたことである。さすがに〝選び抜かれた幹部〟は、一味も二味も違っていたと思う。

陸幕の佐官たちが上陸当初より市内のホテルに連泊し、現地滞在で活動していたのに対し、我々情報班員は、当初は日帰りで任務をこなし、夕刻には迎えのヘリで艦に戻っていた。

「市内で見聞きしたことや、撮影した写真・映像をとりまとめて艦内で報告し、それから翌日集める情報のリクエストを受ける」という流れが帰艦してから消灯までの日課となっていたのだ。

翌朝にはまたヘリで市内に行き、車で走り回って情報を集め、夕方にはヘリで帰艦してまた報告……というパターンである。

3日目くらいから、「情報班員は艦に日帰りするよりも現地にどっぷりと浸かる方が効率よく情報収集ができるのではないか?」ということになり、数日分の携行食と水を持って現地の宿泊施設に連泊するようになった。それにより、かなりフットワークが軽くなったと思う。

護衛艦内に留まって活動準備を整えていた衛生隊や輸送隊等の主力がいよいよ現地に入り支援活動を開始したのも、それとほぼ同時期である。

主力の活動も、当初はヘリで輸送可能な少人数の衛生隊チームに限定されていたのだが、やがて大型車両と人員多数を満載した「LCAC」というホバークラフトを護衛艦から発進させ、洋上を推進後、そのまま浜辺に上陸させる〝作戦〟が展開されるに至る。

程なく、レイテ島東部タナウアンという町の浜辺をLCACの固定上陸地点とし、そこから車両で活動地域に向かう支援活動のパターンができ上がった。

「LCACの上陸適地の選定」及び「上陸後に大型車両が移動する経路の事前確認」でも我々情報班は一役買い、「上陸後の日本隊車列を活動地域まで先導する役割」も担っていた。

イラクで日本隊車列の先頭車車長を任された時の緊張感が甦ったが、レイテでは常にフィリピン軍が日本隊の活動に同行してくれたため、安心感は比ぶべくもない。

移動中は日本隊車列の前後を彼らがエスコートし、活動現場到着後は周囲の警備を実施して作業中の日本隊を見守ってくれたのである。

そのような環境の下、大型車両で輸送した多くの日本隊員たちが被災者に対する医療活動と避難所周辺の消毒作業を整斉と実施していく……。

フィリピン軍の兵士たちは警戒中であれ休憩中であれ、こまめに日陰を見つけてはそこに移動した。それを見た私は当初、「意外と根性ないなぁ……」と思ったのだが、すぐに私も同じ行動をとり始めた。日本よりも日差しの強い彼の国では、それは無駄な体力消耗を避ける賢明な処置なのだ。

タクロバン空港で情報収集をしていたある日、上空で旋回を続ける1機の陸自ヘリ、CH－47を見つけた。ガラスが割れたままの管制塔は相変わらず無人である。その陸自ヘリは管制によるコントロールを受けられないためか、着陸に手間取っている様子にも見える。

「ならば、俺が誘導しよう！」空挺団所属時、何度となくヘリ誘導を経験してきた私は、ためらうことなく滑走路に進み出て、空いたスペースで勝手にヘリ誘導を始めてしまった。

陸自の迷彩服を着た隊員が誘導態勢を取っていることにすぐ気付いたらしく、そのヘリは私に機種を向けて正対し、ホバリング態勢で応じてくれている。

パイロットとアイコンタクトをとりつつ、私が水平に伸ばしている両腕を下げる動作を繰り返して誘導すると、ヘリはその動きに合わせ、徐々に高度を下げて無事に着陸した。案の定、誰からのお叱りもないし文句も言われない。

自分の勝手な独断で誘導したことをヘリのクルーに伝えると、彼らはニヤニヤ笑ってくれたのだった。この時だったと思うが、一人のカメラマンがヘリ誘導を行う私を盛んに撮影しまくっていた。どこの国のカメラマンなのか分からず、「ノー　カメラ　プリーズ！」と英語で伝えても、ＯＫサインやピースサインをしながらお構いなしに撮影し続けている。

ヘリ誘導を終え、滑走路の外で待っていた仲間の近くに私が戻ると、「ヘリ誘導中の飯塚曹長を撮影しまくっていたカメラマンは『不肖・Ｍさん』じゃないか⁉」そう言われたのだ。

私もサングラスをかけていたし、そのカメラマンもサングラスをかけていてお顔をハッキリ確認できなかったが、本当に「不肖・Ｍさん」であったなら大変光栄で素晴らしい記念である。

でもその後、その時の写真が世間に出回った様子はない。「不肖・Ｍさん」ではなかったか、或いは記事にする価値がなくてボツになったかであろう。

対日感情

我々情報班員が現地で最初に宿泊した宿は、被災の影響により水道も電気も使えない状態にあった。トイレの水も流れず、他の水道や水溜りからバケツで汲んできた水で流さなければならない。それでも多くの被災者が置かれている状況を見れば、申し訳なく思う程に恵まれていた。治安維持の任務も担うフィリピン軍の兵士たちは、夜は路上に並んで仮眠していたものである。

2、3日に1回は、現地滞在の我々に対する携行食と水の追加補給が艦からヘリで運ばれてきた。逆に我々の方からは「収集した情報を艦に戻るヘリに託す」という相互の連携だ。

パソコンによるデータ通信で市内から艦内へ情報を送る手段もあるにはあったが、速度はかなり遅かったと思う。

タクロバン市内でも郊外でも、食料も水もまだまだ不足していて現地調達はできず、艦からの追加補給だけが頼みの綱だったが、有難いことにレトルトの携行食だけでなく、まだ温かみのあるお握りやお弁当も運んで頂いた。艦内に残って我々を支えてくれた仲間たちには感謝の言葉もない。

営業を再開する店が俄かに増えて食料品も揃い始めたのは、我々の現地滞在が2週目に入ってからであったろうか……。

その頃には、我々の滞在先も被災の影響が少ない宿へと変わった。その宿ではお湯のシャワーも使えたし、おいしい朝食も食べさせて頂けた。罪悪感を覚える程であり、「その分、被災者のために懸命に活動しなければ……」と肝に銘じるとともに、支給された携行食は情報収集の現場で可能な限り被災者に手渡すよう心掛けていた。

我々の迷彩服が余程異臭を放っていたのか、宿のスタッフから「クリーニングのサービスもできるから利用して！」と言われ、迷彩服の他、下着までクリーニングをお願いするようになると快適度は格段にアップし、また新たな活力が湧いてきたことを覚えている。

大変よいことだが、その頃になるとタクロバン市内でも郊外でも、日本隊の支援に対するニーズが徐々に減り始めていた。

市役所を訪問して市長のお話を伺うと、「有難いが、この辺りは食料も水も医療も十分になりつつあり、今は日本隊の支援を必要としない。他の地域での支援を優先して頂きたい」と言われ、医療機関を訪問しても同じことを言われる。

安心する一方で、「見逃されている地域がまだ残っているかもしれない……」という危惧があり、現地の方々の意見も伺い情報収集の範囲を広げることとなった。

実際には、まだまだ食料も医療支援も足りていない地域が点在しており、そこを隈なく見つけ出して支援を行う段階へと活動は移行する。

ある日、現地の医療スタッフと一緒に自衛隊のヘリでレイテ島近傍のサマール島やホモンホン島まで飛び、両島に降り立って現地を視察した。結果、「この両島での支援も必要！」と判断され、間もなく日本隊が活動を実施したとの記憶がある。

サマール島上空をヘリで飛行した時、沖合の海がとてもきれいに見渡せた。そこは、神風特別攻撃隊の先駆けとされる「敷島隊」が米海軍空母機動部隊に突入した海であり、言葉では上手に言い表せないが、とても神聖な気持ちになったことを覚えている。

サマール島自体は上空から見るとジャングルのように植生が深く濃かった。「かつては、この山中でも激しい戦闘が行われたのであろうか……」

レイテ島東部のタナウアンという町では、浜辺をホバークラフトＬＣＡＣの上陸場に使用させて頂いたこともあり、多くの住民の方々と交流する機会に恵まれた。

ご年配の方からは、「台風ヨランダの暴風雨は凄まじく、かつての米軍の艦砲射撃や空爆を思い出した。あの時は日本兵も大勢死んだが米兵も戦闘で大勢死んだ。そしてフィリピン人も巻き添えを食って大勢死んだ。米軍の侵攻が進むと、日本軍はあの山に潜伏したんだよ」という戦時中のお話も伺った。

そのような過去の経緯があるにも拘らず、どの方も我々自衛官に対してはとても協力的で親切にもして下さる。

それは単に、「被災地に支援に来ている相手だから……」という理由のためばかりではなさそうであり、「もっと根強い友好関係や信頼関係が両国間に存在しているのでは？」と思える程に、フィリピンの皆さんは親日的であった。

レイテは、かつて日米の激戦地となった島であり、旧日本軍に対する恨みから厳しい対日感情があるものと予想しての現地入りだったが、少なくとも我々は行く先々で大歓迎を受けたのである。

「レイテ島内のあちこちに点在する旧日本軍兵士たちの慰霊碑を、今なおボランティアで清掃して下さる現地の方々も少なくない」ということも知った。

国緊隊でフィリピンに派遣された者として、私はこの事実を日本国民に是非ともお伝えしたい。

勿論、日本隊の活動に賛辞ばかりが寄せられていた訳ではなく、外部から苦言を呈されたこともある。

ある避難所で日本隊が防疫活動を行っていた時のことだが、フィリピン軍の兵士たちと共に活動地域周辺の警備に当たる我々情報班員に対し、外国（オーストラリアかニュージーランドであったと記憶）のＮＧＯ団体スタッフが、「消毒と称して日本隊が噴霧している液体の中身は何なのか？その表示がどこにもないのはなぜなのか？　それを表示した上で作業をするのが国際常識ではないのか？　日本隊のやり方に、大いに疑問を感じる！」というストレートな批判を浴びせてきたのだ。

言われてみれば、ごもっともな意見にも思える。

日本隊が避難所で噴霧しているものが「農薬を水で薄めた液体である」と聞いてはいたものの、私は詳細を知らなかった。

他国のＮＧＯ団体から斯様なクレームを受けたことを日本隊本部に速やかに報告し、それ以後は日本隊が噴霧する薬品名の表示がなされたと思う。でも、農薬を水で薄めて噴霧する日本隊の防疫要領の良否については、門外漢の私には分からなかった。

派遣の出口戦略

どこかから苦言を受けたことではなく、私の個人的な素人見解も多分に含むが、この任務におけるマラリア予防薬の扱いについても触れておきたい。

前述したように、沖縄沖でヘリによる追送を受け、陸自の隊員にはM錠が、海自と空自の隊員にはB錠が支給されていたと思う。

情報科の隊員として、「活動地域のレイテ島はマラリアの発生地域ではない」ということを医官や衛生幹部にはお伝えしていたものの、少なくとも当初の上陸要員は予防薬の服用を義務付けられていた。或いは艦内勤務者も含め、全派遣隊員に義務付けられていたのかもしれない。だが私は、ここでも当初は服用しなかった。

実際に現地入りし、多くの病院や診療所で情報収集していた時、私はマラリアについても必ず質問をした。

すると、現地のどの医師からも「レイテ島はマラリア発生地域ではないので、その対策は必要ありません。しかし特有の風土病があり、そちらへの対策は必要です。特に泥水等には要注意です！」

という回答が返ってくるのだ。

その風土病の名称は忘れたが、現地の医師たちから聞いたままを医官に報告すると、「M錠はその風土病に効かず、B錠が有効である」という事が判明した。

その後、陸自隊員にもB錠が速やかに支給され、M錠は回収されたとの記憶がある。M錠の服用は拒んでいた私も、この時点からB錠の服用を開始した。

このように、派遣中は情報科と衛生科との連携が速やかに機能し成果を上げたので、派遣前からそれができていれば、さらによかったことと思う。

マラリア予防薬に関しての余談だが、その分野でも米軍は先を行き、副作用の少ない新しい薬を採用していた。価格は高いらしいが、自衛隊も隊員にM錠を長期間服用させる時代が令和の今なお続いているなら、そろそろ変えてもよいのではないだろうか……。

我々が現地入りして2週目も後半になると、派遣の出口戦略というか、「日本隊が撤収する要件を満たすための情報を収集せよ！」という指示が来るようになった。

それは例えば、「活動していた他国軍が撤収準備を開始した」とか「空港を離発着する軍用輸送機の割合が減って民間機の割合が増え始めた」とか「港に行き来する船舶が支援物資運搬船ばかりではなく、従来の運行船舶に戻ってきている」とか、そうでないとか……。そんな種類の情報を指す。

確かに市内は、売店の営業再開数も各段に増えて活気を帯びてきてはいる。それでも現地で活動している我々としては、「まだまだ被災者支援のための情報収集活動を継続したい！」との思いが強かった。

自衛隊が任務とする医療と防疫の要請はなくなりつつあったが、自治体の最小単位であるバランガイにしても、被災者を受け入れている教会にしても、未だ食料や水の供給が十分とは言えないところが点在している。そこにジレンマを感じた。

しかし、その思いとは裏腹に、自衛隊が現地から撤収することが決定的となっていく……。我々情報班員が艦に戻るのも、あと数日のうちであろう。

食糧支援を行う各国のＮＧＯ団体とも顔馴染みになっていたため、向こう半年間は現地で活動を継続する予定の彼らに託す思いもあり、我々が得た情報で役立ちそうなものは提供した。

「被災者を支援する！」という同じ目的を持つ者同士、国の別も官民の別も関係なく、相互に協力し合っていたのだ。

最早、現地の被災者に対して我々にできることも限られてきた。そして、市内中心部の経済活動は息を吹き返し、多くの飲食店は営業再開を果たしつつある。

「この段階であれば、むしろ現地にお金を落とすことが支援につながるのではないか？」との判断もあり、現地で一緒に活動していたメンバーが集まって市内のレストランで会食をした。

この時の我々は私服を着用していたが、それでも派遣中の自衛官と判ったのか、偶然その場に居合わせた民間人らしい年配の日本人男性から、「このような時に不謹慎ではないのか！」という批判を浴びせられてしまったのである。

部外の方によくない印象を与えた以上、それは我々の非だと思う。その時は現地のソウルフードを食べたはずだが、そこでのメニューも味も全く思い出せず、気まずい思いが甦るばかりである。

そしてついに、現地での活動最終日となった。艦に戻る前夜、宿泊していた宿の皆さんが我々を労って盛大なパーティーを開いて下さり、フィリピン名物の豚の丸焼き料理「レチョン」をはじめ、食べ切れない程のご馳走を振る舞って頂いた。

さらに、ココナツを原料にした手作りの「ジャングルワイン」を持ち切れない程に手土産として頂戴したのである。

当時高校生だったろうか、その宿の娘さんが我々に懐いてくれていて日々が楽しかったのだが、我々が宿を発つ時には彼女が涙を流していたので我々も胸が詰まった。

迎えのヘリに搭乗し、体は護衛艦に戻って来ても心はレイテ島に残ってしまったかのような気がする……。

帰路は情報班全員が「いせ」に乗艦した。帰国するまでの艦内で、現地での活動報告を班長たちと共同でまとめる作業があったためである。

気が抜けたのか、私は帰艦した晩に発熱し、丸一日寝込んだ。激しい虚脱感に見舞われ、「このまま自衛隊も辞めてしまいたい……」そんな考えも浮かんでくる。

新鋭艦「いせ」の寝台は心地よく、そんなことを思いながらも深い眠りに落ちていった。

熱が下がって指揮所に行くと、作業スペースで皆が疲れも見せずにテキパキと活動報告をまとめているではないか……。その姿に刺激を受け、私も現実に引き戻された。

「原隊に戻るまで、いや、家に帰って家族に会うまでが任務である！」とはよく言われ、のちに自分が先任という立場になってからはよく使ったセリフでもある。

やはり多くの反省はあるにしろ、派遣部隊として無事に任務を終えての帰路であり、皆の表情は晴れやかだった。そして、艦内には疲労感よりも活気が満ちていた。

「俺が感じる虚脱感は年齢のせいだろうか、それとも連続した海外派遣任務のせいだろうか？」

「いせ」の艦内食は驚く程においしかった。どこかのホテルのバイキングのようですらある。

往路の「おおすみ」乗艦時は船酔いもあり、任務前の緊張もありで食事を満喫できないところもあった。しかし、復路ではそんな諸々からも解放され、艦内食の質の高さが改めて感じられたものである。

食事に関してもそうだが、「我々情報班員が現地で思う存分活動できたのは、陸海空を問わず、艦内に残って黙々と職務を遂行してくれた仲間たちの支えがあればこそ！」という感謝の気持ちも改めて湧き上がってきた。

数日の航海を経て、3隻は無事に広島湾に到着した。その後、市ヶ谷、朝霞、習志野等の関東方面から参加した陸自グループは岩国基地までバスで移動し、岩国から木更津まではC－1輸送機で空路移動した。その道中、ジャングルワインの瓶がカタカタと鳴っていたことも思い出される。

戻った時期はクリスマスの直前である。フィリピンとは違い、12月の日本は寒く、風も冷たかった。既に多くの自衛官が年末年始休暇に入っている時期であったにも拘らず、原隊に戻ると多くの仲間が集まり出迎えてくれていて、嬉しいようでもあり、申し訳ないようでもあった。

私もそのまま休暇に入ったが、どこへ出掛けるでもなく住まいの周辺でダラダラと過ごすのみ。そんな自分を不甲斐なく感じるものの、48歳という年齢のせいもあるのか疲労が抜けず、心身ともにだるくて気力も湧かない。

大晦日恒例の歌合戦をぼんやり見ていたら、ジブチ派遣中に毎日見ていた『あまちゃん』の出演者が大勢参加していて、「ジブチに行ったのも今年だったのか……」と、不思議に思えた。

第10章　最初の先任上級曹長上番

洗礼

年が変わった平成26（2014）年の4月、私は「先任上級曹長」という役職に就いた。「一人でも千人（先任）」と言われる程に、あれもこれも任される〝超ブラック〟な役職であり、激務に追われて鬱病になる等、つぶれてしまう人も少なくない〝鬼門〟と言えた。そして上番早々、その洗礼を私も受けることとなる。

先任の苦労も部隊によって様々に異なると思うが、私が味わったのは「国内に隊員がいない（少ない）！」という苦労であり、それは海外派遣を主任務とする情報科部隊先任が背負う特有の試練であった。その頃は、陸上自衛隊の海外派遣が特に花盛りとなった時期でもあり、元より海外に隊員を送り込み続けてきた我が部隊にも、派遣枠のさらなる増員があった。その影響が、なかなか強烈だったのである。

例えば、当直や警衛等の勤務割りをしようにも人が少なく、同じ者が繰り返し勤務に就く頻度が多くなってしまうのだ。

海外派遣に隊員を送り込み、国内に残るメンバーがその不足分を補うことが部隊としての任務なので仕方ないが、派遣人数があまりにも増えれば留守を預かる残留組はパンクする。

そのシワ寄せは先任にもダイレクトで及び、勤務割りをする立場上、自ら率先して勤務に就かざるを得なかった。特にお盆休みや年末年始の時期には、毎度のように勤務に就いていたと思う。

私が二度の米留と四度の海外派遣で不在の間、部隊に残る仲間たちが大変な思いをして留守を預かってくれていたことが身に沁みて分かった。とは言え、その頃よりも派遣の規模は増大し、期間も長期化し、残留隊員数は大幅に減っている。

このように、海外派遣を主任務とする部隊で国内に残留している隊員の負担は過大であったが、派遣隊員の留守家族は、さらなる苦労を強いられていた。

乳幼児が何人もいたり、親御さんの介護が必要なご家庭は奥様が大変そうで、そうした留守家族に対するケアーも先任の役割だった。

ご家族から派遣隊員に毎月送る追送品を手配したり、派遣先の隊員たちが元気に活動している様子を伝える冊子を各留守家族に配って回ったことも多い。

派遣隊員の自宅が大雪や浸水の被害に遭った時など、火災保険業者と掛け合って保険金の取得をお手伝いしたこともある。また、派遣隊員に長期入院中のご家族がいらっしゃれば、転院する病院を探すお手伝いをさせて頂いたりもした。

戦死した兵士の遺族に訃報を伝える通告者を描いた『メッセンジャー』というアメリカの戦争映画があったが、戦時ならばそれも担う、自衛隊の先任とは、そんな役職であろうか……。

なお、各部隊には駐屯地内に「受け持ち区域」という持ち場があり、そこの草が伸びると叱られるのも先任だった。

どこの駐屯地でも外柵沿いは駆け足コースとなっていて、勿論朝霞もそうであり、隊員だけでなく、毎日のように外柵沿いを走る〝駆け足好きの将官〟が当時の朝霞にはいた。そして間が悪いことに、我が部隊は外柵沿いの一角が受け持ち区域になっていたのである。

雑草が伸びてくると、その将官から「どの部隊の受け持ち区域か？　しっかり草刈りをやらせなさい！」というお咎めがあるらしく、将官お付きの副官から苦情電話が入り、「将官がご立腹だ、今週中に受け持ち区域の草刈りを必ずやりなさい！」等という微笑ましいお叱りを、私も度々受けた記憶がある。

米軍の情報訓練

斯様に多忙な立場に立って1ヶ月余りが経過した頃、米軍が日本国内で実施する訓練に自衛隊代表の一人として、私も参加することになった。

それは情報要員を対象とし、座間と相模原の米軍施設内、米軍敷地内を舞台に4日間の日程で実施された「DARING FOX（狡猾な狐）」という、粋なネーミングの訓練である。

概要はネット上でも公表されているが、私の記憶に基づき、この訓練を振り返ってみたい。

米軍側は、陸軍と海兵隊から情報に携わる隊員多数を参加させていた。在日米軍だけでなく、在韓米軍からも、アラスカからも、ハワイからも、そして米国本土からも参加を得、そのうち約1割が女性隊員だったろうか。

自衛隊側は、関東エリアの陸自の部隊から2名1組で何組かが参加した。

個人単位ではなく、2名1組のチームで様々な課題をクリアーしていくタイプの訓練であり、ある種のゲームのようではあるものの、シナリオは実戦的な内容だった。

基盤となるストーリーは、「日本国内の米軍基地と自衛隊駐屯地、そして海外派遣中の日米部隊を狙うテロ主犯格を複数の容疑者の中からあぶり出し、その拠点を突き止める」というカンジだったと思う。数年も前のことであり、全てが英語でもあったため自信はないが……。

初日、全員が講堂に集められて顔合わせを済ませた後、内容についての説明を受けて訓練が開始された。

私のチームは、かつて米軍人の家族が住んでいた空き家の一室に野外ベッドと寝袋を持ち込んで寝泊りをした。他の各部屋には米軍の数個グループが入り、私はBNCOCを思い出して楽しんでいた気もする。

シャワーや洗濯機は米軍人たちと交互に使え、野営訓練に比べれば恵まれた環境とも言える。訓練中の食事が全て米軍のレーションや喫食だった点にも、何となく懐かしさを覚えた。しかも、朝食は温かいスープとコーヒーのおまけ付きなのだ！

さて訓練の中身だが、かつて留学中に体験したＰＴ（体力検定）や、ランドナビゲーションの短縮バージョンも含まれていた。それらの合間に基礎的な衛生救護の実技テスト等が適度に散りばめられ、情報分野だけに偏ることのない、バランスのとれた素晴らしい構成となっている。

ジャングル、市街地、工場跡、広大な平地等、様々なシミュレーションが映像で映し出される室内での射撃訓練では、「映像内の敵も激しく撃ち返してくる！」というリアルな体験をした。また、「自分の射弾が当たらずとも味方の誰かの射弾が命中すれば敵が倒れる！」というシステムも、私には目新しかった。

訓練参加者は、日米ともに情報業務に携わる隊員ばかりであるが、一口に情報と言っても「普遍的な情報を意味するインフォメーション」ではなく、「諜報、軍事情報を意味するインテリジェンス」という分野に身を置く者たちの集まりである。

決して〝頭でっかち〟ではなく、日米ともに体力も戦技も、そして地図やコンパスの取扱い等、野外で行動する能力も高いレベルの参加者ばかりであった。

中でも特筆すべきは、米軍の女性隊員が男性隊員と全く同じ訓練メニューをこなしていたことである。

そして残念ながら、我々日本の自衛官が同じ土俵で競えたのは、ここまで記述した分野に限られた。

〝ＤＮＡ鑑定チーム〟との情報交換や連携、〝軍用犬〟による容疑者の拠点捜索、〝無人偵察機操縦〟

による犯行車両等の追跡の他、陸海空軍と海兵隊だけではなく、〝警察、ＦＢＩ、ＣＩＡともつながる壮大な情報ネットワーク〟を駆使し、〝軍事偵察衛星〟や〝女性スパイ〟からの情報提供も得て活用する等、「米軍と自衛隊とでは情報に関するバックグラウンドに差があり過ぎて、全くついて行けない……」のである。それは、言葉の壁以上に大きな壁だった。

私も散々実施してきたことだが、新聞記事の切り抜きを重要な日課とし、そこに少なくない労力と時間を割いてきた自衛隊の情報業務の在り方や、自衛隊が保有する情報システムの現状を考えた時、米軍との格差が巨大で途方もないことが嫌でも分かる。

だからと言って途中で訓練を投げ出すこともできず、とりあえず最後まで付き合わせて頂いた。

スパイや軍事衛星等、自衛官の我々には全く馴染みのない情報源から得た精度の高い情報を基に、我々も仮説を立ててテロ主犯格を絞ってみた。

そして訓練の終盤には、主犯格の拠点と思しき家屋の捜索を行い、そこで押収した煙草の吸い殻やコップはＤＮＡ鑑定チームに提出し、そこで見つけ出したパソコンやＳＤカードはテクノロジー担当の解析チームに提出した。

すると、翌日までにはその結果が我がチームにも知らされ、テロ主犯格の特定につながっていく……。

訓練の最後はラックサックマーチ。重量約25キログラムの背嚢を背負っての、距離が10キロメートル程度の行軍ではあったものの、制限時間の設定がなかなか厳しくて油断はできないレベルだった。「通信手段が途絶えた状況下では、獲得した情報を伝達する手段は自分の足しかない。情報要員にも強い体力が必要である！」との、よくできた訓練の流れであり締めくくりでもある。

慣れない米軍の訓練、英語のハンディ、そして、あまりにも先を行く米軍の情報システムとネットワークに打ちのめされたためか、はたまた単なる準備不足によるものかは分からないが、このラックサックマーチで自衛隊側は不振を極め、数チームがタイムオーバーで失格となってしまった。言葉等のハンディのない、公平な体力勝負でこそ見せ場を作りたかったのに、それも不発に終わった。〝無念〟の一語に尽きる……。

日本と自衛隊のメンツに関わることでもあり、「対外的な訓練参加の場合には、特に十分な準備が必要！」との、苦い教訓が残った。

この時、スタート前に米軍の楽団が楽器を運んでいる様子を目にし、「コンサートでもあるのかな？」と思っていたら、ラックサックでゴールインする各チームをたたえる演奏をするための楽団だった。私の組「チーム４」がゴールインする際にも「TEAM FOUR！TEAM FOUR！……」の大演奏が始まったのである。大したタイムでもないのに随分と盛大に迎えられて気まずさを感じる一方、凝ったエンターテインメントを上手く訓練に盛り込む米軍流を、なかなか面白いと感じた。

ゴールイン後、全員にスポーツドリンクが配られ、バテ気味の者に対しては日米双方の衛生隊員がメディカルチェックをテキパキと実施してくれていたことが嬉しく、強く印象に残っている。

着替えと休憩を終えてから全員が講堂に集合し、日米の代表チームによる、課題に対する分析結果の発表が行われた。日本チームの発表も素晴らしく、この時ばかりは大変誇らしく思えたものである。

最後は優秀チームに対する表彰と、訓練参加者全員でのＢＢＱで大いに盛り上がり、「DARING FOX」訓練は幕を下ろした。

訓練終了後、休暇を取得して日本を観光する米軍隊員は少なく、多くはその日か翌日に原隊や任務へと戻ったらしい。

後日、訓練主催者の米軍人の奥様から、訓練中の記念写真を添付したメールが届いた。多数の訓練参加者一人一人に配信して下さったのだ。そこまでのご配慮を申し訳なく思いつつ、かけがえのない記念として有難く受け取らせて頂いた。

自衛隊を代表し、米軍の訓練に参加した者として成果報告は当然提出した。

しかし、日米の情報部隊はあまりに次元が異なるため、平成の自衛隊では、その教訓を反映させる術がなかったに違いない。

日本は軍事衛星も、国防に真に有効な情報ネットワークも、そしてスパイも保有していないのだ。

それどころか、日本国内で暗躍する外国のスパイや工作員を取り締まる法律すらない。日本が〝スパイ天国〟と侮られ、好き放題にやられている元凶の一つである。お寒い限りだ。

もし諸外国並みに、日本にも「スパイ防止法」という法律があったなら、これ程多く（合計800名超との疑いもある）の日本国民が拉致被害に遭うこともなかったのではないか……。

国連憲章でも「国家が保有し、行使すべき当然の権利」と認められているスパイ防止法を、なぜ日本ばかりが未だ制定せずにいるのだろうか？　とても怪しい話であり、大きな謎である。

このように〝お寒くて情けない〟実情はあるものの、令和の自衛隊情報科部隊が、例え何か特定の分野限定であってもよい、米軍をはじめとする他国軍隊に追いつき追い越していくことをOBとして切に期待するものである（こう思うのも「DARING FOX」参加の成果なのかもしれない）。

先任業務と新たな人事制度

先任上番後、あまりの多忙さに疲弊していた矢先だったので、「DARING FOX」参加がよい気分転換にはなった。だが、4日間も不在にしたため業務が溜まりに溜まり、それまで以上に憂鬱な状況に陥ったのも事実である。

次の海外派遣メンバー用の「公用パスポート申請」と「国際運転免許取得申請」の締め切りが間近に迫っていたため、先ずはそれらを片付けた。

その次には「住宅事情調査」という難題が待ち構えていた。「隊員一人一人の住まいの部屋数が幾つで、その一部屋一部屋の面積がどの程度で……」という、なぜそれを調べるのか目的が分からない調査の取りまとめを延々とやらされたのだ。その所為もあり、この頃は帰宅が連日深夜であったと思う。

海外派遣や入校等で不在の隊員がいれば、その分を代行して調査書を作成するのは先任の私であり、その負担は非常に重かった。この類の調査は、特に不在者が多い部隊であればある程、先任たちの首を強烈に絞め上げていたはずである。

この頃に持ち上がった「官舎無料化」の話も二転三転し、その都度、似たような調査や資料提出を繰り返しやらされ、その取りまとめに追われに追われた苦い記憶もある。

不満に思っていたのは私だけではなく、「これは部隊いじめであり、担当者いじめだ！」という批判の声が方々で上がっていた。

結局、官舎の無料化は必ずしも順調とは言えず、「空いている官舎が多い割に入居希望者がなかなか入居できない……」という苦情を聞いた覚えがある。無料化の対象となる条件が複雑だったのだろうか？

また、「一部の官舎は無料となったが、その分、他の官舎が値上がりしてしまった……」という不満も聞いた。「少額ずつでもよいから、全ての官舎の入居費を一律で値下げする等、もっと公平でシンプルな施策を実施できないものか？」そんな意見もあった。

そうであれば各種調査やアンケートも、あれ程まで執拗に実施せずに済んだと思う。そして、「空いている官舎が多い割には入居希望者がなかなか入居できない……」という現象も、起こらなかったかもしれない。

このような仕事のためにばかり日々残業を余儀なくされていると、「自分は何のために自衛隊に入隊したのか？　何のために空挺やレンジャーの訓練を受け、何のために二度も米留したのか？」という疑問が湧き、〝退職〟の文字が頭にチラつくようになる。

「自衛官の本分とは程遠い、無意味にすら思える業務ばかりで日々残業し、休日まで犠牲にされるのは無念だ。やはり、拉致被害者救出任務のために持てる時間とエネルギーを費やしたい！」いつもそう思っていた。

そしてトドメを刺されるかのように、この頃から突然始まった「中期実員管理制度」という新たな人事の施策には、心底翻弄されたものである。

元来、陸上自衛官は「将校たる幹部は視野を広めるために全国規模で異動せよ！　そして下士官たる陸曹隊員は長らく同じ部隊に留まり、部隊の歴史と伝統の継承者たれ！」とされていた。

ところが、この制度が開始された途端に「幹部のみならず、陸曹も全員が全国規模で異動をせよ、さもなければ陸曹長以上の階級にはさせず、昇任や昇給、そして賞詞やボーナスの査定でも優先はしない。観念して全国異動せよ！」という大号令がかけられたのだ。

それまで長年にわたって組織が掲げ続けて来た方針の真逆を行く内容であり、あまりの節操のなさに多くの陸曹隊員が面食らったことは言うまでもない。

「対中国を念頭に置いた、尖閣諸島をはじめとする離島を守る新編部隊」を九州に配置するため、大規模な人事異動が必要になったことが新制度制定の理由とされていた。だが新編部隊が編制完結し、数年が経過した今もなお、中期実員管理制度は存続している。

私は、この制度を推し進めた将官のお話を直接伺ったことがある。場所は市ヶ谷。全国から「最先任上級曹長」という、大部隊の陸曹のトップを集めた会合の場であった。

「最先任」を対象とした会合なのに、「単なる先任」でしかない私が間違えて参加し、たまたま話を聞きかじっていたのだが……。

「離島防衛部隊の新編に伴う人事異動の必要性」について説明があった後、「陸曹隊員にも全国異動を経験させ、人間としての視野を広めてもらいたいし、北でも南でも戦える、強い陸曹隊員を作りたい」というお話を伺った。

率直に言って、私は強烈な違和感を覚えた。「隊員に多くを経験させて視野を広げ、人間としても成長させてやりたい」との親心は勿論理解できる。だが陸曹、つまり下士官に求められる要素はスペシャリストとしての能力であり、ゼネラリストとしての能力ではない。

一人の陸曹隊員があれもこれも要求されて、その全てに対応できる程単純な時代ではないはず。

どの分野も進歩し、より高い専門性が求められている現代である。

「あちこち行って来た自分でさえ〝この程度〟なのに、2年か3年の全国異動を経験したくらいで〝北でも南でも戦える陸曹隊員〟がそう易々と完成するものだろうか？」自分が持つ尺度ではそう思えた。

必ずしも「現実的な組織要求」からだけでなく、「将官の個人的な理想追求も多分にあって始められた新制度？」という印象を受けたのは私だけではない。

「それは夢物語ではないか……」そんなセリフを囁く最先任もいた。

それに、陸曹隊員も全員を全国異動させるとなれば、その引っ越し代金が莫大となり、防衛予算を相当食う。貴重な防衛費を充当する優先順位として、それが絶対的に高いこととも思えない。

異を唱える者は多数存在したものの、歯止めなど効くはずもなく、中期実員管理制度は正式に発令されて動き出してしまった。

「下士官たる陸曹隊員は長らく同じ部隊に留まり、部隊の歴史と伝統の継承者たれ！」長年そう言われ続けてきた陸曹隊員には、原隊の近傍に自宅を構え、根を下ろして生活している者も多い。

全国規模での異動となれば、多くの場合単身赴任となり、本人にも家族にも様々な負担がかかる。そして、単身赴任手当の支給額が莫大となることでも防衛予算が相当食われてしまう。

私の身近ではいなかったが、「希望もしていないのに、いきなり全国異動させられるのであれば自衛隊を辞めます」と言って、本当に退職した陸曹隊員も少なくなかったようだ。

中期実員管理制度による混乱が早速起きていたが、「制度として決定した以上、陸曹隊員を説得し、全国異動を促すことも先任の役割である！」と、都合よく責任を押し付けられた。

部隊の全陸曹隊員の、「過去の異動による実際の移動距離」を計算し、その合計距離の長短を算出した名簿資料の作成を命じられ、嫌々ながらも作成してはみた。しかし、あまりに馬鹿馬鹿しく、やりがいなど全く感じることができない……。

「どの隊員から全国異動を勧めるか、その優先順位を決める参考資料として必要」との理由であり、要するに「過去の移動距離の短い者から優先的に全国異動を勧めなさい！」ということらしかった。

例えば、「Ａ1曹は鹿児島の部隊から北海道札幌の部隊へ転属し、そこで数年勤務してから市ヶ谷に来たので合計の移動距離は３４００キロメートル」、片や「Ｂ1曹は入隊以来市ヶ谷で勤務し続けて異動の経験がないから合計の移動距離は０キロメートル」……というカンジである。

従来の価値観であれば、Ｂ1曹の経歴が陸曹としてあるべき姿と言えるが、突然始まったこの制度の下では、「過去の移動距離が０キロメートルのＢ1曹は、真っ先に全国異動をするべき有力候補であり、家族を残し単身赴任してでも全国異動をしなければ陸曹長に昇任もできず、様々な査定で不利益を被る……」ことになってしまう。

所属部隊の陸曹隊員に対して、「君の、過去の異動による合計移動距離は○○キロメートルだから、そろそろ全国異動を考えた方がいいよ！」等という馬鹿げた面接を、先任として何度か実施した〝悪夢みたいな記憶〟が私にはある。

挙句の果てには、「全国異動を滞りなく行うための人生計画」なるものの作成まで全陸曹隊員に義務付けられ、その内容を指導する役割も先任に充てられた。

あたかも、陸曹隊員の主たる任務が「国防」ではなく「全国異動」になってしまったかのようでもあった。

かつては、問題を起こした隊員やダメな隊員が所属部隊から放出され、〝懲罰人事〟のごとく全国異動をさせられていたものである。そんなダメ隊員でさえ、この制度の下では、〝全国異動を果たした優秀隊員〟という位置付けとなり、優先的に昇任し、昇給もしてしまう……。これでは組織がダメになる。

「陸曹隊員にも幹部並みの視野の広さを持たせたい！」という考えは理解できる。だが、「全国異動をすれば昇任や昇給を優先させる」という考えは間違っている。

どの国の軍隊にも（少なくとも下士官に関しては）、そんな人事評価の基準はないはずで、これに関しても自衛隊はワールドスタンダードから大きく外れていた。

昇任や昇給を餌に、あたかも馬の鼻の前にニンジンをぶら下げるかのような、陸曹隊員を侮辱した小細工でもある。ナンセンスではないか⁉

本来、中期実員管理制度は、「新編される離島防衛部隊の要員確保の必要性から始められた制度」

であるはず。

「尖閣諸島をはじめとする離島を中国軍から守るための新たな部隊が編成される！」という話を聞き、その部隊への転属を熱望した隊員は極めて多かった。叶わなかったが、私もその一人である。その結果、新編部隊の要員充足は、「あっ」という間に完了したと聞く。

それは昇任や昇給なんかのためではなく、「中国軍の侵略から日本を守りたい！」という使命感に溢れる自衛官が多数存在することの証だ。

新編部隊の要員充足が完了した人事の次の段階として、新編部隊に隊員を送り出し、欠員が生じた部隊への人員補充がポイントとなった。

そこは必ずしも全国異動にこだわらず、しかし職種と保有特技、そして「能力に応じた適材適所の配置」にはしっかりこだわって、なるべく隊員充足率の高い部隊から欠員の生じた部隊に隊員を異動させることが対処策となり得たはずである。

「全陸曹隊員を全国異動させる」ことにこだわるあまり、本人の希望に反し、職種も保有特技も能力も適性もそぐわない部隊や役職への異動を余儀なくされた隊員は多い。それは先任という立場で実際に見聞きし、当事者として接した事実である。

部隊の機能発揮に必要な大前提は、何よりも「隊員の適材適所」であるはず。その大前提を崩してまで全国異動をさせても自衛隊は強くはならず、弱くなるだけであろう。

当然の帰結と思えるが、中期実員管理制度を提唱した将官クラスが退官されて数年が経った現在、この制度は既に形骸化し始めている。

全国異動していなくとも昇任する人はしているし、全国異動していても優先的に昇任できていない人も多い。

また、全国異動の経験が一度もない者が、陸曹クラスとしては最上位の役職である「最先任上級曹長」に上番する実例も珍しくはない。これでは最早、陸曹隊員に対する説得力を、この制度は喪失してしまっている。

勿論、全国異動によるメリットもある。人的ネットワークが広がり、各地で顔が利くようになることで、人事や訓練等に関する相互の調整がスムーズになる。また、未知の土地に住み、原隊以外の部隊で勤務することで、一個人としても自衛官としても視野が広がる。

ただ、上級陸曹がその真価を最大限に発揮できるのは、自分が育ってきた原隊で陸曹の上位に位置した時であることが多い。

部隊が変われば環境も文化も変わり、周囲のメンバーも変わる。いかにベテラン陸曹であっても〝新入り〟として周囲に教えを乞うことにもなってしまう。

上級陸曹としての〝圧倒的なカリスマ性〟を持つ者であれば何ら心配することはないが、皆がそうではない。

先任等、陸曹集団をまとめる上級陸曹が所属隊員一人一人の顔と名前を覚えるところから始めるのではロスが多過ぎて非効率でもある。やはり、勝手知ったる古巣の原隊で「陸曹としての完成期」を迎えることが、本人にとっても組織にとっても望ましい展開であると私は思う。

突然始まった中期実員管理制度の影響でその展開が崩れ、自衛隊生活の晩年がイメージしていたものとかけ離れてしまった上級陸曹は少なくない。

このように、矛盾に満ちた人事管理制度の片棒まで担がされている各部隊の先任は悲惨であり、私も胃に穴が開きそうな日々を送ったものである。

この制度とは関係なかったと思うが、私の先任上番後、部隊所属のK３曹という隊員が退職を希望してきた。彼は20代後半と若く、「退職後は海外を拠点に活動する団体で働きたい！」とのこと。折悪しく、「ＩＳ」というテロ集団が世界各地で暴れ回っていた時期であり、ここでも先任である私に無理難題が降りかかって来た。

「K３曹が再就職する団体は、どんな団体なのか？　万が一、ＩＳと関連する団体であれば大変なことになる。先任として、しっかり確認する必要があるぞ！」などと、複数の上官から言われてしまったのだ。

先任としての経験がまだ浅かった当時の私は、上官たちのその言葉を真に受け、K３曹の再就職先に関してあれこれ確認をした。平日は業務過多で首が回らないため、休日を費やして……。しかし、ＩＳと関連があるかないかの確証など得られるはずもない。

その旨を上官たちに報告しても、「そうか……」という反応だけで終わり、がっかりされた。指示を出すだけは出すが、〝やらせっ放し感全開〟の上官たちに対し、私の方こそがっかりした覚えがある。

Ｋ３曹とは、彼の退職後も時々連絡を取り合い、再就職先で元気にしている様子を確認できたので安心はした。とは言え、〝平成の自衛隊における先任上級曹長の悲哀〟をここでも味わされたのだった。

勿論、退職を希望する隊員に対し、様々にアドバイスを伝えて善導することは、先任をはじめ、上官、先輩、同僚の重要な役割である。

だが今にして思うことは、本人の意思と選択で自衛隊を退職する以上、再就職先でどんな境遇に曝されようと全責任は本人にあり、他の誰の責任でもないという当たり前のことである。子供ではなく、成人して社会経験も積んだ大人が決めた自分の道なのだから……。

定期異動もトラブルの種であった。皆の希望通りの結果に収まることは少なく、「先任である自分の調整不足、能力不足が原因か……」と、苦悩することが多かった。

第11章　二度目の先任上級曹長上番

朝霞から市ヶ谷へ

このように悩みの尽きない先任業務に就いて約1年半が経過した平成27（2015）年夏、私は5年間勤務した朝霞の情報科部隊から市ヶ谷の情報科部隊へと転属した。

いつしか私も年齢は50歳に、そして階級は准陸尉という、陸曹長の1ランク上の階級になっていた。私はこの時にも島嶼防衛のため新編された部隊への異動を希望した。しかし叶わず、「市ヶ谷の情報科部隊で再度先任上級曹長に上番せよ！」という命令を受けてしまった訳である。二度目となる先任上番は、決して望んだ人事ではなかったが……。

異動先である市ヶ谷の部隊は、それまで私が所属していた朝霞の部隊と深いつながりがあり、顔馴染みの隊員も多数いた。それでも新入りの私がいきなり先任に上番し、私も戸惑ったが部隊の皆も戸惑っていた。

一度先任を経験しているアドバンテージがなければ私はつぶれていただろう。「新入りがいきなり先任に上番する」という境遇は、それ程に負荷がかかることである。少なくとも、〝圧倒的なカリスマ性〟を持たない私にはそう感じられた。

救いは皆が協力的であり、新入りでも私を先任として尊重してくれたこと、そして隊長が細かいことをとやかく言わない穏やかな方で、「好きにやってくれればいいから！」というノリで接して下さったことである。

この部隊の任務は、主に事務的な業務を行うことで上級部隊や他部隊を支援することであった。細部の説明は省くが、主役ではなく、支援を主とする〝脇役部隊〟と言えば、少しは分かりやすいだろうか……。

朝霞では、海外派遣を主任務とする部隊の先任として勤務し、市ヶ谷では、演習場や野外の現場ではなく都心の建物の中で、主として事務仕事を行う部隊の先任として勤務したのだった。

同じ先任でも部隊が違えば様々な違いがあり、苦労も異なれば面白味も異なる。日々の朝礼前のわずかな時間ではあるが、「先任の持ち時間」として仕切る時間を与えて頂いたことが、ここでの先任の面白味の一つと言えた。

「皆に伝えたいこと」や「皆に考えてほしいこと」を自分なりにあれこれ練り、朝礼時までにまとめ上げて発信するのである。

自衛隊では、このように隙間の時間を使って行う教育や訓練のことを「間稽古」と呼ぶ。そして私の場合、英語関連の間稽古を行うことが多かった。

それは、「普通科隊員にとっての射撃や格闘と同様、情報科隊員にとっての英語は重要な戦技の一つである！」との思いと、「米留と海外派遣で学ばせて頂いたことを、わずかでも所属部隊の隊員たちに還元しなければ……」との義務感からであった。

米留中にＤＬＩの教官からアドバイスされた、「Long Hair Dictionary」の話を我流にアレンジし、「Under Hair Dictionary」に話をすり替えて紹介したりもした。セクハラになる恐れもあったが、その場にいた女性隊員も笑って話を聞いてくれたのでホッとした覚えがある。

それは市ヶ谷での先任としての、数少ない楽しい思い出だ。そう言えば、女性がいる部隊に私が所属するのは市ヶ谷が初だった。

勿論、セクハラめいた英語の間稽古ばかりをしていた訳ではない。ある日の朝礼前、整列を完了している皆に対して、「侵略から国民を守ることが自衛隊の主任務である。そして〝拉致〟は、国際法でも明確な主権侵害と定義され、直接侵略とみなされている。従って、拉致被害者の救出は自衛隊の任務になるはず。我々はそのことを自覚し、そこを目指すべきではないか⁉」という問いかけをしたことがある。

この話をすると、階級と年齢が高い人ほど呆気に取られたような反応をする傾向があった。一方、若い隊員と女性隊員には理解者が多いという傾向もあり、朝礼後、「先任に言われて初めて気付きました。拉致被害者は自衛隊が救出しなければいけないと思います！」そう言ってくれた女性隊員もいる。

防衛省・自衛隊の本丸である市ヶ谷での勤務は、必ずしもやりがいがあったとは言えない。でも、そこでの勤務が初めての私にとっては新鮮な驚きや発見も多く、視野は大いに広がった。

先ず、売店が充実していて人気の珈琲店まであることが特徴で、隊員価格で外より割安なところには、お得感と特権意識を感じたものである。

防衛大臣は勿論、内閣総理大臣の往来も頻繁にあって賑やかな市ヶ谷には、「駐屯地と言うより、行政機関としての色合いが濃い……」との印象を受けた。

どこの駐屯地であれ大規模、且つ念入りに実施される草刈りや隊舎の床のワックスがけ、そして警備の大部分までもが、市ヶ谷では民間業者に委託されていることに驚かされながらも、その負担のないことが先任としては有難かった。それらの勤務割りをしなくて済むのである。

また、駆け足好きの将官から草刈りの催促をされる心配もなくなり、そこも随分気楽になった。

ただ、市ヶ谷での先任業務も、やはり一筋縄では行かなかった。

中期実員管理制度の影響で単身赴任者が多く集まって来ていることが、在市ヶ谷部隊でも顕著となっており、「お盆や正月、そして連休の際に、いかに彼らを優先して家族の元に帰らせるか?」という〝難題〟に悩まされていたのである。

「誰もが帰省したい時期」や「家族と過ごしたい時期」の勤務割りで本当に頭が痛かったが、不平も言わず、そんな時こそ率先して勤務に就いてくれる者たちの存在に助けられ、私も辛うじて先任としての体を成していられた。皆に感謝あるのみだ。

在市ヶ谷部隊には、「所属隊員の平均年齢が高い」という特徴もあった。それは、屋内での事務仕事を主任務とする部隊としての必然であり、「育児やご両親の介護等、各家庭の事情を念頭に置いて諸勤務を割り振る配慮」も先任に強く求められていた。しかし、私の配慮がどこまで行き届いていたかは、自分では分からない。

当時は「待機児童の問題」が深刻な時期でもあり、隊員家族の子供さんが入園する「保育園についての情報提供」にも先任として関わっていた。

先任の私がいい年をして独身であり、子育ての経験がないため気遣いに欠けるところも多々あったに違いない。それについては、今でも皆に申し訳なく思う。

事務仕事が多いとは言え、自衛官である以上、射撃や格闘の訓練も当然実施したのだが、それまでに私が所属した部隊とは大きな違いがあった。

空挺団等、「いわゆる第一線の戦闘任務部隊」では、89式小銃が〝いの一番〟に装備されていたのに対し、市ヶ谷等の「いわゆる後方支援部隊」では、旧式の64式小銃から89式小銃に切り替わるタイミングが、ようやくこの頃だったのである。

先ずは銃の分解結合に慣れる必要があり、その素早さと正確さを競う競技会が行われた。基準となるのは教範である。

長年にわたり、多くの訓練や海外派遣任務で89式小銃を〝分身〟として使ってきた私は、「教範にはそう書いてあっても、こうする方が実用的だぞ！」とか、「教範が間違っている、俺の言うことの方が正しい！」等と言ってしまうこともあった。

「あの先任には何を言ってもダメだ……」部隊の隊員にそう言われ、呆れられたことを思い出す。

自衛隊では、一度教範が完成すると、それが〝金科玉条〟のごとく扱われる嫌いがあった。勿論私も、自衛隊の教範を決して軽んじていた訳ではない。だが、それを鵜呑みにはしなかった。

そして、「インターネットのウイルス対策ソフトのように、分刻み、秒刻みでの更新……という訳にはいかないが、教範も可能な限り短い周期で更新し、時代遅れにならぬような存在であってほしい！」ただ、そう思っていた。

甘えの構造

「市ヶ谷には偉い人が無駄に多い……」私はそう感じることがあった。市ヶ谷のどの部隊がそうだということではなく、全般的な感想である。

「無駄に」という表現には語弊があるかもしれない。しかし、私も時々覗かせて頂いた「指揮官幕僚会同」という名の会議では居眠りする参加者が少なからずで、それを注意する人も見たことがなかったため、そんな表現を使いたくなるのだ。

そして、その〝体たらく〟による弊害とシワ寄せは、組織の随所に及んだ。

「偉い人たちがしっかり機能しなければ、その部下たちが混乱し、つぶれる隊員も出始める……」という悪循環である。

実は会議中のみならず、普段の課業時間中でも平気で居眠りをする指揮官や幕僚クラスが少なからず存在していた。しかも、日々残業に追われる程に多忙な思いをしている部下の前でも平気で眠りこけるのだ。

業務の負担に格差があり過ぎることは明白であり、露骨であるにも拘らず、それを平均化しようとの意識が、上層部にはあまり感じられなかった。

私は先任として、この〝腐敗〟と言える状況を問題提起した。

「勤務環境改善委員会」という会同が毎月開催され、先任も参加メンバーに含まれていたため、その席で発言したのである。

ところが、「それはマネージメントの問題であると認識する。だが仕事というものは、どうしても有能な人のところに集まってしまう。仕方ない部分もあるのだ」という、ある高級幹部の意味不明な回答で煙に巻かれて終わってしまったのだった。

また、ある部隊主催の持続走競技会では、「指揮官クラスは成績に関係しない特別扱いのオープン参加！」という驚くべきルールが適用されていた。

武道大会であれ、射撃競技会であれ、通常自衛隊の競技会では、指揮官自らが率先して先頭に立ち、競技に参加する。

空挺団や普通科連隊の武道大会では、最後は大将戦で指揮官同士が激突する光景を当たり前のように見て来ただけに、この時に受けた衝撃と失望は言葉に表せない程大きかった。

部下には部隊対抗で散々競わせておきながら、「指揮官だけは成績に関係しない特別扱いのオープン参加」という摩訶不思議なルールなど、入隊以来見たことも聞いたこともなかったからだ。

下々からは当然反発があってルールの見直しが叫ばれたが、結局そのまま競技会が行われていた。

それどころか、「ゼッケンの数字がランダムになっている。各指揮官のゼッケン番号が全て『1番』になるように番号の割り振りをやり直せ！」という無茶で馬鹿げた指示が競技前日の夜になってから出されていたそうで、尚更聞いて呆れたものである。

誰の忖度なのかは不明だが、どうせ「成績とは無関係なオープン参加」なのだからゼッケン番号などどうでもよいはずなのに、おかしなメンツにだけは、やたらとこだわるのだ。

その一方で、競技前日の夜になってまで準備係の隊員たちの手を煩わせ、睡眠不足に追い込むことに対しては、ためらいも配慮も欠如していた。

残念ながら、「指揮官クラスにはやたらと甘く、ひたすら媚び諂う」反面、「部下に対しては理不尽で無意味な要求を恥ずかしげもなく強いる」悪習が、そこでは蔓延っていたと思う。

この頃だったと思うが、「方面総監」という、極めて高位の役職まで務めた元陸自将官が、あろうことか「ロシアのスパイに自衛隊の教範を渡す」という事件が起きた。

この元将官が、かつての部下だった現役幹部自衛官に教範の提供を依頼し、言われるがままに教範の提供が行われてしまった結果であると聞く。

その事件が発端となり、「全ての教範の存在を確認するとともに、正規文書として登録し直せ！」という命令が出され、どこの部隊でも教範管理の担当者たちが残業に次ぐ残業での対応を強いられる騒動に発展し、大変なとばっちりを受けたものである。

全自衛隊に共通する問題だと思うが、「過度で無用な（むしろ有害な）忖度をする者と、それに甘えて増長する者」とが確かに存在していた。そして、「元将官がスパイに教範を渡すという事件も、その延長線上で発生した必然だったのではないか……」私はそう感じた。

私が市ヶ谷勤務時代に見聞きしたマイナスイメージの諸々と、元将官が起こしたスパイ事件とには、重なる部分があったと思う。

しかし、ここで断っておくが、市ヶ谷勤務の大多数の自衛官・事務官他の皆様は、私が知る限り大変献身的で大いに尊敬できる方々だった。そして、私が市ヶ谷勤務においてのみ経験できた特有の素晴らしさや面白味も少なくはない。

特に思うのは、未熟な先任である私を支えてくれた仲間たちの存在である。

日米の先任

米軍関係者が結構頻繁にやって来ることも、市ヶ谷勤務での面白味の一つと言えた。日米の先任会同や懇親会が何度か開催され、私も参加して意見を交換したことがある。

自衛隊側と同じく、米軍側にも女性のCSM（Command Sergeant Major：先任上級曹長）が何人かいたことで話題の幅も広がり、交流がより一層有意義なものに感じられた。

その時、私は既に2個部隊で先任を経験していたが、先任業務にやりがいを感じることができず、その立場に誇りも持てずにいた。

それに関し、米軍のCSMの皆さんがどんな意識を持っているのか興味があり、質問をしてみた。

「皆さんは、CSMとしての職務や立場に誇りとやりがいを感じられますか?」と。

私の質問に、一人の女性CSMが答えてくれた。「勿論です。多くの下士官の中から選ばれた者だけが、CSMになることができるからです。そして、下士官隊員に対する責任と権限を付与されてもいます。その遂行と行使に誇りとやりがいを見出しています」という立派な回答であった。

私は重ねて質問をした。「CSMには、どのような権限が付与されていますか?」と。

「下士官隊員に関する殆ど全てです。例えば人事に関しては、最終的に〝クビ〟にする権限も付与されています。勿論、多くのプロセスを経る必要はありますが、最後の決定権はCSMが持っています」との回答であった。

我が身を振り返ってみると、自衛隊の先任に付与されている権限など何もないことに気付く。勤務割りにしろ、昇任にしろ、昇給にしろ、異動にしろ……。先任は案を提出して指揮官のご決断を仰ぐのみである。

曹士隊員の外出許可権限すら付与されてはおらず、その決済は指揮官、または当直幹部による。先任のハンコだけで下りる決済など、私が知る限り一つもなかった。

逆に米軍のＣＳＭたちからは、「自衛隊の『准尉』という階級の位置付けはどのようなものですか？」という質問があった。確かに米軍と自衛隊とでは、准尉の立ち位置が大きく異なっているようだ。自衛隊の准尉とは、曹長の中から選ばれて昇任した、「〝超〟が付くベテランの曹隊員」である。片や、米軍の准尉という階級は、超ベテラン下士官……という訳ではない。一例を挙げるなら、下士官がヘリコプターパイロットの部内資格を取得した際に「技術将校」として付与される階級が准尉である。

米軍では、ＣＳＭ（先任上級曹長）と言うからには、その役職に就くのは階級が曹長の者である。准尉のＣＳＭはいない。

だが自衛隊では、先任にも、そして先任の上位に位置する最先任にも准尉が任命されることが多い。これに関して米軍のＣＳＭたちからは、「自衛隊の先任システムはユニーク！」と表現された。

平成26（２０１４）年3月に正式運用を開始した自衛隊の上級曹長制度は、米軍のＣＳＭシステムをモデルとしている。また、制度の正式運用に至るまでの間、全国の隊員に対して何度もアンケート調査を行う等、多くの時間と労力、そして国費をつぎ込み、二転三転を経てようやく正式運用に至った制度でもある。

にも拘らず、手本とした当の相手から「ユニーク！」と表現されるだけの理由が、准尉の件以外にも様々に存在すると私には思えた。

この制度は、「先任が指揮官を効果的に補佐する」ことと「陸曹が自主的に後輩の育成を行う」ことを主な目的として作られたものである。

しかし、先任という役職は自衛隊でも元々存在しており、私がお世話になってきた先任の方々は、どの方も後輩の面倒をよく見て下さり、指揮官をはじめ幹部の補佐もしっかりなさっていた。なので、この制度が開始される前と後とで実際にどこが変わったのか、私にはその差異がよく分からなかった。

先任上級曹長の徽章が作られ、それを胸に付けるようになったこと、そして会議等の席次が指揮官の隣に位置するようになったことは米軍並みになった。

では、肝心の職務内容はどうであろうか……。私の実体験を基に、既に色々と書き連ねてきた通りである。

「指揮官を補佐する」という目的に関しては、その言葉の拡大解釈と誤った認識で先任に頼り過ぎたり、甘え過ぎたり……等の、悪く言えば「指揮官クラスの怠慢」を招くマイナス面も少なからずであったと私は思う。

「先任の仕事の種類や量は増やすが、相変わらず権限は何一つ付与しない……」これが、自衛隊の上級曹長制度の実態ではなかったろうか。先任という役職を歴任した私の率直な感想は以上である。

定年2年前となる頃、私は教官職への配置を希望し、陸曹教育隊への異動を申し出た。

自衛官としての自分の最大の特徴は、やはり数回の海外任務を経験していることであると思え、「例えわずかでも、その経験を教官という立場で後輩に伝えてから退官したい」そう思ったからである。

私が朝霞と市ヶ谷の情報科部隊に在籍していた合計6年半を総括して言えるのは、「想定外な程に不発で終わってしまった……」ということだ。

「自分自身だけでなく、自分が所属した情報科の部隊も、そして新設された情報科職種も不発に終わっている……」それが実感だった。

新たな職種である情報科の世界に身を投じ、未知の可能性に賭けてみたが何も変わらなかった。

特に役職が先任になってからは、その〝不発感〟はエスカレートした。

「情報という分野が、拉致被害者救出の扉をこじ開ける鍵になるかもしれない！」との期待は、完全に当てが外れた。

情報科部隊に所属した6年半の間、拉致被害者救出に焦点を当てた情報収集活動が私の周辺で任務に含まれたことは一度もなかった。それは私個人に限ったことではなく、私が所属した部隊としてもそうであり、情報科の全ての部隊を含めても大差はなかったに違いない。

それが残念と言うか不思議でならない。結局、情報科の部隊と職種を新設した目的と志は一体何だったのだろうか？

私の異動に関し、「希望通りに教官職に就けるらしい」という途中経過が聞こえてきたが、いつの間にか変わったらしく、蓋を開けるとまたもや「先任上級曹長に上番せよ！」という発令通知であった。

「一度でも大変な先任ポストに同一人物を３個部隊連続で就かせる人事はどう考えてもおかしい。本人が希望している訳でもないのに……。それは断ってよいレベルではないですか⁉」先任仲間たちからそのように同情され、私自身も全く同感だった。

それにしても、全く面識のない転入者をいきなり先任に据えようというのだから、異動先の教育隊でも先任の成り手が余程いないのであろう。米軍のＣＳＭとは違い、いかに人気がなく、毛嫌いされている役職であるかがよく分かる事例ではなかろうか……。

だが私も、３個部隊連続で先任に上番するつもりなど毛頭ない。

「その人事には従えません。命令に背くからには退職させて頂きます！」と、依願退職を申し出た。

自衛隊は志願制なので、場合によっては退職する権利も自由もある。

定年退官を2年後に控えた時期での依願退職は極めて残念だが、これ以上先任を務めることの方が遥かに嫌であり、止むを得なかった。

ところが、退職の手続きがトントン拍子で進むかと思ったら、そうは問屋が卸してはくれない。

「君が退職するのは構わない。しかし急に辞められると、君の身代わりとして他の誰かを部隊から異動させなければならなくなる。そこは考慮してくれ！」という説得を受けた。

3個部隊連続での先任任命など、普通に考えれば有り得ないふざけた人事であり、私の希望とも大きく乖離している。「それこそが問題ではないのか⁉」

はらわたが煮えくり返る程の怒りを覚えたが、自分の身代わりとして誰かを犠牲にすることもできない。それも先任を務めてきた者の責務であり、市ヶ谷での先任としての〝最後の役目〟として、受け止めざるを得なかった。

第12章

三度目の先任上級曹長上番

最強中隊の先任

陸曹候補生課程等の入校でお世話になった板妻駐屯地の第3陸曹教育隊に、まさか自分が先任として赴任することになるとは思ってもいなかった。しかも、憂鬱感MAXの、この状況で……。教育中隊が幾つかある3曹教の中で私が先任を任されたのは〝普通科の中の普通科！〟と呼ばれる第2普通科教育中隊（略して2普中）である。

この中隊は、主に機関銃や小銃等の「軽火器」と呼ばれる武器の取り扱いと、それらを装備する小グループのリーダーとしての行動を陸曹候補生たちに教育し、その分野で一人前の陸曹に育て上げることを主任務とする。

分かりやすく言うなら、「20代前半で体力気力が溢れんばかりの、バリバリの歩兵たちが関東・中部の一円から集まって来る〝虎の穴〟のようなところ」であった。

職種が普通科から情報科に変わって7年も経つ定年前の私が、これ程にアクティブな中隊で先任を任されることに違和感を覚える一方、自分の中で「怖いもの見たさ感!?」が少し芽生えたのも正直なところである。

2普中に入校してくる学生たちは逞しかったが、2普中の教官・助教たちは学生に輪をかけて逞しく、優秀ながらもガラの悪いスタッフが揃っていた。特に、区隊長3名の眼光の鋭さと顔つきの凶悪さは尋常ではない。

同じ自衛隊でも、朝霞や市ヶ谷の情報科部隊と比べて雰囲気が大分異なるのは勿論だが、空挺団とも違い、米軍のＢＮＣＯＣやＣＤＱＣともまた違う〝男の世界〟がそこにはあった。

超ブラックな先任ポストを３個部隊連続で同じ者に押し付ける〝タコ人事〟には納得できなかったものの、３曹教２普中に着任してみて、何とも言えないご縁を感じたのは確かだ。

「これ程に男らしい中隊の先任に任命されたことは誇りである！」との思いが強まり、意識が徐々に変わった気もする。

ここでも雑多な先任業務に追われ、入校学生とも、教官・助教とも教育の現場で絡める機会は多くはなかった。それでも「米留や海外派遣、そして二度の先任経験で得た知見を折に触れて周囲に伝えよう！」と模索し、可能な範囲で実行した。

さすがに３個部隊連続ともなると、先任として腹が据わるとまではいかずとも、面の皮の厚さだけは増していた。また、理想の先任像からは程遠くとも、「何が本質か？」という感性が、私も少しは磨かれていた気がする。

３曹教２普中の先任として迎えた最初の山場は、上番して１ヶ月も経たぬうちに受検した「行政文書管理検査」だった。

同じ先任でも、部隊が違えば業務内容も多少は異なる。朝霞・市ヶ谷での先任時代にやっていた文書業務と、ここでのそれとには違いがあって苦戦を強いられたが、〝極めて真面目で優秀な文書陸曹の存在〟という助け舟に救われた。結果、検査官からのダメ出しを殆ど受けずに検査を終えられたのである。

勿論、結果はよいに越したことはない。だが、検査準備の混乱の中で、私はあることに気付いた。「もしダメ出しを受けたとしても、誰かがクビにされることはなく、減給される訳でもなく、『速やかに是正しなさい！』と言われるだけだ。仮にそのまま是正しなかったとしても、やはり誰もクビにならず、減給もされない……」ということに。

どれ程叱られようが、カラ返事しているだけでも時間は過ぎ去り、給料日が来れば普通に給料が振り込まれる。文書をしっかり管理していようがいまいが振り込まれる額は滅多に変わらない。

言ってしまうと、3曹教2普中の文書の幾つかがあろうがなかろうが、日本の平和や国民の安全には何の影響もない。そもそも3曹教2普中には左程重要な文書などなく、仮に文書管理に多少の不備があったとしても、何とでもなるのだ。

3個部隊連続で先任に上番した私が〝たどり着いた境地〟がこれだった。

上から命じられたことを全て真に受けて「ハイハイ！」と馬鹿正直に従っていたら体が幾つあっても足りないし、下手をすると、心身の健康を本当に損なってしまうだろう。

拉致被害者の救出任務で命を落とすなら本望だが、日本の平和や国民の安全に何の関係もなく、古びて内容に重要度もなさそうな自衛隊の腐れ文書や、そのファイルの体裁を整えるためだけに命を削られるのでは泣くに泣けない。

三度の先任上番でそのことに気付き、且つ気付いたことを行動で押し通せるようになっていた。一度退職を決意したので怖いものはなくなり、「その指示には従えません。何なら、私をクビにすればいいではないですか！」というセリフを平気で言えるようになってもいた。

だが自衛隊では、そうそう簡単に隊員がクビになることなどない。逆に、「辞めたい」と申し出てもなかなか辞めさせてもらえない組織なのだ。だからクビなど恐れず、命令や指示が納得できないものであれば堂々と反発し、拒否すればよいのではないだろうか……。

ボーナスの額や昇給、昇任等で少しは不利益を被るかもしれないが、ペナルティーがあるとしても精々その程度で高が知れている。

勿論、私も開き直って仕事を蔑ろにばかりしていた訳では決してない。むしろ、中隊の中でもとりわけ多くの業務を負担していたと思う。

自衛隊では、「職位機能図」というものに各役職の担当業務が列記されていて、言わばそれが任務割りなのだが、どの部隊でも先任の職位機能欄は、他の役職のそれに比べて大抵2倍かそれ以上の分量になっていた。

過度な負荷が先任の肩にのしかかり、それ故に不人気で成り手の見つかりにくい役職となってしまった訳である。実際に、上番中に鬱病になってしまう先任も少なくはない。

私は朝霞でも市ヶ谷でも、そして3曹教2普中でも先任業務に必死に取り組んだが、理不尽な命令や指示を受けたと感じた時に限り、〝開き直り戦術〟を展開してそれらを拒絶した。上から降って湧いてくるだけの仕事の山を、時には逆に上へと押し返せばスッキリもする。

先任がケツをまくって仕事をほったらかすと、困って動き出すのは指揮官クラスであった。本来、指揮官自らが担うべき業務を先任に振り過ぎている傾向はどこの部隊でも往々にしてあり、「先任が多忙を極める傍らで指揮官は余裕綽々……」ということが目に余る程であったので、まあ丁度よかったのではないだろうか。

それこそ「マネージメントの問題」であり、先任である私が時にケツをまくったのは「業務配分と業務内容を見直して頂きたい！」という、管理者に対するアピールでもあった。

普通に意見具申をしてもなかなか聞き入れてもらえなかったため、強硬手段もまじえて訴えたのだ。

上からの指示も、必ずしも規則に適っているものばかりとは限らない。例を挙げるなら、休暇や平素の外出から帰って来ない「行方不明隊員」の捜索要領がそれに該当し、「極めてグレー」と言うより、「完全なブラック」と言えた。

自衛隊では、未帰隊のまま行方不明になっている隊員を捜索する際、同じ部隊の者が公務時間中に私服姿で、私有車を使って探し回るよう上から指示されることも少なくない。

それは「正式に命令が発令されての行動」ではない。かといって、「代休や休暇の申請をして、飽く迄も個人の責任で行われている私的行動」でもなく、極めて中途半端なのである。

捜索で費やしたガソリン代も公費負担ではなく私費負担となり、もし捜索中に交通事故を起こしても公務と認定される可能性は低く、個人の責任となる危険性が高い。

さらに言うなら、確たる命令もないまま公務中に私服姿で私有車使用による行動をとることは、本来は処分の対象にすらなりかねない〝禁断の行為〟であるはず……。

無責任にも、その禁断の行為を指示する上官が散見されるが、明白な公私混同であり勘違いである。

万が一、捜索中に交通事故などの2次災害が起きてしまった場合、指示をした上官はどのように責任を取り、どのように事故当事者を守れるのか、甚だ疑問だ。

公務中に行方不明隊員の捜索を命じるのであれば、正規に命令を発令して捜索させるべきではないだろうか……。或いは代休や休暇の申請をさせ、任意の私的行為として、ガソリンの費用も、そして交通事故を起こした場合の責任も個人の負担であることを明確にし、納得させた上で捜索を行わせるべきである。その中間はないはずだ。

正規の軍隊ならば、脱走兵は逮捕されて軍法会議で裁かれる。自衛隊にはそのシステムがなく曖昧であるが故に、中途半端な対応がまかり通ってしまっているのかもしれない。

そのシワ寄せが末端の部隊や隊員に及んでいる訳だが、やはりここでも自衛隊が、ワールドスタンダードからは大きく外れていることが分かる。

自衛隊では、「公務か公務でないか」このどちらかであり、そこが責任の分かれ目でもある。それは課業時間中の通院や受診についても同じであり、「公務によるけがや病気の治療なのか、それとも私的なものなのか？」そこを明確に切り分ける必要がある。

明らかに私的な通院であるにも拘らず、公務時間中に運転手付きの黒塗りの車で自衛隊病院に通院する将官クラスが今もいらっしゃるなら、先ずはその方から襟を正して頂きたい。

幸運なことに、私が2普中の先任である間は、〝外出後未帰隊〟となる学生が一人もいなかった。さすがに〝普通科の中の普通科〟で鍛えられている隊員たちは、一味は違っていた。

米軍留学の亡霊

斯様に優秀な入校学生たちに成績の序列を付けることは難しく、心が痛む作業でもあった。

陸曹教育に限らず、自衛隊の課程教育は全て相対評価であり、〝トップからビリまで〟の成績序列が必ず付けられる。だが、2ヶ月ソコソコの短期間で、100名を超える程の入校学生全員を対象にトップからビリまでの成績序列を正確に付けることなど到底無理である。

数字での序列付けではなく、例えば、「Aランク、Bランク、Cランク、Dランク等のランク付けまでの評価が妥当であり、その辺りが教育者サイドでできる限界でもある」と、私は感じた。

余談だが、陸曹教育隊での教育を首席で卒業する学生には「方面総監賞」という名の賞が授与される。元来は〝方面総監賞受賞隊員〟と言えば誰からも尊敬の眼差しで見られる程に栄誉ある賞だった。ところが、元方面総監がロシアのスパイに教範を渡して騒動になった一件以来、「賞名としては、ちょっとイメージが……」との風評も聞こえ始めていた。

それも仕方のないことであり、例えば「最優秀成績賞」のように賞名を変更することを、私も教育中隊の先任として提案してはみたものの、結局変更されないまま現在に至っている。

その他にも、陸曹教育隊の慣習には疑問に思える点が幾つかあった。

武器を使用しなかった日でも念入りに行われる武器手入れや、決まった時間と場所で日々強制される課外の自習、そして教官や助教の執務室まで学生が行う清掃等がそれに該当する。

米留中のことを思い出してみると、武器手入れは課業時間内に済ませ、課外時間にまで食い込むことは一度もなかった。また、課外の自習は学生各自に任され、自室で自主的に行う者が多かった。清掃は自分たちのバラックを軽く清掃するのみで当直の点検もなかった。

比較すると、自衛隊は統制過多で自主性に任せる部分が少なく、その分、労力と時間を空費してしまっているようにも思える。

留学経験者としての責任が私にはあり、米軍で経験したこととの違いを発信してはみたが力及ばず、教育隊の体制に影響を及ぼすことはできなかった。

教育隊で叩き込まれた過度な統制の癖は、原隊に戻って指導的立場に立つまで引き摺り、その慣習が自衛隊の組織全体に蔓延していく……。

自衛隊では、先任が意見を発信できる「先任会同」という場や、全隊員が意見を率直に書き込める「監察アンケート」という機会が定期的に設定されている。

そこではおこがましくも、自分の拙い経験も踏まえて意見を率直に挙げさせて頂いたが、その声がどこまで届き、どこで、どんな理由で立ち消えになっていったのかは分からない。

制度や慣習だけではなく、教育訓練の環境にも様々な制約が存在していた。陸曹教育の〝キモ〟と言える、演習場での野外訓練においても、思う存分に暴れ回れる環境が整っていた訳ではない。

富士演習場は自衛隊各隊のみならず、米軍も頻繁に使用するため、訓練場の予約確保が困難であった。演習場や射場を使用する優先順位が高いのは、先ず米軍、次に自衛隊の幹部教育を多く担う富士学校であり、優先順位の低い陸曹教育隊は訓練場の確保が思うに任せず、辛うじて空きのある土、日や祝祭日を訓練日に当てざるを得ないことが多かった。

やっとの思いで訓練場を確保したはずが、他部隊とのダブルブッキングにより現地で混乱することも多く、そんな状況下で学生たちを率いて教育を施さなければならない教官や区隊長、そして助教たちの苦労は計り知れなかった。

演習場は必ずしも国有地ではなくて、実は民間人の所有地である場合が多く、それ故の制約もあったと思う。

自衛隊では、演習場の草刈りに膨大な労力と時間が投入される。1週間や2週間もの間、部隊が丸ごと演習場で野営をしつつ草刈りを行うことも珍しくはない。

思えば二度の米留中、それ程に大規模な演習場の草刈りなど見たことも聞いたこともなかった。草刈り等、自衛隊の演習場整備は訓練のない休日に行われることが多く、それ故、隊員たちの代休が雪だるま式に増えていった。1年経てば消滅し、必ずしも取得できない代休が幾ら増えても仕方がないのである。

演習場とは、「訓練をする場所」なのか、それとも「大規模な草刈り等の整備をする場所」なのか、どちらか分からなく思えたこともある。

訓練に集中できないだけでなく、〝本末転倒〟とも言えるそんな状況が、多くの隊員のプライベートを蝕んでもいた。

板妻もそうだが、特に演習場に近い駐屯地の所属隊員は演習場整備に駆り出される頻度が多く、これに関しては、草刈りどころか清掃の負担も殆どない市ヶ谷の所属隊員とは大きな格差があった。

市ヶ谷や朝霞等、都市部の勤務者には「都市手当」というプラスアルファの収入がある一方、板妻勤務者には、勤務地に関する手当は何も付かない。

また、野外訓練が多いためレトルト携行食の喫食数が増え、いつも食堂でおいしく温かい食事にありつける市ヶ谷等の勤務者よりも（食事に関しては）心身の負担が大きかった。

その割には、都市部の部隊に比して昇任の枠が明らかに少なく、経験や年齢、そして能力からすれば「勿体ない」と思える程に昇任の遅い隊員が、3曹教にはあまりにも多かった。

朝霞、市ヶ谷、そして板妻と、三つの駐屯地で先任を歴任した私からすれば、勿論、いずれの所属隊員も頑張ってくれていたが、「待遇や勤務環境を考慮すると、板妻3曹教のスタッフを特に高く評価したい……」との思いがあった。

そして3曹教では、その事情を入校学生たちも知ってか知らずか、不平不満を殆ど言わず、真摯に教育を受けてくれていた。

入校中に母親を亡くして帰省し、葬儀を済ませると直ちに帰隊して教育に復帰した学生がいた。「子供が生まれた！」との知らせを聞いても休むことなく、教育に参加し続けた学生もいた。

そして2普中の学生には、〝体力検定1級〟〝射撃特級〟という猛者がゴロゴロいたのである。中には性病を患って教育停止、原隊復帰となった、別の意味での強者もいたが……。

今時の若者であることは間違いなく、朝の点呼後、朝食を食べに行かず部屋に戻り、再度寝床に入る者も若干は存在した。

自衛隊の食事は国費で賄われており、食べ残しがあれば残飯の処理代金も国費から支払われる。

つまり、喫食申請していながら食事を食べなければ、国損が二重に生じてしまうのだ。
「食べたくないから食べない、朝は食堂に行くのが面倒だから行かない……」では済まされない。自衛隊では食事も任務である。

第一、朝飯をしっかり食べなければ強い体も作れないし、厳しい教育訓練を乗り切るスタミナも涵養できない。そこは先任としても〝要指導の重点項目〟であった。

自衛隊の食堂には、「喫食者数調査のためのカウンター」が設置されていて、申請数と喫食数が一致しない部隊があれば厳重に指導される。そのため、カウンターだけ押して喫食せずに帰る不届き者もいる。

その不正をチェックする監視員を食堂入口に1名ないし2名配置する必要が生じ、余計な人手も必要となってしまっているのが現状だ。

食べ物を、それも国費で賄われている食事を蔑ろにする隊員がいるようでは、自衛隊の先行きは暗い。

特に最近は、優秀な栄養士が各駐屯地に配置され、栄養のバランスも、そして味も申し分のないレベルの食事が提供されている。「それがどれ程有難いことであるか」を、先ずは理解できる隊員になってもらいたい。

それが自衛官としての、そして一人の人間としての基本基礎ではないだろうか。

〝無駄な……〟とは言えないが、過度に頻繁に実施させられることの一つに「メンタルヘルスチェック」があった。

「最近よく眠れるか？」「自分に存在価値があると思えるか？」等のセルフチェック項目が記入された一枚紙のものもあれば、コンピューターに入力して全員分のデータをまとめるタイプのものもあり、バラエティーに富んでいた。

種類も頻度もあまりに多く、それらを取りまとめて提出する先任等の立場にある者には結構な負担となり、「メンタルヘルスのためにメンタルダウンしそうだ！」という不満も上がっていた程である。

これも米軍との比較になるが、合計で10ヶ月近くに及んだ二度の留学中、メンタルヘルスチェックなど一度もお目にかかったことがない。

私の米留は一昔前の話であり、最近の米軍がメンタルヘルスをどう取り入れているかは不明である。でも多分、もっとあっさりしていると思う。

米軍に二度も留学し、多くを体験させて頂いた者として思うところが様々にあった。中でも教育隊の先任となった私が特に強く思ったのは、「日本の陸曹教育にも留学生を是非呼びたい！」ということである。

現状は厳しく実現には至っていないが、世界中から留学生を受け入れている米軍並みの懐の広さが自衛隊にも備われば、素晴らしく、そして面白い。

日報調査の実際

数ある業務の無駄の中で、〝これこそは完全な無駄！〟と思えたのが「日報の調査」である。これは、「自衛隊海外派遣部隊の活動記録である日報が、実は存在していたにも拘らず、『存在していない』と報告されていた」ことが国会でも大問題になり、その煽りで多くの自衛官が長期間にわたり、執拗に強要されたデータと文書の確認作業のことである。

先任という立場でこの作業に携わった私の実感……と言うか、私の勝手な解釈であるかもしれないが……。

この問題は、「自衛隊が派遣された当時の南スーダンやイラクは戦闘地域であり、あれは憲法違反だった！」という〝突っ込み〟を何としてでも入れたい勢力と、逆にそれを是が非でも否定したい勢力とが今更ながらにせめぎ合う事象の余波であったと思う。

私は南スーダン派遣には参加していないので、そこでのことは分からない。だが、私が参加したイラクをはじめ四度の海外派遣について言わせて頂けるなら、「派遣中の活動自体が特段のことではなかったのに、その活動報告の内容がどうであるとか、その文書やデータが残っているかどうか？など、尚更どうでもよいことだ！」と、言いたい。隠す程のこともなければ、暴き立てる程のこともないはずだ。

私の海外派遣中に何か問題があったとすれば、他国軍が当たり前のように装備している「対砲迫レーダー」の装備が自衛隊の派遣部隊にはなかったことや、やはり他国軍が当たり前のように行っている警備行動を自衛隊だけが、独自のローカルルールのために手足を縛られてできなかったことではないだろうか。

「戦闘地域か否か？」という事が問題なのであれば、それは解釈の仕方でどちらにも転ぶと思うが、派遣された当の我々には、そんな言葉の解釈など、どうでもよいことだった。

「現地で実際に目の前で起きていることに、いかに対処すればよいか？」これだけが重要であり、その結果、自分と仲間全員が派遣中の任務を完遂して無事に帰国できさえすれば、それで十分だと思っていた。

海外派遣の現場で現実に向き合っている当事者には、何かの文面に書かれているらしい机上の空論に付き合っている暇も、それを気にしている余裕もなかった訳である。

派遣前に議論する分には、国会でも幾ら議論しようと勝手だが、派遣終了後、大分時間が経過している今頃になって国会で議題に挙げて蒸し返す価値や意味のあることとは思えない。政治家にも自衛官にも、もっと他に追求するべき大切なことが山程あるはず。

何よりも、内閣総理大臣であり自衛隊の最高指揮官でもある日本国首相が「国政の最優先課題」と位置付け続けて来た、拉致被害者の救出が思い浮かぶ。

日報調査も、ごく最近の南スーダン派遣限定で対象にするならまだ理解できる。だがイラク派遣であれば、派遣終了から既に十数年が経過し、自衛隊もかなり世代が変わっている。当時の文書やデータの有無について、現在の担当者が責任を負えるかと言えば負えない。

「不要な文書もデータも破棄せよ！」と指示されていても、処分し切れず思わぬところに残ってしまうことは不可抗力として起こり得る。どこにでもある〝よくある話〟ではないのだろうか？

「自衛隊内の誰かが故意に隠ぺいした疑い」があるならば、その部課や人物だけを調査すれば済む話であり、全部隊、全自衛官を巻き込む必要などさらさらなかったはずだ。

南スーダンやイラクに部隊を派遣した国は数多あるが、そこでのレポートの内容やその有無が、場合によっては派遣後10年以上も経過しているのに国会で大問題になったり、それが原因で防衛大臣や陸自制服組のトップが辞任したり、選挙結果にまで影響が及んだ摩訶不思議な国は、残念ながら日本だけである。

また、それらの海外派遣とは全く関係のない次世代の隊員たちをも巻き込み、かつての日報のデータや文書を長期にわたり執拗に捜索させ続けたのも、多くの派遣国軍（部隊）の中で、本当に残念ながら日本の自衛隊だけである。その〝異状性〟を、私は日本国民の皆様に感じて頂きたいと思う。

日報調査はその後エスカレートし、「日本国内での日米合同訓練、東日本大震災を含む国内の災害派遣任務についても日報関連のデータと文書の有無を調査確認し、該当するパソコンの関連画面を漏れなく印刷して提出せよ！」という、何を目的としたものであるのかが全く理解できない指示となって、少なくとも私の周辺には降りかかってきていた（恐らく、全自衛隊を対象とした指示であったに違いない）。その指示の出所はどこであり、誰だったのだろうか？

印刷に要した紙とインク代だけでも、そのために費やした防衛費が勿体なく思えた。もっとも、多くの隊員の労力と時間が無駄に費やされてしまったことの方がより重大であったと思うが……。そのために残業や休日出勤を強いられ、プライベートを大きく侵蝕された自衛官は数知れずで、損失はあまりに大きかった。

ここまで来るとハラスメントであり、自衛隊組織に対する業務妨害以外の何物でもない。「敵性国家に取り込まれた国内の政治家や、自衛隊を内部からかく乱しようとする〝内なる敵〟による、日本の防衛力弱体化を企む新手のテロではないか……」とすら感じた。

大袈裟と思われるかもしれないが、日報調査の顛末をそのように受け止めていた自衛官は私だけではない。

同じ海外派遣をしていても、米軍も、英軍も、豪軍も、ペルー軍も、ブラジル軍も、韓国軍も……その他のどこの国の軍隊も、「日報の調査」などという、これ程無意味で馬鹿げた作業を延々と執拗にやらされてなどいない。なぜ日本の自衛隊だけが、こんな無駄なことばかりやらされるのだろうか？

日本の政治と法律の不備に起因することであろうが、不毛な作業指示が末端の我々に下りてくるまでのどこかの段階で、誰かが「それは無意味だから止めましょう！」と言ってくれれば済む話でもあると思う。

そのように〝ストッパー役〟となってくれる存在がいなかったことも情けなく、とても残念だった。末端の我々のレベルでは、「やった素振りだけして中身は出鱈目な調査結果を提出する」ことが、できる精一杯の抵抗であった。

諸々の先任業務に追われて手が回らず、結果として、私は日報調査に関し、かなり出鱈目な調査結果ばかりを上級部隊に提出した。

だが、それに対して何の指摘も受けなかったところを見ると、「やらせるだけはやらせるが、その提出結果を誰も点検していなかった」ことが明らかである。

もっとも、各隊から集まってくるあれだけ膨大な量の点検など、誰にもできるはずがない。初めから判り切っていたことだ。それを承知でやらせているだけに、尚更性質が悪い。

日報問題とその調査とは、「些末なことを殊更に騒ぎ立てる輩」と、「そのクレームに対して、何かをやっているフリだけはしようとする輩」が演じる猿芝居に他ならず、中身など何もなかった。

だが、そのシワ寄せが無関係な多くの自衛官に過大に及び、それに空費した労力と時間と国費は莫大であった。

その猿芝居が国会の場でも、そして自衛隊の職場でも延々と繰り返されていたことを、私は日本国民の一人としても、その実害に遭った元自衛官の一人としても、そして四度の海外派遣に参加し、実際に現地で活動してきた者としても、心の底から遺憾に思っている。

日本の自衛官が日報調査対処でかなりの労力と時間を空費させられている間、他国の軍隊は必要な訓練を実施して実力を蓄え、或いはしっかり休養を取って英気を養っている。仮にその両者が戦った場合、果たしてどちらに分があるだろうか？　または災害発生時に、より多くの命を救えるのはどちらであろうか？

自衛隊が本来の任務を果たすために保有している貴重な体力と時間、そして防衛費を無駄にすればする程、やがてそのツケは、何らかの形で日本国民に回って来るのだと思う。

不要自転車の片付けや受け持ち区域の草刈り、ゴミの処分や喫煙所の設置に関すること等、3曹教でも先任の雑用には際限がなかったが、それでも〝日報関連のクソ業務〟に比べれば、遥かにやりがいがあった。

2普中ワールド

3曹教先任時代の私にとって救いだったのは、何と言っても2普中のスタッフの存在である。

警衛や当直、そして演習場整備等の勤務を先任として割り振る時、「ここで勤務に就いてくれるか？」と聞くと、「はい！」という一言で終わってしまうことが殆どなのだ。

学生に対しては〝鬼〟のような教官・助教も隊本部の各係陸曹も、私を先任として尊重してくれたことが有難かった。2普中のスタッフに反発されたことは、多分一度もない。

体罰禁止の風潮の中でも2普中の助教は学生を強く殴った。だが、素手の拳で学生が被る鉄帽の上から殴っていた。殴られる学生は痛くないが、殴る助教は強く殴る程に痛いのだ。

中隊長と共に野外訓練を視察した際、助教が学生の鉄帽を叩く軽快な音が度々聞こえたものである。

3曹教では「支援助教」という、若々しく頼もしい助っ人の存在があり、彼等にも随分と手助けをしてもらった。

東部方面管内の普通科連隊や空挺団から毎期各1名ずつ、臨時の助教として派遣されて来る彼らは、いずれも2普中を最近卒業したばかりの者たちだった。つまり、新卒の先輩として後輩学生たちの指導に当たってくれた訳である。

陸曹候補生から3曹に昇任し、原隊で陸士の指導も経験して3曹教に戻って来た彼らは、特に野外訓練での指導において持てる力を発揮した。訓練中、自ら掘った穴で夜を明かす学生たちに終始同行する支援助教の熱心な姿が際立っていたことを思い出す。

まだ寒い季節の夜明け頃、穴の中でポンチョも被らずイビキをかいて仮眠している学生たちが多かった。〝まるで野性動物みたいな〟そのふてぶてしさには、頼もしさを感じるよりも呆れたが、それを見守り、時には叩き起こして適宜に指導する支援助教の手綱さばきは見事と言えた。

学生たちには身近なよい手本であり、「学生たちも教育修了後、原隊で経験を積めば彼らと同じか、それ以上の普通科隊員へと成長するに違いない……」そんな想像をすることが、3曹教2普中先任としての面白味であったろうか。

先任が学生たちを直接指導する機会は少なく、休暇前の服務指導教育や朝終礼時の伝達くらいしか覚えがない。

それでも卒業前の宴席では、私にも酒を注いでくれ、同時に様々な質問をぶつけてもくる学生が少なからずであったことを大変嬉しく、意気に感じたものである。

3曹教2普中の卒業生たちが、陸上自衛隊の将来の主役に成長していくことは間違いないだろう。

1年間勤務し、私は異動を希望して2普中の先任を下番した。

教育隊での先任にやりがいは感じたものの、同じ者ばかりが先任で居続ければ、他者の先任経験機会を奪うことにもなってしまう。私は3個部隊連続で先任を経験したのでもう十二分、お腹一杯であった。それ以上の先任継続は、自分にとっても周りにとってもマイナスだったと思う。

また、定年1年前となっていたので退官後を見据え、「地元に戻りたい」との私的な事情もあった。

3曹教にも2普中にも、そして転属先の部隊にも私の我儘を聞いて頂き、平成30（2018）年

3月、私は地元近くに所在する駐屯地の業務隊に異動した。

終　章　自衛官としての落日

新隊員募集のあるべき姿

異動先の駐屯地業務隊では「総務班長」という役職に就き、これが陸上自衛隊における私の最後の役職となった。

「総務」という言葉の通り、この役職も先任同様に「何でも屋の雑用係」である。例えば、駐屯地内で蜂が飛び回ると総務班長席の電話が鳴り、〝蜂の巣駆除隊長〟として働くこととなる。また、部内外のお客さんが大勢来られる時などは、〝効率よくお茶出しをする係の長〟にもなった。そして、駐屯各部隊が持ってくるゴミを集積所でチェックし、集まった大量のゴミ袋を地域のゴミセンターに運び込む役割も担う等、ここでも芸域の広さを発揮していた気がする。

文書に関しても、やはり検査でミリミリ点検を受けた。田舎の駐屯地の業務隊なので、国民の安全に関わるような重要文書などないのだが、「あらゆる情報開示請求に応じられる態勢を整えるために必要！」との名目も掲げられていた。

（しかし防衛省は、寄せられる情報開示請求に対し、必ずしも真摯に対応しているとは言えない。「拉致被害者の救出に向け、防衛省がどのように取り組んでいるか？」という民間から寄せられた開示請求に対し、防衛省が子供だましにもならない回答に終始し、お茶を濁していることを私は知っている）

呆れたことに、この頃もまだ日報調査の指示が頻繁にあり、それには適当に対応していたと思う。

これまでの先任業務と大差ないようでもあるが、人事に関する業務がない点が、先任より少しは気楽であったろうか……。思えば、決定権も持たぬまま携わった隊員の異動や昇任、昇給等の人事業務は本当に憂鬱だった。

自衛隊も近年は深刻な人材不足に陥り、私が市ヶ谷で先任をしていた頃からか、「全自衛官が募集員である！」と言われ始め、「ローラー作戦」と称し、隊員募集用のパンフレットが全隊員に配られるようになった。また、入隊勧誘の人数を部隊ごとのノルマのように課せられ始めてもいた。

そして、その風潮には一層拍車がかかっていたと思う。あまりの人手不足のため、階級によっては定年年齢が1年先延ばしになるとともに、一般入隊者の年齢制限が27歳未満から33歳未満にまで引き上げられてもいた。

私が入隊した平成元年時の年齢制限は25歳未満であり、当時ギリギリの24歳4ヶ月で入隊した私などは年寄り扱いをされたものだ。それを思うと、「32歳の新隊員」という設定には無理を感じる。

私が自衛隊に在籍していた間、人員不足は常であり、東日本大震災後の数年間だけが、入隊希望者が増えた唯一の時期だったらしい。

過酷な被災現場で懸命の活動を続ける自衛官の姿を見た日本の多くの若者が「自衛隊に入隊し、困っている国民を自分も助けたい！」という志を持ってくれた結果であろう。

とても健全な入隊の動機であり、大変心強く喜ばしいことだ。確たる意志と覚悟を持って入隊した者は、その多くが優良隊員に成長してもいく。

このように、国家国民の一大事に自衛隊が本来の役割をしっかり果たすことこそが、自然な結果として入隊希望者の増加につながる。また、日報調査のような無意味で馬鹿げた作業を根こそぎ省くことも、優良隊員獲得のためには必要であろう。

「だが自衛隊は、その基本を忘れたかのように小細工に走り始めてはいないだろうか？」

私が定年退官する頃に作成され、配信された「自衛隊のそれ、誤解ですから！」という新隊員募集用のPR動画を見て私はそう感じた。

勿論、その動画の全般的な素晴らしさや製作者と出演者の熱意は十分に感じている。だが、「方針がずれている……」どうしてもそう思えてしまうのだ。

そのPR動画は、「こう見えても私は現役の自衛官です。体力的にきつい職務ばかりではないし、残業も殆どないし、女性も増えているし、自由時間にゲームもできるし、外出して遊ぶことも可能、先輩も怖くないし、給料もよいので高級腕時計も買えるし、長期休暇があって海外旅行にも行けるし、訓練について行けなくても助けてもらえる組織が自衛隊だから、心配しないで入隊を希望しよう！」という内容である。

その動画を見て首を傾げた自衛官は、私だけではないと思う。私は諸外国軍の隊員募集PR動画がどんな内容であるかに興味を持ち、インターネットで検索してみた結果、次の通りであった。

中国軍

尖閣諸島の映像も流しつつ、「わずかな辺境の領土であっても他に譲ることは許さない！」「戦争はいかなる瞬間にも起こり得る。君にはその準備ができているか？」という内容。

台湾軍

戦車や戦闘機が戦闘マシーンに変身するSF的な動画で、「宇宙人が攻めて来たら我が軍に任せろ！」という内容。

英国海兵隊

一人の海兵隊員が小銃を構えてジャングルの中を警戒しつつ前進する場面が映し出され、「お前が所持する最強の武器だ。〝空腹を乗り越えられる〟〝暑さを凌げる〟〝痛みを根絶し、怒りを制御できる〟その使い方を覚えてもらう。ネットで我が海兵隊を検索してみろ！」というナレーションが流れる内容。

また、泥水の中を這いつくばり、水中で窒息しそうにもなり、疲労困憊している兵士に対して、「それがお前の限界なのか？　ならば応募用紙を記入するだけ無駄だ！」と、教官がハッパをかけるシーンの映像が流れ、「99・9パーセントは志願するに値せず！」というテロップが映像の最後に表示されるバージョンもある。

米海軍

空母の艦上で、ボートの船上で、潜水艦内で、航空機の機内で、それぞれ任務に就く将兵たちや、国旗の下で徽章を胸に付与される隊員の映像が流れる内容。

ノルウェー軍

「軍隊は何のために存在するのか、それは何も起こらないということを守るため！」というメッセージを表示しつつ、最新兵器や厳しい訓練風景の映像を流す内容。

　……等々、という結果であった。

　なお、徴兵制の国では隊員募集の必要性がないためか、ＰＲ動画は作成されていないようである（私がネット上で見つけられなかっただけかもしれないが……）。

比較してみると、自衛隊は隊員募集PR動画の内容でも、ワールドスタンダードから著しく逸脱していることが分かる。

率直に言って、「自衛隊のそれ、誤解ですから！」のPR動画を、他国の軍人には見られたくないと私は思う。

読者の皆様には是非一度、他国軍の隊員募集PR動画と「自衛隊のそれ、誤解ですから！」を視聴して比較し、何かを感じて頂きたい。

「自衛隊のそれ、誤解ですから！」のようなPR動画を配信することよりも、「全自衛官が募集員である！」と呼びかけてローラー作戦を展開することよりも、「国民のために果たすべき役割をしっかり果たす！」という基本基礎を改めて見直し、そこに集中すべきではないだろうか……。

例えば自衛隊が、北朝鮮軍部工作員の魔手によって日本国内から連れ去られた中学1年生の女の子たちを救出するために知恵を絞り、力を尽くすなら、入隊希望者が格段に増えるに違いない。そうしたやりがいと魅力のある組織であれば、日本の若者たちは、きっと意気に感じて後に続いてくれると思う。

逆に、「侵略から国民を守ることが自衛隊の主任務である！」と謳っていながら、拉致被害者の救出を他人事としか認識できない、そんな矛盾に満ちた組織である間は、誰も自衛隊に魅力など感じてはくれないだろう。

もし、「憲法9条のために拉致被害者の救出作戦ができない！」ということであれば、そして憲法改正を待っている時間的猶予がないのであれば、情報戦を仕掛ける等、〝直接的な実力行使の代わりとなる何らかの手段〟を講ずるべきである。

自衛隊には情報科部隊が存在し、情報科の隊員も存在している。「国民を侵略から守る！」という本分のために持てる力を遊ばせることなく、是非ともフル活用して頂きたい。

東日本大震災や、中国武漢発とされる新型ウイルス対処時のように自衛隊が果たすべき役割をしっかり果たせば、PRなどせずとも健全な志と覚悟を持った多くの若者が入隊を希望してくれるはずだ。

そこを再認識し、日々の職務や隊員募集の在り方を改めて見直す必要が、自衛隊には多分にあると思う。

国費の使い道

業務隊総務班長に上番して数ヶ月が経過した頃、ファックスで1通のメッセージを受信した。

東部方面総監が管内の某駐屯地外来宿舎に宿泊された際、「ここの外来宿舎は設備や備品がよく整っていて、おもてなしが素晴らしい。とても心地よく過ごせた、有難う！」という内容のお褒めのメッセージを総監ご自身が手書きで残されたらしく、そのコピーであった。

それは、1個部隊や2個部隊に対してだけでなく、東部方面管内の多く（もしかすると全て？）の駐屯地業務隊にFAX送信されていたようである。

つまり、「東部方面総監直々のお言葉」ということで、「各駐屯地の外来宿舎は斯くあるべき！」という情報提供であり、勘ぐれば一種のプレッシャーとも受け取れた。

これに各駐屯地業務隊は過敏に反応し、外来宿舎を改良するための〝調達合戦〟が、早速始まってしまったのである。

後で聞いた話だが、その某駐屯地外来宿舎も、「実はそのための予算など付いていないにも拘らず、勝手な前倒しで設備を改めたり備品を調達する等して方面総監をもてなしていた」そうな……。その経費は後出しで強引に請求を上げたため、当然問題になったとの話を聞いた。

決してよい見本とは言えないが、「総監に褒められることが先ず重要！」との意識が先行し、東部方面管内の複数の駐屯地業務隊は、「我も我も……」と続こうとしていた。

思うに、予算の前倒しが行われたのはごく一部であり、「丁度よい機会だから外来宿舎を改修しよう！」という駐屯地が多かったのかもしれない。だが、そのFAX受信後から調達合戦が白熱し始めたのは事実であり、普段は「規則や定められた手順に従い、淡々と職務に邁進せよ！」と言っていた人たちが、公費の本来の使い道や手順を必ずしも尊重せず、悪く言えば〝競うように総監に媚び諂う姿〟にも見えてしまい、格好よいとは思えなかった。

そして、「それだけの熱意を拉致被害者の救出に向けられないものだろうか？」どうしてもそれを思ってしまう。

私の身近でも、「総監来隊に備えての、大画面の液晶テレビ調達要求」等があり、それに対して私は、「本当にそんなお金があるのなら、業務用パソコンを優先して買って下さい。台数が不足して業務に支障が出ています！」という意見具申をした（結局予算が付かず、液晶テレビも業務用パソコンも調達できずに終わったが……。そもそもテレビとパソコンとでは予算の出所が違うらしい）。

もっとも、大画面の液晶テレビの調達などはまだ可愛い方で、訓練部隊のために準備されている外来宿舎の部屋をつぶしてまで高官待遇用の部屋に改修しようとする駐屯地もあったようだ。

「高官に対するゴマ摺りや忖度が、部隊の訓練環境を整えることよりも優先されてしまう組織……」それも平成の自衛隊の一面だったのだろうか。

どの駐屯地であれ、方面総監クラスの将官が来隊される場合には、その将官の食べ物の好みを調べ、それに合わせて当日の隊員食堂のメニューが変更されることが多い。

例えば、元々その日のメニューが「カレーライス」に決まっていたとしても、将官の好みが「トンカツ」であることが分かればトンカツに変更される。

「隊員が食べている物を共に味わい確認する」という名目があるため、将官お一人分だけでなく全隊員分のメニューが急遽変更される訳だ。しかも、揚げたてのトンカツを将官に提供するための〝特別チーム〟が編成され、そこに数名の人員が割かれたりもする。

隊員食堂を切り盛りする駐屯地糧食班にかかる負担は相当であった。勿論、金銭的なロスが発生する場合も皆無とは言えず、国費の損失にもつながり得る。

将官の好みなど気にせず、元々予定していたメニューをそのまま食べて頂けばよいのではないだろうか？

また、将官来隊ともなると〝草刈りや清掃に執拗なこだわり〟を見せる指揮官も多い。指揮官が目の色を変える対象は、もっと他のところにあると思うのだが……。

方面総監も一介の自衛官であり、陸曹だった私と同じく〝国民の下僕〟に過ぎないはず……。

陸曹教育隊の一部では、「方面総監賞」という賞のネーミングが不評ともなっているご時世だが、方面総監を必要以上に〝雲の上の存在〟と崇める人たちがいるのもまた事実である。

それが、自己保身のためのゴマ摺りなどでは決してなく、「所属駐屯地や所属部隊が不利益を被らないように……」というお気遣いによるものであることは重々承知していた。また、「上官を敬い、お客さんをもてなそう！」という考えも当然理解できる。だが、どこかに〝ずれ〟があると思えた。

この時の東部方面総監はとても立派な方で、その後、部隊や訓練を視察される際には駐屯地の外来宿舎ではなく、演習場内の廠舎に宿泊する意向を示されていた。

総監来隊の目的は、液晶テレビ鑑賞でもなく、トンカツの試食でもなく、訓練の視察及び部隊の実情の把握であったということだ。これが白熱した調達合戦の〝オチ〟ではなかったか……。「外来宿舎の設備を整えろ！　そのための調達を実施しろ！」という指示は、恐らく方面総監ご自身の意向とは無関係に、周囲の取り巻きが過剰で余計な忖度をした結果であったのだろう。

案外、日報問題の実相も、こんなカンジだったのかもしれない。

業務隊の総務班長という役職は、見たくもなければ関わり合いたくもない、組織のこんな矛盾が垣間見えてしまう皮肉な立場でもあった。それも社会勉強と言えなくもないが、「馬鹿馬鹿しい」とか「情けない」と感じたことも少なくない。

ここでも私の救いとなったのは、勤務意欲旺盛な所属隊員の皆々である。

定年退官を目前に控え、ともすれば投げ槍になりそうな私の尻を叩いてくれたのも彼らであった。業務隊総務科所属隊員は皆、毎日夜遅くまで残業した。休日も当たり前のように出勤し、サービス残業を厭わない者ばかりなのだ。

「国民の安全に直結しないことで、それ程までに頑張る必要などない。自分のプライベートを過度に軽視してはいけない。仕事はもっといい加減でもよいはずだ！」という私の言葉を、彼らは右から左に聞き流して仕事に黙々と向き合っていた。

「自分の持ち場はしっかり守る！」という責任感と使命感を堅持し、為すべき以上の、その何倍もの努力をしてくれていたことに対し、私は敬意と感謝の念を持っている。

私の自衛隊生活の終盤、陸曹と若手幹部の多忙感はＭＡＸだった。それに対し、指揮官クラスの多忙感はＭＩＮＩＭＵＭに見えることが少なからずであった。

課業中も執務室のテレビでワイドショー番組を見ていたり、居眠りをしていたり、喫煙所に入り浸っていたり……。

自衛官として最も基本的な義務である体力検定を本人は受けもせず、隊員たちが実施する様子を高みの見物するだけの方もいたし、受けてもまともに受からない方もいた。それを恥ずかしいとも思わないのか、体力練成など全くやらない。

「課業中に、あれだけ喫煙や居眠りができるのであれば、体力練成の小1時間くらいやればよいのに……」と思うのだが、そんな素振りさえ見せない。

私が悪い面ばかり見過ぎていたのかもしれないし、ごく一部の方々の、ほんの一面でしかなかったのかもしれない。しかし、それも平成の自衛隊で私が実際に目撃した一コマではあった。

どの方も部下思いで人柄の素晴らしい方ばかりであったのは確かであり、「個人の問題と言うより、組織全体の体質の問題であったかもしれない……」とも思う。

入隊時の誓いは果たせず

平成31（2019）年1月下旬、私は総務班長職を下番して定年退官前の「付配置」となった。いよいよ〝お役御免〟である。

自衛隊では通常、定年退官の3ヶ月前に付配置となるが、これは「退職と再就職の準備を進めるため、保有している代休や休暇を全て消化してよい期間」のことである。

多忙な総務班長職からは解放され、現役自衛官でいられる期間も残り3ヶ月となった。その時点で、自分にできることとやり残したことを挙げてみると一つの結論に至る。

「そうだ、自分が発起人となって拉致被害者のご家族を駐屯地にお呼びし、講話をして頂こう。そして、拉致問題を他人事と思っている隊員たちに当事者意識を持ってもらうきっかけを作ろう！」

これが付配置となった私の発想だった。

それを正規の職務の中に組み込むことは、その時の私の立場ではできなかったため、「修身会」の活動としてお呼びすることを私は目論んだ。

「修身会」とは、「陸上自衛隊幹部隊員の修養研鑽と相互の親和団結を目的として、駐屯地ごとに結成されている自治会」であり、公務ではなく、飽く迄も任意の活動を行う組織である。だが、体育館や講堂等、駐屯地内施設の使用が可能だ。

「拉致被害者のご家族を駐屯地にお呼びし、昼休みの時間を使って体育館で講話をして頂けば多くの隊員の参加が得られる！」私はそう踏んだ。指揮系統に沿って複数の上官に相談し、賛同も得て私は実行に移した。

長年にわたり拉致被害者のご家族を支援してこられた方の伝手で、政府認定拉致被害者である増元るみ子さんの実弟、増元照明さんを紹介して頂けた。早速私が電話をしてお願いすると、増元さんは、「自衛隊の駐屯地に是非とも伺い、隊員の皆様に対し、拉致の実態を幾らでも説明させて頂きます」と、快く承諾して下さったのである。

私は増元さんのご都合のよい日を伺い、その日を実施予定日として起案書を作り、修身会の指揮系統に則って提出した。

すると、私から起案書を受けた修身会幹事の若手幹部が「その日は、訓練等で不在の隊員が多い日です。他のこの日の方が多くの隊員が集まり、講話の実施効果が高まると思います！」という具体的なアドバイスをしてくれた。さらにこの若手幹部は、その後も迅速で積極的な行動により、講話の実現に向けて私を強く後押ししてくれたのだ。

平素の業務だけでも多忙を極める立場にありながら、付配置で気楽になった私の突発的な提案に嫌な顔一つせず、むしろ前向きに協力してくれる幹部の存在が有難く、大変心強く感じたことを思い出す。

私はそれまでも何度となく、「拉致被害者の救出は自衛隊の役割だと思います！」と、隊内で発言してきたが、特に幹部の中に冷めた反応をする人が少なくないとの印象があった。

「それは自衛隊の任務ではない」「危険思想の持ち主」「俺が命令を作るから、お前が一人で北朝鮮に行ってこい！」等々、様々なことを言われた覚えがある。

指揮官クラスの中にも、「日本も他国に対して悪事を働いた過去があるのだから、国民が拉致されても仕方がない」という持論を展開する人物がいた。それと拉致問題とは全く無関係なのだが、それすら分からない人物が隊内で重要な地位にいることに、私は暗澹となった。

そんな中で、定年を目前にして斯様な若手幹部にお会いできたこと、そして少しでも一緒に職務に携われたことを今も光栄に思っている。

結果として私の提案は通らず、増元さんを駐屯地にお呼びすることも、講話をして頂くことも叶わなかった。

「拉致問題に関し、過去に増元さんが政府の見解と異なる発言をされた」ということが、最終的に上級部隊で問題視されたためである。

「自衛官の心構え」の中で謳われている、「自衛隊は、我が国に対する直接及び間接の侵略を未然に防止し、万一侵略が行われるときは、これを排除することを主たる任務とする。自衛隊はつねに国民とともに存在する」という文言は、結局嘘八百でしかない。

拉致されたのが自分の家族であれば、「国家として、あらゆる手段を尽くしてでも助け出してほしい！」そう訴えるのは当然のことではないだろうか……。

それが「政府の見解と異なる」と言うのであれば、問題があるのは政府の見解の方だと思う。そして、それを理由に増元さんをお呼びしなかった自衛隊側にも私は幻滅を感じた。

「侵略の排除はおろか、拉致という直接侵略により家族を奪われた被害者に寄り添うことも、その声に耳を傾けることもできない組織であること……」それも平成の自衛隊の、紛れもない一面であった。

一方で、講話の実施を積極的に後押ししてくれた若手幹部のような存在があったこともまた事実である。

いずれにせよ、責任は発起人の私にあった。自衛隊側の許可を得られる確証がないまま行動に移したのは、他ならぬ私である。

後日、私は増元さんに直接お会いし、お詫びさせて頂いた。

増元さんは私と会ってすぐに、「拉致問題に関し、私は政府批判の発言もしてきた立場ですから、駐屯地内で講話をさせて頂くのは難しいと思います」と仰った。むしろ私を気遣って下さったのだ。

同日、拉致被害者救出のために様々な活動を行っている民間有志団体の会合に私も同席させて頂き、増元さんからも色々なお話を伺った。

「拉致被害者の救出ではない、奪還なんだ！」というお言葉が、私にはとても重く響いて聞こえた。

拉致被害者のご家族を駐屯地にお呼びし、講話をして頂く目論見は失敗したが、定年退官まで残り2ヶ月の猶予がある。

私は拉致問題に関する記事を書き、「修身会」会誌への投稿を試みた。思うところを文章にまとめ、然るべき手順を経て案文を提出したところ、3週間程経過してから〝不採用〟との連絡があった。理由を聞くと、「内容が過激だから」とのことである。

次に、修身会ではなく陸曹の自治会である「曹友会」会誌への投稿も試みたものの、やはり前向きな反応は得られなかった。

准尉という中途半端な階級は幹部とも陸曹とも取れる立場であり、そのメリットを活用したいところであったが、結果として叶わなかった。

修身会、曹友会ともに内容の充実した会誌を発刊し続けていたため、私はそこに拉致問題に関する記事を投稿し、現役自衛官の関心を高めたいと思ったのだが……。

修身会の活動として会誌の発刊以外で思い出されるのは、幹部の定期異動の際に隊員食堂に集まって会食し、転出入者の紹介が行われていたことであろうか。

一方の曹友会は、課外の時間を充てて任意で活動を行う組織であるはずが、会の活動多忙、特に役員にかかる負担が過大であることが、かねてより問題視されていた。

また、集めた会費の余剰金が莫大であっただけでなく、その余剰金を使い込む事件が頻発したことで、会の存在意義に大なる疑念を持たれていた一面もある（各部隊に数冊あれば十分な会誌を、敢えて全員に一冊ずつ配布し、金銭的にも労力的にも大きな無駄が生じているとの批判も多かった）。ボランティア活動に積極的に関わる等、高い理念を掲げる自治会であるだけに、それらの不祥事が極めて残念に思えた。

ともあれ、「幹部の修身会」も「陸曹の曹友会」も、〝拉致被害者の奪還〟をテーマにした記事の会誌掲載には腰が引けていた。

私が書いた内容は決して過激ではなく、「国民を侵略から守る！」という、「自衛官としての当たり前」を文章にまとめたものであるはず。

拉致問題に関し、米留中にＤＬＩのクラスで共に討論をした各国留学生たちからは、「なぜ助けに行かないのか？」と真顔で言われたのに対し、自衛隊内では、「過激である！」と言われ「政府の見解と異なる！」と言われた。侵略から国民を守る立場にある者として、どちらがまともな感覚だろうか……。

そのような顚末から程なく、私は陸上自衛隊を定年退官した。

跳ねっ返り隊員である私に対しても、司令をはじめ駐屯地の皆様は温かい拍手で見送って下さり、とても有難かった。

その数日後、日本の元号は平成から令和へと変わる。

なお、自衛官としての私が最後の悪あがきで書き、そしてボツになった拙文が以下である。

拉致問題と自衛隊

最近、拉致被害者のご家族とお会いし、直接お話を伺う機会に恵まれたのですが、「北朝鮮軍部工作員の侵略行為により連れ去られたままの家族を何とか助けて下さい」という切実な訴えを直に耳にし、身につまされる思いでした。

我々自衛官は、一人の例外もなく全員が「侵略から国民を守ることを主たる任務とし、事に臨んでは危険を顧みず……」という誓いを立てて入隊しました。

そして国際法では、「拉致は侵略行為である」とされています。

従って、自衛官が誓いを果たすためには、危険を顧みずにその侵略を排除し、拉致被害者を奪還することに尽力しなければいけないはずです。

では、今現在、自衛隊のどこかで拉致被害者の奪還を焦点とした具体的な取り組みが行われているのでしょうか。奪還作戦の案出や、それに基づいての訓練実施は言うに及ばず、そこに焦点を当てた情報収集活動すら行われてはおらず、それをしようとする意志があるのかさえ疑わしいのが実情だと思います。

駐屯地のどこかに「拉致を許さない！」というポスターだけは貼り、「何かをやったつもり」になってしまってはいないでしょうか。

自衛隊に比して、拉致問題の解決を目指し、拉致被害者家族を支援する民間有志団体の方が、余程数多の情報や知識を保有し、知恵も絞り、行動も起こし、解決に向けて努力していることを知りました（脱北者と接触しての聴取、多くの書籍の出版、レポートの作成と発表、シンポジウムの実施、北朝鮮に生存する拉致被害者に向けたラジオ放送の実施、拉致現場での検証及び再発防止策の案出等々、枚挙にいとまがありません）。

また、会合での乾杯は「奪還！」と呼称するなど、士気も極めて旺盛です。

民間の有志でもこれだけのことができる訳ですから、侵略から国民を守ることを公務とし、しかも主任務とする自衛官ならば、より多くのことができるはずであり、やらなければいけないはずです。

しかし、その可能性を模索する直接的な努力が組織として行われていない上、それに対する問題意識も欠如しているのではないでしょうか。

その原因は法的制約のためばかりでなく、我々の意識の問題によるところも大きいと思います。

拉致被害者のご家族や、拉致問題の解決を目指す民間有志の方々と接し、現役自衛官として極めて肩身が狭い思いをしたことを、ここで率直に報告させて頂きます。

横田めぐみさんら17名の「政府認定拉致被害者」の他に、北朝鮮による拉致の可能性を排除できない「特定失踪者」の人数は８００名超とされています。

これは紛れもなく安全保障上の問題であり、我々自衛官は「事態解決の担当当事者である」との自覚から、先ずは逃げてはいけないものと思います。

あとがき

私が現役自衛官である間の目標に掲げていた〝拉致被害者の奪還〟には、遥かに及ばなかった。私自身も、入隊時に立てた誓いを果たせず終わった〝嘘八百野郎〟の一人に他ならない。

これが自衛官としての私の限界であるだけでなく、平成の自衛隊の、組織としての限界でもあったのだろうか。

紙面で過去の様々を今更蒸し返し、結果としてどなたかを批判していると思う。しかし、個人を批判することを目的として本書を記している訳では毛頭ないし、復讐心も勿論ない。

「埋もれていた私の実体験をお伝えすることで、平成の自衛隊に関する事実の一端を読者の皆様に知って頂きご理解を得たい、そして今後の自衛隊と自衛官の皆様にとって何かしらの参考になればよい……」との思いだけである。

逆に、現役自衛官時代の私の独善や勝手な解釈、そして理不尽な癇癪が原因で、私に対してのみならず、所属部隊や自衛隊全体に対するマイナスイメージまで抱かせてしまった後輩や教え子、そして同僚や上官もいらしたことと思う。

私の言動が引き金となり、自衛隊を中途で退官するに至った方も、或いはいらしたのかもしれない。

自衛官としての自分の経歴を振り返る今、むしろ自責の念の方が遥かに強い。

この借りは、今後民間人という立場で世の中のために何らかの貢献をすることで返していきたいし、自分なりに落とし前をつけたいと思っている。

勿論、〝拉致被害者の奪還〟も、一人の民間人として、その実現を追い求めていく所存である。

現役自衛官へのエールに代えて

令和元（2019）年9月、山梨県道志村のキャンプ場で小学校1年生の女児が行方不明となった。女児が不明になった2日後の夜、私は一人のボランティアとして現地に入り、捜索に参加した。自衛隊が派遣されて来たのは、その翌々日早朝である。

人数に優り体力気力に溢れる強者揃いの彼らは、見事な統制の下、捜索の必要がありそうなほぼ全域を、「あっ」という間にローラー作戦で隈なくつぶして行った。

「キャンプ場内外で自衛隊員の足跡のない場所がない！」と思える程であり、その状況を見て、私は現場を離れた。

「あとは自衛隊に任せればよい、もうボランティアとして自分が現場に留まる必要はない」そう思えたからである。

迷彩服を着用した大勢の隊員たちが、装備品や無線機を身に付けてテキパキと、そして黙々と活動する様子は本当に頼もしかった。

女児のご家族だけでなく、それまで捜索していた警察、消防、ボランティアの方々にも大きな安心感を与えたと思うが、中に数名含まれていた女性隊員の存在が、より一層の和みを感じさせてくれていた。

退官後、一人の民間人として自衛隊の部隊行動、それも実任務に接したのは、勿論この時が初めてである。

「自分がつい最近まで所属していた自衛隊は、これ程に強力で影響力もあり、国民の役に立てる組織だったのか！」そのことを実感できて嬉しかった。

それと同時に、「平素、日本国は自衛隊と自衛官各自が持つ高い潜在能力を眠らせ過ぎている」との思いも新たにした。

その約1ヶ月後、同年10月に発生した台風19号の被災地でも自衛隊の目覚ましい活躍を目の当たりにし、ＯＢとして感激したものである。

「自衛隊の災害派遣部隊に対する被災者からの称賛と感謝の声」は、自分が現役時代に思っていた以上だった。

ボランティアの一人として、被災地で入浴させて頂いた「野外入浴セット」には、現役時代に海外派遣で入浴した時ともまた違う〝格別の癒し感〟があった。

そして令和２（２０２０）年初春以降、新型ウイルス対処に際しての、自衛隊の活躍と能力の高さも、広く誰もが知るところである。

離れてみて、一人の国民の立場で接して初めて分かる自衛隊の有難さ、頼もしさを感じることの多い今日この頃だ。

だがそれも、自衛隊と自衛官各自が持つ潜在能力の、氷山のほんの一角に過ぎないことを私はよく知っている。


令和も3年目となる今、自衛隊の本来任務である安全保障面に目を向けると、拉致問題の解決には全く進展がなく、尖閣周辺に連日押し寄せる武装中国船舶の脅威が一層高まるという、厳しく危険な現実が続いている。

国外に目を転じれば、ウイグルやチベット、そして香港に対する中国政府の人権弾圧が激しさを増し、国際的な非難がそこに集中している状況でもある。

香港では、民主活動家の周庭さんたちが逮捕され、留置所に収監される事態にまで陥っている。にも拘らず、大変残念ながら、中国の習近平国家主席を国賓待遇で日本に招待しようとする企みが、日本政府内では未だ燻っているらしい。

習近平国家主席を国賓待遇で迎えれば、当然自衛隊が儀仗をすることになるだろう。それは結果として、「日本の領海・領域に対して連日繰り返されている侵犯や、中国政府によるウイグルやチベット、そして香港に対する人権弾圧をも（日本政府はいざ知らず）自衛隊は許し認める……」というメッセージになってしまう。

日本国民の一人としても、自衛隊OBの一人としても、「それは是が非でも避けてくれ！」と切に願う。もし、日本政府が習近平主席を国賓待遇で招き、「儀仗せよ！」という命令が自衛隊に対して発令されてしまったとしても、自衛官一人一人のレベルで十分に知恵を絞り、毅然と対応して頂きたい。ハッキリ言えば、その命令を拒否してほしい。

願わくば、「自衛官各自には、むしろ周庭さんたちを積極的に支援する側に立って頂きたい！」そう思う。

覇権主義ではなく、民主主義を支援し守ることで日本国民に寄与し、ひいては国際社会にも貢献するのが自衛隊の使命であるはずなのだから……。

何よりも、「上から降りてくる命令をそのまま下に垂れ流す」のではなく、自分の信念や価値観にも十分に照らし合わせ、「入隊の時に立てた誓いを果たすためにはどうあるべきか？　そして日本国民を危険から少しでも遠ざけるためにはどの道を選ぶべきか？」それをよく考え、必要とあらば〝ストッパー役〟となってくれる者が自衛隊の中から現れてくれることを期待して止まない。

役職も階級も関係がない。どの立場でもよいし、誰でもよい。

自衛隊から、そのようなヒーローやヒロインが登場することが、〝拉致被害者の奪還〟にもつながって行くはずである。

祈　武運長久

参考文献

『山本美保さん失踪事件の謎を追う：拉致問題の闇』荒木和博（草思社）
『うらさんの祈りはダイヤモンドになって―健気に生きた明治の母』生島馨子（文芸社）
『めぐみ、お母さんがきっと助けてあげる』横田早紀江（草思社）

（作者名のあいうえお順に記載）

〈著者紹介〉

飯塚泰樹（いいづか やすき）

群馬県前橋市出身。
平成元年から平成末年まで陸上自衛官として勤務。
第１空挺団等に所属し、二度の米軍留学、四度の海外派遣任務等に参加。
趣味は旅行、特に温泉巡り。

平成《へいせい》の自衛官《じえいかん》を終《お》えて
— 任務《にんむ》、未《いま》だ完了《かんりょう》せず —

2021年3月19日　第1刷発行

著　者　　飯塚泰樹
発行人　　久保田貴幸

発行元　　株式会社 幻冬舎メディアコンサルティング
〒151-0051　東京都渋谷区千駄ヶ谷4-9-7
電話　03-5411-6440（編集）

発売元　　株式会社 幻冬舎
〒151-0051　東京都渋谷区千駄ヶ谷4-9-7
電話　03-5411-6222（営業）

印刷・製本　シナジーコミュニケーションズ株式会社

装　丁　　小松清一

検印廃止

ISBN 978-4-344-93276-0 C0095
幻冬舎メディアコンサルティングHP
http://www.gentosha-mc.com/